Lucius Jäger

MATT in vier

Thriller

AF221483

Impressum

Bibliografische Information der Deutschen Nationalbibliothek:
Die Deutsche Nationalbibliothek verzeichnet diese Publikation in der
Deutschen Nationalbibliografie; detaillierte bibliografische Daten sind
im Internet über http://dnb.dnb.de abrufbar.
© 2021 Lucius Jäger
Twitter: @luciusjaeger
Herstellung und Verlag: BoD – Books on Demand, Norderstedt

ISBN: 978-3-7557-1298-5

MIX
Papier aus verantwortungsvollen Quellen
Paper from responsible sources
FSC® C105338

PROLOG

Ich stand vor der stählernen Tür eines Raums. Es war recht spät am Abend, doch als ich die Tür öffnete, wurde schon auf mich gewartet.

Tyron stand von seinem Bett auf und fragte genervt „Warum hat das so lange gedauert, es ist langweilig ohne dich?"

Ich erwiderte noch gelassen „Dann such dir doch ein Hobby."

Er ließ sich mit den Armen über den Kopf wieder aufs Bett zurückfallen.

„Mein Hobby ist mir ja verboten worden."

Talian mischte sich ein „Dein Hobby war schon immer verboten und das ist auch nur richtig so."

Tyron ließ den Kopf vom Bett hängen und schaute zu Aiden „Was meinst du dazu? Ach vergiss es, ich kenn die Antwort." Er verstellte die Stimme, um der von Aiden zu ähneln „Ist mir egal."

Der wahre Aiden antwortete mit seiner fast mechanischen und emotionslosen tiefen Stimme „Du brauchst nicht fragen, wenn du die Antwort weißt."

Tyron legte seine Hände auf die Brust und drehte Däumchen „Vielleicht hättest du mal eine andere Antwort auf Lager, Hoffen kann man ja immer." Er richtete seinen Oberkörper auf und grinste mich an, sein Haar verdeckte sein rechtes Auge „Siehst du jetzt womit ich mich rumschlage, die beiden sind so verdammt langweilig."

Ich setzte mich auf den einen Stuhl im sonst nur weißen Raum „Ich hasse auch dein Hobby."

Sein Grinsen wurde breiter „Doch dir hat es auch mal Spaß gemacht."

Ich ballte meine Faust zusammen „Du weißt genau, dass ich es schon immer hasse."

Er zuckte nur mit den Schultern „Dafür hast du das aber ziemlich oft gemacht."

Talian meldete sich wieder zu Wort „Du weißt nicht wie es damals war." Mit seiner kindlichen Stimme konnte man ihn nicht wirklich ernst nehmen und sicherlich konnte es kein Psychopath wie Tyron, wenn es selbst mir schwerfiel

6

„Er hat ja nur dir seine Vergangenheit gestanden, ich weiß nur, dass was jeder weiß."

Eins fragte ich mich schon immer „Woher weißt." Unser Gespräch wurde unterbrochen als einer der Kanten von Pfleger hereinkam und vier kleine Becher mit Tabletten auf einem Schiebetisch mitbrachte.

Er sagte nur mit der liebreizenden Stimme eines Engels „Die Tabletten schlucken." Und schloss die Tür hinter sich.

Tyron hatte mal wieder eine abfällige Bemerkung zu machen „Wow, ich liebe seine Gastfreundschaft." Das erste Mal, dass ich ihm zustimmte.

Aiden wendete sich mit Logik an Tyron „Er wird nicht für seine Nettigkeit bezahlt, er soll uns nur unsere Medikamente bringen."

Ich schaute mir die Tabletten genauer an, Tyron fielen meine Blicke auf „Sagst du das was du schon gestern gesagt hast?"

Talian unterstützte mich „Er hat ja damit auch recht, wir alle bekommen dieselben Tabletten."

Tyron widersprach mir nur um mir zu widersprechen „Von außen sehen sie zwar alle gleich aus, doch die Bestandteile, kannst selbst du nicht erkennen, Überflieger."

Tyron stieß sich von der Matratze ab und landete auf seinen zwei Beinen „Wir sind hier damit wir geheilt werden, das drückt dieses Wort aus, Nervenheilanstalt. Also seit nicht so paranoid."

Er nahm seine Medizin. Wir alle waren wirklich aus den unterschiedlichsten Gründen hier, doch wurden alle an sich genau gleichbehandelt.

Tyron war wegen seiner Dissozialen Persönlichkeitsstörung und seiner Sucht nach seinem Hobby hier eingewiesen worden.

Aiden sprach nie über seine Vergangenheit und verhielt sich nie wie ein Mensch, sondern eher wie eine gefühllose kalte Maschine, nach dem Arzt hatte er eine Schizoide Persönlichkeitsstörung.

Talian, der jüngste von uns mit 19 Jahren, übersprang die meisten Klassen, weil er viel klüger als die anderen Schüler war, doch er war auch etwas zu naiv für meinen Geschmack. Für mich war es klar, dass Talian nicht wie wir hier hingehörte. Doch den exakten Grund für seine Behandlung kannte ich auch nicht und ich hatte auch nicht vor ihn danach zu fragen, er sprach wahrscheinlich genauso ungern wie Aiden und ich darüber. Talian war zwar aufgeschlossen, doch er hatte sicherlich auch seine Last zu tragen, trotzdem wünschte ich, ich wäre ihm ähnlicher, er könnte ein normales Leben führen, mir war so ein

Schicksal nicht vergönnt. Ich würde alles zerstören, was ich anfasse, so war es und wird es immer sein.

Als wüsste Tyron was ich denke, schaute er mich hämisch an „F60.30 nimm jetzt deine Medikamente."

Ich packte ihn am Hals „Du solltest mich besser nicht so nennen."

Je stärker mein Griff wurde, desto mehr lächelte er „Was, willst du, mich etwa schlagen?" Gerade als ich meine Faust ballte und zum Schlag ausholte, sprang Talian vom Bett auf und griff mein Handgelenk

„Du wirst es bereuen." Seine Sanfte Stimme stoppte nicht meine Wut.

Ich schaute mir Tyrons überhebliches Grinsen an „Ich glaube nicht." Aber ein Blick auf Talians Gesicht beruhigte mich wieder und meine Hand ließ ihn los.

Tyron setze sich jetzt auf den nun leerstehenden Stuhl „Das bezweifle ich auch."

Ich habe ihn wirklich schon von der ersten Sekunde an gehasst. Als ich ihn das erste Mal sah, wusste ich schon, dass er ein krankes Monster war. Wenn Talian mich nicht des Öfteren beruhigt hätte, wäre er sicherlich nur noch ein Fleck an der Wand. Und wer würde mir so etwas verübeln, immer wenn er den Mund aufmachte, schrie er ja schon fast danach.

Aiden ging, als wäre nichts passiert, zu den Medikamenten und nahm sie schweigend ein.

Der nervige Psychopath schreckte seine Arme weit hoch, als würde er versuchen die drei Meter hohe Decke zu greifen, mit seiner Größe war das ziemlich unvorstellbar

„Genau das mein ich doch, so solltet ihr euch auch verhalten." Er fing an zu flüstern „Wie die braven Schafe die sich zum Schlachter vordrängeln."

Mir war es gleichgültig, was er wieder für Gedanken hatte oder ob er an sich dasselbe dachte wie ich. Ich schwieg lieber und gab ihm keine Aufmerksamkeit.

Talian nahm seine Medikamente ein also nahm ich sie ebenfalls. Die eine Hand hob den Becher Wasser und die andere die Tablette. Ich warf die Tablette in meinen Mund und schüttete das Wasser hinter her. Tyron hätte mich noch stunden nerven können, deswegen legte ich mich ins Bett und ruhte mich aus, um nicht wieder auf falsche Gedanken zu kommen.

8

Seine Bemerkungen machten es mir jedoch nicht einfach „Dafür das du so dagegen warst, hast du die" Er machte mit seinen Fingern Anführungszeichen „Medizin" Zudem legte er eine Pause ein „Ganz schön gierig geschluckt."

Er war meine Aufmerksamkeit wirklich nicht wert, also ignorierte ich ihn und mir gelang es letztendlich einzuschlafen.

KAPITEL 1

Ich lag wieder einmal auf der Couch des Psychiaters und er war wie immer mit Klemmbrett und Stift bewaffnet. Ihm über den Streit von mir und den Psychopathen zu erzählen war eine normale Reaktion für mich, doch das genaue Thema verschwieg ich natürlich.

„Du hast gesagt, es gab wieder eine Auseinandersetzung mit Tyron. Worum ging es diesmal?"

Ich war die meiste Zeit ehrlich zu ihm, doch er musste für meine Therapie wirklich nicht alles wissen „Um sein früheres Hobby." Meine Antwort war auch nicht ganz gelogen.

Er schrieb sich schon so früh eine Notiz auf „Deine Abscheu auf die Leidenschaft von Tyron kenne ich schon, doch ich schätze es ging um etwas anderes. Wenn du nicht darüber reden willst, ist es in Ordnung, aber dann habe ich noch eine letzte Frage zu diesem Thema an dich, wieso denkst du ist Tyron hier und nicht in einem Gefängnis."

Ich hätte ihn sicher nicht in eine Psychiatrie gesteckt, sondern mindestens in Guantanamo „Ich weiß es nicht." Er notierte sich wieder etwas.

„Die Antwort ist, da er krank ist und deswegen nichts für das kann, was er getan hat." Das war nur absurd für mich, er hat Spaß daran, es ist wie jeder andere dreckige Fetisch.

Krank war doch nur ein anderes Wort für eine nicht normale Vorliebe „Er ist so wie er ist und wird sich niemals ändern. Also warum versuchen?"

Der Psychiater lächelte „Du verstehst nicht warum ich genau ihn anspreche." Ich kannte keinen anderen Psychiater, doch er war sicher gut in seinem Job, er wusste genauso viel über mich wie ich selbst, wenn nicht sogar mehr „Er ist deine größte Angst."

Ich wusste wie er es meinte, doch Ignoranz war schon immer ein Segen „Ich habe keine Angst vor ihm, er könnte mich nicht verletzen."

Er schüttelte seinen Kopf „Das ist nicht was ich meinte und du weißt das."

Es machte kein Sinn ihn anzulügen „Ich weiß und ja es ist meine größte Angst."

Er beugte sich etwas vor „Du hast ebenfalls Angst, Talian zu verletzen." Das musste er nicht selbst herausfinden, das sagte ich ihn schon in einer der zahlreichen vergangenen Stunden „Wieso willst du ihn beschützen?" Er ist wie ein kleiner Bruder den ich nie hatte. Er war der Einzige von uns der noch ein rechtes Herz trug.

Meine Antwort war jedoch viel simpler „Er kann sich nicht selbst verteidigen, deswegen übernehme ich das für ihn."

Er lehnte sich wieder zurück „Wir wollten nicht mehr über den Vorfall reden, doch hat das vielleicht auch etwas damit zu tun, wie der Junge dich damals angesehen hat?"

Ich hasste an dieses Bild erinnert zu werden „Es hat nichts mit ihm zu tun."

Er ließ nicht locker und stach weiter in die offene Wunde „Er hat dich damals entsetzt und verängstigt, ja fast schon panisch angesehen, obwohl du ihm nur helfen wolltest." Er versuchte mich zu provozieren, doch obwohl ich das wusste, schaffte er es.

Ich hielt meine Stimme noch leise, doch schrie fast schon „Sein sie ruhig."

Er legte sein verdammtes Klemmbrett weg „In Ordnung, lassen wir die Vergangenheit für heute ruhen. Reden wir vielleicht mal über Aiden, deine Beziehung zu ihm hatten wir schon lange nicht mehr besprochen."

Ich atmete tief ein und beruhigte mich „Was gibt es über ihn zu reden, er schweigt die meiste Zeit nur." Er stand auf und ging zu dem grünen Aktenschrank. Der Psychiater öffnete das erste Regal und nahm eine Akte heraus.

Als er sich wieder setzte, legte er die Akte auf den Tisch der uns voneinander trennte „Das ist die Akte von Aiden, ich will, dass du sie liest."

10

Ich nahm vorsichtig die Akte in die Hand und fragte unsicher „Ist das nicht verboten?"

Er lächelte wieder „Nein, keine Angst. In diesen Fall nicht."

Etwas widerwillig öffnete ich die Akte. In ihr befand sich weder ein Foto von ihm noch sein vollständiger Name. Seine Vorgeschichte war fast komplett geschwärzt. Ich konnte nur die Worte „fehlgeschlagen, entlassen und eingewiesen" lesen.

Der Arzt nahm sein Klemmbrett wieder und schrieb sich etwas auf und fragte als könnte er es selbst nicht lesen „Steht da sonst noch etwas?"

Ich kannte den Sinn der Frage zwar nicht, da er sie sicher selbst gelesen hat, doch ich beantwortete sie wahrheitsgemäß „Nein, alles andere ist geschwärzt. Warum steht hier sonst nichts?"

Er nahm mir die Akte ab und klappte sie wieder zu „Ich weiß es nicht, ich schätze er arbeitete für die Regierung."

Er hatte kein Gewissen, also war er dann wahrscheinlich einer der die Drecksarbeit verrichtete „Das ist also der Grund, warum er so schweigsam ist."

Er stand auf und legte die Akte wieder in den Schrank „Ja, wahrscheinlich hat er in seiner Vergangenheit Schreckliches erlebt." Er drehte sich wieder zu mir „Ich möchte etwas von dir. Frag Aiden nach seiner Vergangenheit."

Diese Bitte hatte ich nicht erwartet „Haben sie ihn schon gefragt?"

Mit seinem Gesicht auf den Boden gerichtet, setzte er sich mir wieder gegenüber „Natürlich, doch er hat mir nichts verraten, ich hoffe bei einem anderen Patienten wird er offener sein."

Ich wusste nicht, ob Aiden mir überhaupt etwas sagen würde, das letzte Mal als ich ihn etwas gefragt hatte, war unser Gespräch direkt vorbei „Ich glaube bei mir wird er genauso gesprächig sein, doch ich werde es probieren."

Nach seinem Gesicht war er zufrieden „Gut, dann wäre es das auch für heute, sag bitte Talian, dass er mich aufsuchen soll."

Ich nickte nur, stand auf und griff den Türknauf, als es mir plötzlich wieder einfiel „Warum Talian?" Ich hatte die Tür schon ein Spalt geöffnet, doch ich schloss sie wieder als die Wörter meinen Mund verließen „Sie fragten mich, warum Tyron hier ist, nun frage ich sie warum ist Talian hier?"

Er schaute überrascht, er erwartete wohl diese Frage nicht „Das ist ein Fall der ärztlichen Schweigepflicht. Doch ich mach dir ein

11

Angebot, wenn du Aiden zum Sprechen bringst, sage ich dir alles was ich über Talian weiß." Er war sehr zuvorkommend für einen Arzt einer Psychiatrie. Ich öffnete die Tür.

Mein Ziel wartete schon vor der Tür „Talian, was machst du denn hier, ich habe dir noch nicht gesagt, dass du kommen sollst?"

Mit einem freundlichen Lächeln, gab ich Michael eine Antwort „Ich habe mir schon gedacht, dass ich der Nächste bin, ich bin doch immer nach dir dran."

Er strich sich über seine Haare „Es gibt schon einen Grund, warum du der klügste von uns vier bist." Ich war zwar klüger als er, doch das machte nicht einen guten Menschen aus mir, auch wenn er es dachte.

Aus diesem Grund konnte ich sein Kompliment nicht annehmen, auch wenn er es so oft aussprach „Bitte, sag nicht dauernd, dass ich klüger bin, du hast mich schon des Öfteren beim Schach geschlagen."

Er lachte auch mal, es war immer schön ihn Lächeln zu sehen, er tat das so selten „Das hat nichts mit der Intelligenz zu tun, das ist einfach nur Taktik."

Der Arzt mischte sich in unsere Unterhaltung ein „Michael du hast noch etwas zu tun."

Er antwortete schnell und ohne zu zögern „Ja." Er schritt an mir vorbei und lief den Gang entlang.

Der Arzt schaute mich an „Setzt dich doch bitte." Ich trat durch die Türschwelle und schloss die Tür hinter mir. Dort wo gerade noch Michael saß, nahm ich nun Platz.

In meinen Kopf stellte sich eine Frage auf „Was soll Michael für sie machen?"

Er versuchte nicht drauf einzugehen „Nichts Wichtiges, es ist nur ein Teil seiner Therapie." Ich glaubte ihm nicht, doch ich bevorzugte Michael selbst zu fragen. Das hieß ich musste meine Neugier vorerst beiseitelegen.

Der Arzt nahm einen kleinen Taschenspiegel von dem Tisch vor ihm und reichte ihn mir „Ich will das du dich selbst beschreibst, dein Aussehen meine ich."

Ich erkannte nicht den Sinn darin „Können sie mich etwa nicht sehen?"

12

Er lachte leicht „Nein, ich sehe dich klar vor mir, es ist nur, dass deine eigene Einschätzung über dein Erscheinungsbild, mir ermöglicht ein besseres Zeugnis über dich zu erstellen."

Er sprach als wäre er vorbereitet auf diese Frage gewesen, vielleicht hatte er diese Methode schon öfters angewandt. Ich nahm den Spiegel aus seiner Hand und hielt ihn vor mein Gesicht „Ich habe grüne Augen."

Er notierte es sich „Du fängst mit deinen Augen an, aus irgendeinem bestimmten Grund?"

„Die Augen sind das wichtigste Sinnesorgan, ihnen wird ebenfalls nachgesagt, dass sich die Seele eines Menschen in ihnen widerspiegelt.", Ich wusste keine andere Antwort als diese.

Der Arzt beugte sich vor und schaute mich an „Und, was spiegelt sich in deinen grünen Augen?"

Ich achtete genauer auf die Spiegelung meiner Augen und erkannte nichts „Wie gesagt es wird ihnen nachgesagt, es gab nie eine Bestätigung."

Der Arzt beugte sich enttäuscht zurück „Schade."

Den Spiegel ließ ich etwas herunter und schaute den Arzt an „Hatten sie etwas Spezielles erwartet?"

Seine Antwort war ein Kopfschütteln „Fahre bitte einfach fort."

Ich hob den Spiegel wieder auf Gesichtshöhe und beschrieb mich weiter „Meine Haare sind Weiß und zerstreut. Meine Haut ist ziemlich blass. Meine Augenbrauen sind ziemlich dünn, schätze ich."

Der Arzt notierte sich alles. „Du sagtest, du würdest es schätzen, also bist du dir nicht sicher?"

Egal was man bei ihm sagte, er interpretierte etwas daraus „Ich weiß es nicht, ich kann so etwas einfach nur schlecht beurteilen. Was meinen sie denn?"

Er zögerte kurz, doch das lag wahrscheinlich daran, weil er sich wieder etwas aufschrieb „Definitiv dünn und schmal."

Ich durchschritt die Tür zu meinem Raum, Tyron und Aiden lagen noch auf ihrer faulen Haut „Aiden, können wir reden?"

Er richtete sich auf „Ich wüsste nichts was dagegensprechen sollte."

Tyron wurde hellhörig legte sich auf den Bauch und schwang die Beine in der Luft umher „Worum geht es denn?"

13

Ihn konnte ich wirklich nicht gebrauchen „Tyron willst du uns nicht mal alleine lassen?"

Er stieß sich mit seinen Händen vom Bett ab und landete auf seinen Füßen „In Ordnung, ich bin wohl hier nicht erwünscht." Er stellte sich in den Türrahmen „Du solltest wissen, dass du mich damit sehr verletzt, für so gemein habe ich dich wirklich nicht gehalten." Er lief mit gesenktem Haupt aus den Raum. Ich hatte wirklich nicht erwartet, dass er so einfach verschwindet.

Aiden stand auf und stellte sich vor mich „Worüber willst du mit mir sprechen?"

Ich kam direkt zum Punkt „Ich wollte dich über deine Vergangenheit fragen."

Er antwortete schnell und entschlossen „Nein."

Ich bluffte „Ich weiß, dass du für die Regierung gearbeitet hast."

Er zuckte kurz mit den Schultern „Wenn du das weißt, warum fragst du dann noch?" Ich war mir nicht sicher, ob er das ernst meinte oder sarkastisch. Seine Gelassenheit verunsicherte mich so sehr, dass ich ihn weiterfragen musste.

„Ich wollte nur wissen, wieso du hier bist.", meine Stimme versuchte hart zu bleiben.

Er lief wie ein immer größer werdender Schatten auf mich zu. Ich war auf einen Kampf gefasst, als er an mir vorbei ging und die Tür schloss „In Ordnung, ich erzähle dir meine Geschichte, doch dann erzählst du mir auch deine."

Erstmal sollte ich mich glücklich schätzen nicht auf seiner Abschussliste zu stehen, dann erst durfte ich mich über den Haken beschweren.

„Da lasst sich wohl nichts machen. Ich hasse es darüber zu sprechen, deswegen fasse ich mich kurz. Ein schwächlicher Junge wurde von Vier viel stärkeren Männer in einer Seitengasse verprügelt. Mir war nicht bekannt, was sie von den Jungen wollten, aber der war mir auch egal. Was für mich zählte waren die Schläge, die den Jungen bluten ließen. Bei jedem Schlag hörte ich mein Herz immer lauter und lauter pochen, es war wie ein Blutrausch der mich übernahm und mich in eine wütende Bestie verwandelte. Wenn ich wieder an dieses Bild zurückdenken, spüre ich immer noch dieselbe Wut und das Verlangen zu bestrafen. Ich hatte noch nicht einmal die Konsequenzen bedacht, noch über irgendeine andere Lösung nachgedacht, da packte schon meine Hand die Faust, welche eine

14

Sekunde später den Jungen getroffen hätte. Ich verdrehte ihm sein Handgelenk und trat ihm mit dem Knie in den Bauch. Er ging zu Boden und die restlichen drei Idioten stellten sich um mich auf. Wären sie geflohen, wäre wohl alles anders gelaufen, doch sie rannten auf mich zu. Zwei von ihnen griffen gleichzeitig an, dem einen packte ich an der geballten Faust, den anderen traf ich an seiner Kehle mit einem Tritt. Er fing schon an nach Luft zu schnappen, doch trotzdem warf ich die beiden gegeneinander. Der ohne Luft fiel zu Boden, doch der andere taumelte nur. Der Dritte entschied sich dann auch mal mich anzugreifen. Er schlug nach mir, seinen Schlag wehrte ich mit links ab und trat ihn in die Ferse. Als er in die Knie ging, rannte der Andere wieder wie ein Berserker auf mich zu. Ich drehte mich zur Seite, packte mit meiner rechten Hand seinen Nacken, mit meiner linken seinen Rücken und lenkte ihn in die umgekehrte Richtung, sodass er gegen die Betonwand prallte. Sein Gesicht machte das Geräusch einer Fliege die auf eine Windschutzscheibe trifft. Er glitt langsam die nun blutverschmierte Wand herunter. Der dritte war zwar noch auf den Knien, doch das reichte mir nicht. Ich nahm seinen Schädel und rammte mein Knie gegen ihn. Es hörte sich so an als wäre sein Kinn aus Glas und mein Knie ein Hammer. Ich drehte mich zum Jungen und sah nur Entsetzen in seinem Gesicht. Ich hatte ihn zwar beschützt, doch er sah mich nur als Monster an und fing an um sein Leben zu rennen." Ich musste schrecklich ausgesehen haben, wie eine Bestie, wer hätte sich sonst mit ihnen angelegt und gewonnen „Die Geschichte endete mit einem Toten mehr auf der Welt. Einer von ihnen war wohl der Sohn irgendeines hohen Tieres, deswegen hatte ich auch bei meiner Verhandlung keine Chance. Die Richterin gab mir die zwei Alternativen in den Knast oder in die Psychiatrie."

Er schaute mich an, er sah aus als würde er überlegen, ob ich ihn die Wahrheit gesagt hatte, doch das tat ich so gut ich konnte. Erst nach einer großen Pause fing er an zu sprechen.

„Ich halte mein Versprechen, also werde ich dir jetzt auch meine Geschichte erzählen. Ich arbeitete für die Regierung als Attentäter, doch ich war nicht derjenige, der die tötete die unser Land von außen bedrohen wie irgendwelche Terroristen. Ich wurde angeheuert, die zu töten, die selbst in der Regierung arbeiteten. Ich muss wohl kaum erwähnen, dass es keine Aufzeichnung einer solchen Regierungen gib, doch es gab eine Rangordnung. Ich stand der obersten

Regierungsebene direkt unterstellt, die Aufträge wurden von Jack einen meiner Partner empfangen. Ich tötete die, dessen Namen er mir sagte, ohne ihr Verbrechen zu kennen. Sei der Grund Korruption oder aus irgendwelchen anderen Verbrechen gegen die Menschlichkeit, das interessierte mich nie. Mir war an sich auch immer das Geld egal, welches ich zuhauf bekam. Ich machte den Job nur weil ich gut in ihm war, bis zu dem Zeitpunkt, als mein vertrauenswürdiger anderer Partner Nathan den Dienst quittierte, er riet mir es ihm gleich zu tun, also wurde ich hellhörig, doch nicht alleine wegen seinem Wunsch, traute ich niemanden mehr in der Regierung. Mein nächster Auftrag verhärtete meinen Verdacht, dass etwas nicht stimmte. Die Zielperson war Catherine Hendriks. Ihr wurde von der Führungsebene Spionage und Kooperation mit einer anderen Geheimorganisation vorgeworfen. Doch das war nur eine Finte, sie war rein, dass haben meine eigenen Nachforschungen ergeben."

Ich nutzte die Pause die er machte um eine Frage loszuwerden „Warum hast du genau bei ihr Nachforschungen angestellt?"

Er schaute mich an, mir lief ein kalter Schauer über den Rücken bei seinem leeren Blick „Weil ich wusste, dass sie ebenfalls Nachforschungen über meinen Auftraggeber angestellt hatte. Mir wurden die von ihr gesammelten Informationen zugespielt. Nach Catherines Aufzeichnungen hatte Jack belastende Materialien von den obersten Regierungsmitgliedern gesammelt und ließ sie nach seiner Pfeife tanzen. Ich war mit den Informationen nicht wirklich intelligent vorgegangen und habe ihn auf meinem hohen Ross direkt zur Rede gestellt. Er hatte natürlich meinen Schritt vorhergesehen und war vorbereitet als ich ihn stellen wollte. Ich konnte noch einige wichtige Daten von Jack mitgehen lassen und an einen sicheren Ort verstecken, bevor ich als irrer Mörder bloßgestellt wurde und den Beinamen Snake Eye bekam."

Ich hatte den Namen Snake Eye schon einmal gehört, doch ich hätte niemals erwarten können, dass er hinter diesen steckte. Der Psychopath persönlich hatte mir damals von ihm erzählt, Snake Eye war ein Killer, der Spaß am Foltern hatte und seine Opfer mit Schlangengift tötete, sei es durch ein getränktes Messer oder durch eine direkte Injektion. Seine Opfer starben Qualvoll und langsam. Aiden war auch wenn er zugab getötet zu haben, nicht in der Lage so zu sein, der Einzige der genau so etwas Grausames tun könnte, wäre

16

Tyron. Tyron liebte es zu töten und redete die ganze Zeit über nichts anderes, wenn er nicht gerade mit seinen Gedankenspielchen beschäftig war. Die Art wie er von Snake Eye geschwärmt hatte, war mir auch verdächtig „Danke Aiden für deine Ehrlichkeit, doch einst ist noch seltsam an der Geschichte. Nach Tyron wurden auch Leichen gefunden, die von Snake Eye umgebracht wurden, hat Jack also die Morde begangen und dir untergejubelt?"

Ich war noch nicht von der ganzen Geschichte überzeugt, dass klang mir alles wie ein schlechter Film und nicht nach einer wahren Begebenheit, vielleicht waren das auch nur die Gedanken eines Paranoiden oder möglicherweise einem verrückten Serienkillers, doch so habe ich Aiden an sich nie gesehen.

Aiden hatte nur seinen immergleichen leeren und emotionslosen Blick „Ich weiß es nicht, doch nachdem was meine Informationen sagen, hat Jack keine Probleme Menschen zu töten, damit sein Plan nicht an die Öffentlichkeit kommt oder scheitert."

Ich wusste nicht ob ich eine Antwort erwarten sollte, oder sie hören wollte, doch ich musste Fragen „Was ist sein Plan?"

Der Psychiater erhob seine Stimme und fragte mich „Noch da?"

Ich war wie in Trance gewesen, ich hatte fast vollkommen vergessen, dass ich gerade eine Sitzung hatte „Ja, natürlich. Ich schätze ich bin nur etwas Müde."

Der Arzt stellte gleich noch eine Frage „Warum bist du Müde? Sag nicht du hast nicht genügend geschlafen, sondern warum du wenig geschlafen hast."

Ich log ihn nicht direkt an „Ich habe nur über meine momentane Situation nachgedacht."

Er schaute überrascht „Meinst du nicht eher den Grund, warum du hier bist?"

Ich senkte meinen Kopf „Nein, den Grund weiß ich. Ich dachte einfach nach, ich will nicht darüber reden."

Sein Interesse stieg sichtlich „Das worüber wir nicht reden wollen, ist meistens sehr wichtig loszuwerden und dieses meistens wird bei der Therapie zu immer. Also bitte."

Ich musste irgendetwas sagen, sonst hätte er mich niemals in Frieden gelassen, doch dieses etwas sollte Alles außer die Wahrheit sein „Erinnern sie sich noch an die letzte Stunde? Sie fragten mich,

17

wer ich sei. Ich wusste damals keine Antwort und dachte die ganze Nacht darüber nach."

Seine Frage war hervorsehbar „Und was ist die Antwort?" Mir war es immer noch nicht möglich seine Frage zu beantworten, doch nur das ich darüber nachgedacht hatte, heißt noch lange nicht, dass ich eine Antwort parat hätte.

„Ich habe die Antwort noch nicht, ich habe noch nicht einmal einen Anfang.", antwortete ich ihm ehrlich.

Er wendete einen Punkt ein, den ich nur in meinem Hinterkopf hatte, einen Pakt mit dem Teufel, den ich unbedacht geschlossen hatte „Ich habe dir versprochen, wenn du die richtige Antwort findest, werde ich seine Entlassungspapiere unterschreiben und bezeugen, dass er kuriert sei."

Es wäre an sich eine ziemlich einfache Aufgabe, doch egal wie lange ich darüber nachdachte, ich konnte aus irgendeinem Grund einfach keine Antwort finden, ich konnte noch nicht einmal irgendetwas was sich in der Nähe einer Antwort befindet sagen. Es war fast so, als würde mein Verstand eine Blockade errichtet haben.

Der Arzt schaute auf seine Uhr „Unsere Zeit ist für heute vorbei, bitte sag jetzt Aiden, dass er kommen soll."

Ich stand auf und ging zur Tür „Wird gemacht."

Ich griff den Türknauf und öffnete langsam die Tür. Es wäre schön gewesen, wenn ich dasselbe Glück wie Michael gehabt hätte und Aiden nicht suchen müsste, doch dem war leider nicht so. Ich hatte erwartet, dass Aiden in unserem Zimmer wäre, und meine Erwartung wurde bestätigt, als ich ihm dort mit Michael reden sah.

„Aiden, der Psychiater möchte dich sehen.", wie ein Soldat tat ich wie er mir befahl. Die Maschine blieb ruhig und ging schweigend aus dem Zimmer. Ich sah Michael nicht oft mit ihm reden, deswegen interessierte mich auch das Gesprächs Thema „Und, worüber habt ihr gesprochen?"

Er antwortete während ich mich auf das Bett fielen ließ „Über meine Vergangenheit, ich wollte seine Meinung wissen. Er ist jawohl der Objektivste von uns." Ich konnte nie erkennen, ob er lügt oder die Wahrheit sagt, das ging mir auch bei Tyron so. Auch wenn ich der Meinung war, dass Tyron öfters eine Lüge aussprach als Michael.

Es gab jedoch noch mehr, was mein Interesse geweckt hatte „Was solltest du für unseren Psychiater machen?"

Er wich der Frage schneller aus als er einen Faustschlag kontern würde „Es war nur ein Teil meiner Therapie, er meinte ich solle eine Meditationstechnik ausprobieren."

18

Ich brachte ihn leicht aus seiner Fassung „Und hat sie funktioniert."

Er log wohl, doch ich konnte mir dabei wirklich nicht sicher sein „Nein natürlich nicht, Meditation ist doch Schwachsinn."

Ich öffnete die Tür, setzte mich hin und wartete auf die überflüssigen Fragen des Arztes „Aiden wie geht es dir heute?"

Warum fragt er überhaupt, er interessierte sich doch sicherlich nicht für die Antwort „Wie immer."

Er reichte mir einen Spiegel „Beschriebe dein Äußeres."

Es gab keinen Grund dafür, also lehnte ich ab „Nein."

Er fasste sich an die Stirn „Das ist eine einfache Aufgabe, also warum willst du sie nicht ausführen?"

Es war dieselbe Antwort, warum ich keine andere Tätigkeit ausübte, die er mir befahl „Es gibt keinen Grund, es zu machen. Sie können mich sehen, also muss ich mich nicht beschreiben."

Er lächelte als wüsste er etwas, was ich nicht wüsste „Verstehe, doch stellen wir uns mal vor, ich könnte dich nicht sehen."

Ich sprach langsam, damit er es verstehen konnte „Nein, sie sehen mich, deswegen ist es unnötig. So wie generell jede dieser Sitzungen."

Er schrieb sich etwas auf seinen Klemmbrett auf „Du findest die Sitzungen also unnötig, das ist doch schon mal etwas. In den vorherigen Sitzungen hast du immer nur dasselbe gesagt und alle meine Methoden abgelehnt. Diesmal hast du eine Empfindung ausgedrückt, also wieso findest du die Sitzung unnötig."

Er hatte anscheinend die Bemerkung nicht verstanden „Unnötig ist keine Empfindung, es ist eine einfache Tatsache, ihre Sitzungen haben keinen Nutzen, also sind sie Unnötig."

Er schaute genauso kalt wie ich, ihm kümmerte meine Meinung nicht im Geringsten „Warum denkst du sind meine Bemühungen umsonst?"

Sobald ich einen Schritt aus dieser Anstalt mache, werde ich von der Regierung als Staatsfeind gebrandmarkt, ich hatte nur Glück, dass ich mich mit einer meiner Tarnidentitäten einweisen lassen konnte, so war ich zumindest für den Moment sicher „Weil ich nicht vor habe diesen Ort zu verlassen."

Er schaute mich fragend an „Warum hast du dich dann damals hier eingewiesen?" Es war meine einzige Chance zu fliehen, überall anders hätten sie mich gefunden und selbst wenn sie mich fänden, sie würden annehmen, ich hätte meinen Verstand verloren und mich in Ruhe lassen „Ich dachte ich hätte keine andere Wahl."

19

Er beugte sich vor „Also bist du vor deinem Leben geflohen. Du arbeitest für die Regierung, richtig?"

Ich hatte Glück, dass unser Psychiater, keinen Fernseher hatte, weil er dachte, es würde ihn bei seiner Arbeit stören, sonst wüsste er, dass mein Gesicht auf mehreren Fahndungspapieren war und ich wegen mehrfachen Mordes gesucht wurde. Doch er wusste das von der Regierung, dass könnte er höchstens wissen, wenn er selbst für sie arbeitete „Woher wissen sie das?"

Es machte keinen Sinn es zu leugnen, ich musste jetzt so viel wie möglich aus ihm herausbekommen „Es hat mir eine meiner Quellen verraten, doch viel wichtiger ist es, warum du hier bist, also was verschlägt einen ehemaligen Regierungsagenten in eine Irrenanstalt?"

Warum sollte er fragen, wenn er die Antwort kannte, also arbeitete er nicht für die Regierung, vielleicht ist ein bekannter von Catherine „Ich erzähle ihnen, die Geschichte, wenn sie sagen, wie sie heißen."

Er hatte keinen von uns seinen Namen genannt, er ließ uns ihn nur mit Arzt anreden, also wird er ihn jetzt genauso wenig sagen „Nein, mein Name ist nicht wichtig. Er würde uns nur im Weg stehen."

Es gab für ihn keinen Grund seinen Namen zu verschweigen, es sei denn, ich würde ihn kennen oder er tat es wirklich, weil es keinen Unterschied machen würde „Dann beende ich die Stunde jetzt, sie sollten morgen offener sein, dann wäre ich es sicher auch."

Ich ging wieder zur Tür und packte den Knauf „Tu mir noch einen Gefallen Aiden, sag Michael, er soll zu diesem Raum kommen und vor der Tür warten."

Ich wusste keinen Grund, doch mir war es egal „Kann ich machen"

Ich hätte ihn eh gesehen, wenn ich im Zimmer wäre, also warum nicht. Ich öffnete die Tür und ging den Flur entlang. Dabei dachte ich über eine absurde Idee nach. Ich dachte ebenfalls über die Theorie von Michael gestern Abend nach. Ich konnte mich nicht entscheiden, ob es hier alles eine Falle ist, oder nur so scheint. Mir passierte, was den meisten in meinem Beruf passiert, ich konnte nicht mehr von Freund oder Feind unterscheiden.

Ich hatte nur erwartet, dass er endlich den Raum verließ. Als er dann weg ging, schlich ich zur Tür und hielt sie gerade noch vom Zufallen ab. Nicht gänzlich unbemerkt schlich ich in den Raum rein, wo unser geheimnisvoller Therapeut gerade sich eine Entspannte Pause gönnte „Haben sie nichts Besseres zu tun, als hier faul auf ihrem Sofa herumzulungern. Ach ich habe eine Idee." Bevor

20

er auch nur ein Wort herausbrachte, sprang ich auf das gegenüberliegende Sofa und nahm das Klemmbrett in die Hand, welches er auf den Tisch abgelegt hatte „So, wie geht es ihnen heute? Haben sie gut geschlafen?"

Er spielte sogar überraschender Weise mit, dass machte es nur noch lustiger „Nein, ich hatte einen Albtraum."

Wenn er spielen will, dann gerne, doch ich spiele um zu gewinnen „Worum ging es in ihrem Traum?" Ich sprach die ganze Zeit, als würde ich ein Snob aus England sein, welcher schmerzen wegen den Stock in seinem Hintern hatte. Ich hatte nämlich die Theorie, dass unser lieber Therapeut ursprünglich aus England kam, auch wenn er keinerlei Akzent hatte.

„Ich rannte durch einen Wald, es war sehr dunkel, außer einem kleinen Lichtschimmer am Horizont. Doch obwohl ich immer schneller und schneller auf ihn zu rannte, desto weiter entfernte er sich von mir. Noch bevor ich meine Hand nach dem warmen Licht austrecken konnte, erlosch es und ich war gefangen in der Dunkelheit, umzingelt von Schatten."

Aus diesem Traum konnte man sehr viel herauslesen, auch wenn bei mir der Traum genau andersherum aussehen würde, Licht ist doch einfach nur hell und blendend „Haben sie Verlustängste?"

Er schaute mich überrascht an, wahrscheinlich hatte er nicht von mir die richtige Frage erwartet. Doch er sollte wissen, dass jeder mit einen Klemmbrett, Stift und Sofa seinen Job machen könnte „Ich habe doch nichts zu verlieren."

Er spielte wirklich immer noch weiter, oder war es vielleicht gar kein Spiel, vielleicht verfolgte er damit ein mir noch unbekanntes Ziel, wie dass ich mich selbst in ihn erkennen soll, doch dafür spielte er viel zu schlecht „Ihr Leben scheint vielleicht Wertlos, doch dieses können sie immer noch verlieren. Das Licht was in ihren Traum durch die Baumkronen schien, ist das flackern einer Kerze, und als sie dann langsam von den Schatten umhüllt wurde, erlosch sie. Und wir beide, wissen, dass das erlöschen einer Kerze für das durchschneiden eines Fadens steht. Und dieser Faden steht für, ach habe ich vergessen, sicher für etwas wirklich Wertlosen."

Er müsste sich wirklich verarscht vorkommen, doch er behielt die Fassung „Damit könnten sie recht haben, Matthew."

Meinen Zweitnamen wagte er erst einmal auszusprechen, doch das war auch besser so „Ich habe natürlich recht, dass bestätigt mir mein Titel, also sei so frei und nenn mich Doktor."

Er fühlte sich immer so aufgeblasen und setzte uns, seine Patienten, immer herab „Ein Titel sagt nichts über eine Person aus." Dass er, das wagte zu sagen, war einfach nur scheinheilig, heuchlerisch und seine darauffolgenden Worte waren nicht besser „Ein Titel ist wie das Äußere, nur Schein."

Er dachte wohl, dass er mich aufbringen könnte, doch das reichte nicht „Wenn er nur Schein ist, warum haben sie den einen Solchen? Dachten sie, sie würden damit etwas verändern in ihrem wertlosen Leben? Wenn ja, das wäre nur lächerlich, oder vielmehr jämmerlich."

So langsam machte es keinen Spaß mehr, wenn er nur einfach wie ein Patient antwortete „Nein, so naiv war ich noch nie, nur wurde ich in einer Arztfamilie geboren. Ich lernte schon mit sieben den Unterschied zwischen Mitose und Meiose."

In meinem hämischen Gehirn bahnte sich eine Idee, wie ich dieses kleine Spiel gewinnen konnte „Ich habe jetzt meinen Abschlussbefund für sie." Er richtete sich auf und lauschte gespannt meinen Worten „Es hat leider keinen Sinn für eine weitere Sitzung, ich würde eine schnelle und schmerzlose Lösung empfehlen. Ich weiß nicht sicher ob sie diese Prozedur kennen, doch ich hoffe, da sie ja Arzt sind, dass ihn eine Lobotomie geläufig ist. Es ist eine an sich gängige Methode und vollkommen harmlos, ich verspreche sogar ihnen eine Rückerstattung, falls sie unzufrieden mit dem Ergebnis sind."

Ich gewann, es war eine Genugtuung als er die Worte aussprach „Beenden wir das Rollenspiel und kehren wir in unsere wirklichen Rollen zurück."

Ich grinste, nach Michael war es das Lächeln eines Psychopathen, doch ich fand mein Lächeln schon immer himmlisch, wie das der Engel „Sie geben also ihre Niederlage zu, oder sind sie ein schlechter Verlierer?" Er ließ mich nicht einmal das Klemmbrett auf den Tisch

22

zurücklegen, sondern schnappte es kurz davor aus meiner Hand, wie ein gieriger Geier einen Kadaver. Nicht das auch nur eine Sache auf den Klemmbrett draufstand.

„Dieser Rollentausch, ist das eine Art Spiel, das man gewinnen kann, für dich gewesen?" Er nahm einen Stift aus der Tasche seines klischeehaften karierten Hemdes. Ich wollte ihn mit meinen Worten schneiden, so scharf war meine Zunge von meinem Blick gar nicht erst gesprochen, der schärfer als die Schneide jedes Messers war „Sie sind also doch ein schlechter Verlierer. Schade, ich dachte sie als scheinheiliger Arzt würden wissen, wie ein anständiger Verlierer handeln sollte. Haben sie denn nie mit ihrer Großmutter Mensch ärgere dich nicht gespielt?"

Er hatte jedoch meinen Schlag geblockt und konterte ihn mit überraschender Weise keiner ruhigen gelassenen, sondern aggressiven und anstachelnden Bemerkung „Du siehst unsere Therapie vielleicht als eines deiner Gedankenspielchen, doch das richtige Leben ist kein Glücksspiel wie Mensch ärgere dich nicht. Der Mensch ist seines eigenes Glückes Schmied, also ist nur Können, Disziplin und Ehrgeiz nötig um Erfolgreich zu sein."

Ich lächelte und zeigte ihn meine weißen scharfen Zähne „Wenn sie kein Mensch ärgere dich nicht spielen wollen, Monopoly ist auch noch da."

Er schaute zum ersten Mal in der ganzen Sitzung ernst „Was ist der Unterschied zwischen Spiel und wahren Leben, Tyron?"

Er hatte sicher die Antwort, man hat nur ein Leben, erwartet, doch diese hatte ich definitiv nicht vor zu geben „In Ordnung, falls sie wollen, Risiko oder das Spiel des Lebens sind auch noch akzeptabel. Doch auf jeden Fall nicht Halma oder Dame, dann fühle ich mich immer wirklich wie eine alte Oma."

Er versuchte mein Grinsen nachzumachen, doch es scheiterte an seinen Charme, es war nicht einmal vergleichbar mit meinem „Du willst also spielen, gut, dass kannst du haben. Doch jedes Spiel braucht einen Einsatz. Wenn ich gewinne, wirst du in den nächsten Stunden kooperativ sein."

Er hätte nicht einen Deal mit dem Teufel machen sollen, das war sein letzter Fehler „Geht klar, doch wenn ich gewinne, sagen sie mir alles was ich über sie wissen will."

Ich bin vielleicht ein mehrfach verurteilter Mörder und Psychopath, doch ich halte meine Deals, so viel war sicher und ich wusste, dass ich nicht gegen einen Psychiater verlieren würde.

Er nahm den Deal ziemlich schnell an „Gut, einverstanden. Dann können wir gleich beginnen, ich hole nur noch kurz deinen Gegner."

Er machte keine Späße und stand auf „Ich hatte erwartet, dass ich gegen sie gewinne nicht gegen irgendeinen Unbeteiligten."

Er ging zur Tür und hielt den Knauf „Er ist sicher nicht unbeteiligt und da du dir deinen Sieg sicher bist, ist es ja ziemlich egal, gegen wen du gewinnst."

Mit der Betonung seines Satzes wurde mein schöner Hochmut in den Dreck gezogen, doch ich wusste eins „Niemand kann mich schlagen egal in welchem Spiel." Er erhob sich jedoch wieder und stieg höher in die Lüfte als Ikarus selbst.

Er konnte mich noch nicht einmal mit seinem Grinsen verunsichern und seine Worte waren leerer als die von einen schon lobotomierten Affen „Gut, das Spiel wird Schach sein und du wirst gegen ihn spielen." Er öffnete die Tür.

Mein Lächeln war keines Wegs ein Eingeständnis meines triumphalen Sieges, es war, weil ich erwartet habe, dass er mein Gegenspieler in Schach sein würde. Wer auch sonst?

Die Warterei ging mir schon auf die Nerven, doch ich hatte die Hoffnung nach dem Warten, mehr über die Vergangenheit von Talian, welche er mir immer verheimlichte, zu erfahren. Doch als die Tür sich endlich öffnete zogen sich meine Mundwinkel nach unten, zum einen, weil mir klar wurde, dass es falsch wäre über Aidens Vergangenheit zu reden und es genauso falsch war, auf diese Weise etwas über die Vorgeschichte von Talian zu erfahren. Doch leider waren dies nicht die einzigen Gründe, Tyron saß auch noch mit einem breiten Grinsen auf der Couch

24

„Was macht er hier?", fragte ich wütend.

Der Psychiater versuchte mich mit seinen Worten zu beruhigen „Er ist hier wegen deiner Therapie." Es sah aus als würde er mit Tyron sprechen, auch wenn seine Worte an mich gerichtet waren.

„Das ist keine genaue Antwort?", meine Wut war diesmal auf den Psychiater gerichtet.

Er schloss nach meinem Eintreten die Tür und ging zu seinem Schreibtisch „Setzt euch bitte gegenüber." Ich tat was der Arzt sagte, auch wenn mich Tyron die ganze Zeit mit seinem Blick verfolgte. Auch als ich mich dann hingesetzt hatte, ließ er sein Blick immer noch nicht abweichen, ich wusste, dass er mich damit provozieren wollte, doch er wusste genauso, dass es funktionierte. Sein Grinsen alleine ließ schon in mir ein gewisses Verlangen aufsteigen.

Er schaute endlich zum Psychiater statt zu mir „Haben sie sich wirklich überlegt, dass sie ihn als ihren Spieler wählen wollen?"

Ich wusste immer noch nicht was hier vorging „Warum bin ich hier?" Der Arzt öffnete eine der Schubladen an seinen Holzschreibtisch und nahm ein Schachbrett heraus „Ich soll gegen ihn Schach spielen?"

Er legte das Brett zwischen uns auf den Tisch „Ja und du sollst gewinnen."

Ich hatte des Öfteren Schach gegen Talian gespielt, da es hier nicht viel anderes gibt, und immer gewonnen, doch das hieß nicht, dass ich auch gegen Tyron mit Leichtigkeit gewinnen könnte. Er war ein Psychopath, dass was wir mit Holzfiguren jetzt machen würden, machte er sonst auch mit Menschen. Der Arzt stellte die Figuren auf, Tyron erwiderte meinen Blick und schaute mit seinen roten immer Blut unterlaufenden Augen mir direkt in die Seele.

Jeden anderen Menschen würde es erschrecken, doch für mich war es nur eine Einladung zu einer Herausforderung „Bereit zu verlieren?"

KAPITEL 2

Ich wusste nicht warum ich gegen ihn spielen sollte, doch das war mir egal, mein Motiv war sein schwindendes Lächeln, wenn er seiner Niederlage bewusstwürde.

Tyron drehte das Schachbrett und preiste mit einer Handbewegung die Figuren an „Deine Farbe ist weiß, du hast den ersten Zug." Mir war es egal, ob ich anfange oder nicht, doch Tyron konterte anscheinend lieber, als anzugreifen.

Der Psychiater schob seinen Schreibtischstuhl heran und setzte sich gespannt neben das Schachbrett „Michael, du hast des Öfteren mit Talian gespielt und immer gewonnen, also erwarte ich auch hier einen Sieg."

Tyron erwiderte mit schneller Zunge „Gegen Talian zu gewinnen ist kein Kunststück. Er hat keinen Sinn für Taktik." Ein Punkt in den ich ihn zustimmen musste. Er war mit Sicherheit in der Beziehung ganz anders, also durfte ich ihn nicht unterschätzen.

Mir war der Plan gekommen keinen zu haben. Ich hoffte, dass dies gegen meinen Gegner ein Vorteil wäre, denn jeden Plan würde er in Sekunden durchschauen. Der erste Zug von mir war recht Standard, ich setzte den Bauern von E2 zwei nach vorne. Er ließ unsere Situation in Match widerspiegeln und stellte seinen Bauern auf E5 direkt vor meinen. Angriff war die beste Verteidigung, also führte ich meinen Springer auf F3. Sein Bauer würde geschlachtet werden, wenn er ihn nicht beschützen würde, doch natürlich deckte er ihn mit seinem eigenen Springer auf C6. Der Läufer bekam ebenfalls eine Chance auf C4. Tyron nahm ebenfalls den Läufer und stellte ihn mir gegenüber auf C5.

Natürlich, musste ich nicht nur seine Taktik durchschauen, ich musste auch sein Mundwerk ertragen „Du Michael, denkst du immer noch an dein erstes Mal? Das erste Mal ist doch immer am besten, die Gefühle die man hat, bekommt man nie wieder." Er versuchte mich aufzuregen, doch das funktionierte nicht, beim Schach konnte meine Konzentration durch nichts zerstört werden. Mein Glück, dass Tyron das nicht wusste, also setzte ich den Bauern auf B4. Er schlug ihn natürlich mit seinem Läufer „Keine Angst, ich werde ab jetzt wieder ruhig sein, damit du dich auf das Spiel konzentrieren kannst."

26

Ich wusste nicht was wir spielen, doch mit Schach hatte diese Partie nicht mehr viel zu tun, er versuchte nur mich zu spielen, doch im Gegensatz zu meiner Faust, konnte ich meinen Verstand kontrollieren. Ich bewegte den Bauern auf C3 und zwang seinen schwarzen Läufer auf A5.

Er provozierte mich wieder „Hörst du es seit deinen ersten Mal auch, die Stimme?" Mir war es egal, was er sagte, doch damit er dachte es hatte eine Wirkung bewegte ich den Bauern auf D4, natürlich schlug er ihn sofort mit seinen Bauern.

Er spielte schnell, ich wusste nicht ob er bei jedem Zug nachgedacht hat oder einfach nur irgendwelche zufälligen Züge machte. Ich führte eine Rochade aus um meinen König zu schützen. Er bewegte seinen Bauern nach vorne, ich konnte mir nicht vorstellen, dass er dies ohne Hintergedanken tat. Meine Dame zog nach B3. Er bewegte nun auch seine Dame und zwar auf F6. Ich setzte meinen Bauern auf E5. Der Bauer bereitete der Königin eine so große Angst, dass sie auf G6 floh. Ich deckte jetzt den Bauern nicht nur mit dem Pferd, sondern auch mit dem Turm, indem ich den Turm auf E1 stellte. Er holte die zweite Kavallerie aus dem Versteck und bewegte sie auf E7. Ich nahm meinen zweiten Läufer und richtete ihn auf sie, indem er sich auf das Feld A3 bewegte. Er Bewegte seinen Bauern auf B5. Ich schlug ihn direkt mit meiner Dame. Er bedrohte sie natürlich, als er den Turm auf B8 stellte. Ich musste sie auf A4 ausweichen lassen. Er bewegte seinen Läufer auf B6. Ich entwickelte meinen noch zuvor entspannt warteten Springer nach D2. Er zog seinen zweiten Läufer nach B7. Ich spielte meinen Läufer nach E4. Seine Dame stellte er gedeckt von seinem Springer nach F5. Ich überrannte seinen Bauern mit dem Läufer und setzte ihn den Springer deckend auf D3. Er bewegte seine Dame auf H5. Ich opferte meinen Springer, damit er sich auf der sicheren Seite wog und setzte ihn auf F6. Er wurde direkt von seinen Bauern geschlagen, ich schlug ihn jedoch direkt mit meinen Bauern zurück. Er zog nun seinen Turm nach G8 und machte eine Rochade seinerseits unmöglich. Er spielte sehr offensiv als Schwarz, ich wusste nicht wann es sich gewechselt, doch ich war definitiv nur noch derjenige der konterte. Ich setzte meinen Turm von A1 nach D1. Er schlug mit seiner Dame den Springer auf F3. Ich hatte jedoch meine Taktik nun geändert und ich hatte mir ein Plan entwickelt und für diesen brauchte ich den einen Turm nicht. Also zog ich ihn nach E7 und schlug seinen Springer.

Der andere Springer war darüber nicht erfreut und schlug zurück „Nur damit du es weißt, ich habe schon gewonnen." Er hatte recht, ich musste den König ab jetzt immer Schach stellen, sonst würde er meinen König auf F2 Schach stellen und ihm dann endgültig den Garaus machen auf G2. Es gab nicht viel was ich tun konnte und meine Idee hatte leider einen fiesen Nachgeschmack, doch ich musste es tun. Ich opferte die Könige auf D7, der König war Gnadenlos und köpfte sie persönlich. Ich stellte den König mit meinem Läufer nun auf F5 in Schach. Er spielte zum ersten Mal nicht aggressiv, doch das würde ihn zum Verhängnis werden. Er zog seinen König nach E8. Es war vorbei, ich konnte nicht mehr verlieren, die nächsten Züge waren von mir schon durchgeplant. Ich bedrohte seinen König mit dem Läufer den ich auf D7 setzte. Egal in welche Richtung er floh, die Vollstreckung würde kommen.

Er zog nach F8 und sprach ruhig die Worte ohne abfälligen Klang „Gutes Spiel."

Ich erlegte seinen König auf E7 „Matt."

Der König fiel zu Boden. Ich hatte zwar gewonnen, doch meine Freude schmälerte sich, als ich Tyrons Blick sah. Ich konnte schwören, dass kurzeitig Talian mein Gegenüber war. Ihre beiden Reaktionen waren genau dieselben. Er schaute nicht traurig, noch wütend, er hatte einfach nur Spaß am Spiel gehabt. Es erschreckte mich wirklich, doch ich kam auf andere Gedanken, als ich das Lächeln von unserem Therapeuten sah

„Tyron du kannst jetzt gehen, ich freue mich schon auf unsere nächste Sitzung. Ich weiß, du hältst dich an unsere Vereinbarung.", die Stimme des Psychiaters machte mir Angst.

Ich wusste nicht wer der größere Psychopath war, Er oder Tyron, doch dieses Spiel hatte meinen Blickwinkel komplett verändert. In diesen Moment entschloss ich ihm nichts mehr über mich oder einen anderen zu verraten. Tyron versprach uns von Beginn an uns nicht zu töten, doch bei dem Blick des Psychiaters wünschte ich wohl lieber, er hätte uns das auch versprochen. Tyron ging schweigend zur Tür, er berührte schon fast den Knauf, als ich aufstand. Er beendete seine Bewegung und schaute zu mir.

„Warte, ich komme mit dir.", dass ich diese Worte zu ihm sage, hatte ich nicht in meinen kühnsten Albträumen erwartet.

Der Arzt war sichtlich überrascht „Ich dachte wir wollten noch über etwas reden?"

Ich ging zur Tür und öffnete sie „Darüber können wir auch in der nächsten Stunde reden. Wir haben es ja nicht eilig."

Wir verließen gemeinsam den Raum. Tyron schwieg die ganze Zeit bis wir ihn unseren Raum ankamen, ich hatte ihn noch nie so erlebt. Er kannte wohl den Geschmack einer Niederlage noch nicht. Für einen eiskalten Psychopathen verhielt er sich ziemlich kindisch. Jetzt hätte er nur noch etwas Dummes vorschlagen müssen, was seine Niederlage wettmachen würde. Natürlich waren Talian und Aiden schon im Raum, sie hatten ja nichts anderes zu tun. Tyron schlosss hinter uns die Tür, indem er sich dagegen lehnte.

Ich hatte schon Öfters daran gedacht, doch mir fehlte das passende Motiv. Aber ich sah es in seinen Augen, als er das Lächeln vom Psychiater erblickte, ein Funke der mir zur Hilfe kam. Im Gegensatz zu mir, hatte er zuvor nicht erkannt, dass der Psychiater genauso verrückt war, wie wir.

Talian schaute etwas wie ein verängstigter Hund, er hatte wohl erwartet, dass ich ihm jetzt ein Ende setze „Warum schließt du die Tür, Tyron."

Ich war mal nett und beruhigte ihn, statt ihm wie sonst aufzuziehen, da ich auch seine Hilfe brauchen könnte „Damit wir nicht gestört werden. Ich will mit euch etwas besprechen."

Aiden war neugierig eine Emotion, die ich von ihm nicht kannte und er stand vom Bett auf. „Worüber?", fragte er mit seiner roboterartigen Stimme.

Ich nahm den Stuhl und setzte mich verkehrtherum drauf. Mein Hass auf Menschen, die dauernd um den heißen Brei herumredeten, war groß, also kam ich direkt zum Punkt „Über unsere Flucht."

Michael blieb verdächtig ruhig, als hätte er selbst gerade mit den Gedanken gespielt. Talian hingegen wurde nahezu panisch „Wir können doch nicht fliehen, das wäre eine Straftat."

Aiden hatte ebenfalls einen Einwand beizutragen „Hast du nicht gestern noch gesagt, dass sie uns hier helfen?" Das sagte ich nur, um

29

Michael zu ärgern, ich hatte dasselbe wie er schon vor Wochen gemerkt.

„Ich sagte, dass wir hier sind, damit uns geholfen wird, doch nicht, dass es in Wirklichkeit so ist.", meine Worte sollten Michael nicht aufregen, deswegen sagte ich nicht die ganze aufrechte Wahrheit, sondern verdrehte sie ein bisschen.

„Wir sollten fliehen.", sagte derjenige, der nie mit mir einer Meinung war, zumindest es nie zugeben wollte.

Überraschend schnell wanderte Talians verängstigter Blick auf Michael „Du bist auch dafür?"

Michael schaute, anstatt nach unten, wie die ganze Zeit seit wir den Raum betraten, zu Talian und nickte langsam „Ich hasse Tyron immer noch, doch ich fürchte mich nicht vor ihm, im Gegensatz zu dem Mann im Besprechungszimmer, er macht mir wirklich Angst."

Selbst er konnte Talian nicht überzeugen, doch er war ja auch nur ein unvernünftiges Kind „Er hilft uns, also warum solltest du Angst vor ihm haben"

Er konnte es nicht verstehen, doch Michael versuchte es ihm trotzdem zu erklären „Er hatte diesen Gesichtsausdruck, ich sah ihn nur bei einem anderen Menschen zuvor."

Ich wusste wen er meinte und musste einfach auch etwas hinzufügen „Ich werde immer rot, wenn du von mir sprichst." Doch das war nicht alles, sagte Michael sein Gesichtsausdruck, also bohrte ich nach „Und, du willst dich doch noch von etwas Bestimmten entledigen?"

Aiden meldete sich zu Wort „Er meint die Aufgabe, die er vom Arzt bekommen hat. Er sollte von mir Informationen sammeln. Wenn du dich fragst woher ich das weiß, weil mir die Hinterlistigkeit des Psychiaters schon vom ersten Moment auffiel. Ich hatte schon die Vermutung, dass er für meinen ehemaligen Auftraggeber arbeitete und abgestellt wurde, mich vorerst nur zu bewachen. Für die Zwei die noch nicht im Bunde sind, ich arbeitete für die Regierung und ich werde dazu keine weiteren Fragen beantworten."

Ich hatte schon immer die Theorie, dass er ein Auftragskiller für die Regierung war und aus irgendeinem Grund liquidiert wurde. Er

30

hatte wohl bei einem Auftrag Mist gebaut und wurde von der Regierung fallengelassen oder war einfach nur ein paranoider Verrückter. In beiden Fällen profitierte ich davon.

Talian hingegen war sich immer noch nicht sicher „Wenn Aidens Vermutung wahr ist, dann sollten wir nicht erstmal nach Beweisen suchen." Er blieb ruhig und es schien ihn auch nicht gerade zu stören, was er gerade von Aiden hörte. Wusste er, nein diese Idee strich ich direkt wieder aus meinem Kopf.

Michael dachte hingegen wenig nach, wen wunderte das schon, und beantworte schnell Talians Frage „Ich sagte doch, die Pillen, die wir schlucken, sind alle gleich. Es sind nur Placebos, wir werden hier nicht behandelt." Ich war überrascht, dass er den Ausdruck Placebo kannte, doch wahrscheinlich hatte ich ihn schon des Öfteren unterschätzt.

Talian reichten jedoch die Pillen nicht „Wenn das eine Einrichtung der Regierung ist, warum sind dann wir drei auch hier? Nicht nur wir, sondern generell auch die anderen Patienten."

Ich hatte keine schlüssige Theorie, doch Aiden äußerte seine ersten Vorstellungen „Sie sind wahrscheinlich nur zur Tarnung, vielleicht sind es auch Regierungsagenten. Doch warum ihr drei hier seid bin ich mir nicht sicher, ich kann mir bei Tyron einen Grund vorstellen, doch bei euch beiden nicht. Ich kenne aber auch nicht die Vorgeschichte von dir, Talian." Talian Antwort war leeres schweigen.

Michael hingegen wendete mal etwas halbwegs Kluges ein „Wir könnten überprüfen, ob die anderen Patienten echt sind, wenn wir unbemerkt in das Besprechungszimmer gelangen. Dort müssten die Unterlagen von jedem Patienten sein." Wie gesagt war es nur halbwegs klug, ich antwortete in meinen freundlichsten Ton „Wir reden hier von einer Geheimregierung, sie haben sicherlich diese auch gefälscht." Aiden hatte wohl die größte Ahnung was die Regierung betraf, deswegen vertraute ich seinen folgenden Beitrag „Sie hätten definitiv die Papiere gefälscht, doch was interessieren uns die Patienten, wenn wir schon es mit einem falschen Arzt zu tun haben?" Er hatte einen wichtigen Punkt eingebracht, deswegen hörte ich ihn mal mit meinen beiden Ohren genau zu „Die

Regierung hat Unterlagen von jedem ihrer Mitarbeiter, also auch von unserem unbekannten Arzt."

Michael fragte hoffnungsvoll „Und du als Agent für die Regierung kannst diese einsehen?"

Aiden schüttelte den Kopf „Nein, leider nicht, ich habe natürlich meinen Zugang verloren. Die einzige Möglichkeit wäre, wenn wir uns einhacken, doch in diesem Gebiet kenne ich mich nicht gut aus. Zumindest nicht genügend, um den Hauptserver der Regierung zu hacken"

Er vielleicht nicht, doch dafür ein anderer „Keine Angst, ich kann mich darum kümmern, ist kinderleicht." Wer mit mir gerechnet hatte, lag falsch, die Antwort kam von unserem einzigen weißen Lamm

„Es muss ja auch Kinderleicht sein, wenn du es kannst." Sie ignorierten traurigerweise meinen Einwurf. Doch jetzt ging es auch nicht um mich, sondern um den der von seinen Eltern anscheinend Hackunterricht spendiert bekommen hatte. Michael schaute verwundert, als hätte er dies niemals erwarten können und selbst ich hatte das nicht wirklich vom kleinen Talian erwartet.

„Du kannst dich wirklich in die Regierungsdatenbank einhacken?", fragte Michael mit großen Zweifeln.

Talian nickte fröhlich und unschuldig „Ja." Seine Stimme senkte sich „Doch, dafür brauche ich auch natürlich den Computer im Besprechungszimmer oder einen Anderen."

Wir mussten also einen Computer auftreiben, dann würden wir Gewissheit haben. Natürlich ist mir die Gewissheit ziemlich egal, doch das würde die Moral der Anderen stärken. Auch wenn nur Talians Moral wirklich gehoben werden musste, die Anderen würden mir bei meinem Plan auch so folgen. Ich würde sie auch als kleines Dankeschön nach der Flucht nicht töten, auch wenn mein Versprechen an sich nur für diese Anstalt galt.

Michael wollte jedoch noch eine Sicherheit von uns „Ich will von jedem einen Grund haben für seine Flucht." Er hatte einen Punkt, wenn man den Handlungsgrund kennt, dann weiß man ob einem Menschen getraut werden kann.

32

Ich fing an, natürlich war auch ein Grund, dass ich in den folgenden Stunden kooperativ sein sollte, doch es gab noch zahlreiche andere Gründe „Die Welt hier drinnen ist langweilig, dort draußen ist die Freiheit. Ich hasse diesen alltäglichen Kram, der wirklich immer denselben Nachgeschmack hinterlässt." Ich tat sicherlich gut ihn nichts von meinem Verlangen, wieder zu töten, zu erzählen.

Aiden setzte die Kette fort „Ich habe dort draußen noch einen Auftrag und ich habe in der Zeit in der ich hier gefangen war, erkannt, dass es Zeit wird ihn fortzusetzen. Und zudem, wenn unser Psychiater, der uns noch nicht einmal seinen Namen verraten hat, für die Regierung arbeitet, ist es nur eine Frage der Zeit, bis wir Tod sind."

Den Auftrag würde ich zwar liebend gern erfahren, doch ich fragte lieber nicht nach. Talian zögerte recht lange, dies merkte auch Michael, vielleicht wäre es einfacher gewesen, ohne ihn die Flucht zu planen.

Mir fiel wieder keine Antwort ein, doch diesmal einfach nur, weil ich keinen Grund hatte auszubrechen. Ich habe mich doch selbst eingewiesen, was niemand wusste, also warum sollte ich dann ausbrechen.

Während des Gespräches, kam mir eine Idee. Ich hatte vor am nächsten Morgen, mich selbst ausweisen zu lassen, wenn dies verhindert werden würde, dann hätte ich einen Beweis. Denn falls es die Wahrheit wäre, was sie sagen, hatte ich einen Grund „Ich will kein Experiment sein, was entsorgt wird." Ich würde ihnen vielleicht nie von dem Grund erzählen warum ich hier bin, doch der musste auch ein Geheimnis bleiben.

Michael antwortete als nächster, es kam nicht überraschend was er sagte „Der Psychiater hat uns ausgenutzt und das macht mich sauer. Doch der Grund, warum ich fliehen will, ist, dass mir schon ein Psychopath im Leben reicht. Den Arzt brauche ich dann nicht auch noch, ich will nur weg von hier." Aus irgendeinem Grund erwartete ich eine Bemerkung von Tyron, doch es kam nichts Obszönes oder Ärgerliches „Wir sollten jetzt schlafen gehen, wir werden morgen weiterreden, das ist ein längeres Vorhaben." Er legte sich hin, wir taten ihm es auch kurz danach gleich.

Ich hatte Tyron noch nie so ruhig und nachdenklich erlebt. Er war sonst eher aufgedreht. Irgendetwas musste vorgefallen sein, bevor Michael und Tyron zurückgekommen sind. Michael würde sonst niemals für eine Idee von Tyron stimmen, schon aus Prinzip hätte er den Vorschlag abgelehnt.

Am nächsten Morgen wurde ich von einem lieblichen Wesen aus dem Schlaf gerissen „Tyron warum weckst du mich, da sehe ich lieber einen Pfleger?" Ich schaute auf die Uhr, die über der Tür hing, es war gerade mal vier Uhr. Der Pfleger würde erst in zwei Stunden unsere Medikamente bringen und uns die Tür aufschließen. Tyron flüsterte um die anderen nicht zu wecken, so rücksichtsvoll kannte ich ihn gar nicht, er musste wohl irgendetwas von mir wollen.

Es war ein Treffer ins Schwarze „Tu mir bitte einen kleinen Gefallen Michael und greife doch den Pfleger an."

Ich blieb nur ruhig, um Talian nicht aufzuwecken „Ich sage dir das jetzt ganz nett, wenn ich noch eine so dumme Forderung von dir höre, dann werde ich dafür sorgen, dass bei unseren nächsten Streit Talian nicht anwesend ist, um mich zu beruhigen."

Er änderte schnell seinen Plan „In Ordnung, das war Plan A, dann halt B. Doch dafür brauche ich etwas, was man als Dietrich verwenden kann." War er jetzt komplett verrückt geworden.

„Du weißt, wir sind hier in der Geschlossenen, also wie soll ich ein Dietrich haben?", ich blieb für meine Verhältnisse noch sehr ruhig.

Er musste ziemlich durcheinander sein, es gab jedoch hier kein Alkohol, womit er seine Vorschläge rechtfertigen könnte „Dann halt nicht." Er legte sich wieder in sein Bett und ließ mich in Frieden. Ich wusste nicht warum er so aufgebracht war und warum solche dummen Ideen von ihm kamen.

Da mir es nicht mehr möglich war einzuschlafen, blieb ich wach, bis der Pfleger in das Zimmer spazierte und alle mit einen tiefen, doch lauten Schrei weckte „Aufstehen, nimmt eure Medikamente." Er verließ den Raum und ließ die Tür einen Schlitz weit offen, während die anderen speziell Talian langsam wach wurden.

34

Ich ging zu den, auf den Tisch gestellten Tablet, mit den Pillen. Talian sagte noch halb am Schlafen „Warum nimmt ihr noch nicht die Medikamente?"

Er rieb sich die Augen, als ich ihm eine Antwort gab „Sie könnten vergiftet sein."

Tyron brachte noch ein wichtiges Detail ein „Wir sollten uns jedoch normal aufführen, wenn sie merken, dass wir rebellieren, dann ist es für unser Vorhaben schon zu spät." Er hatte recht, auch wenn ich das ungern zugab.

Ich war zwar noch sehr müde, doch als ich aufstand und mich streckte, wurde ich schon viel wacher „Wir sind hier schon seit etwa einem Jahr und sie haben uns noch nicht versucht umzubringen, also warum genau heute." Michael wollte mich zwar abhalten, indem er vom Bett sprang und mich am Arm festhielt, als ich zu den Medikamenten gehen wollte, doch er ließ schnell, nach einem kurzen Blick von mir in seine blauen Augen, los. Ich konnte meine Tabletten in die Hand nehmen und sie mit einem kräftigen Schluck aus dem Becher einnehmen „Du hattest unrecht, sie sind nicht vergiftet und schmecken wie immer süß wie Kekse."

Michael nahm seine ebenfalls „Deine Erwartungen an Kekse sind sehr gering, nicht wahr?"

Als Aiden aufstand und ebenfalls seine Medikamente nahm, gab ich Michael eine ehrliche und zugleich traurige Antwort „Ich habe noch nie Kekse oder etwas Vergleichbares gegessen, ich stell mir nur so Kekse vor."

Michael schaute überrascht und mitfühlend „Wie kann man sein Leben verbringen, ohne jemals einen Keks gegessen zu haben?"

Ich gestand ihm etwas trauriges über mich „Meine Kindheit war nur lernen, meine Eltern waren damals sehr streng, ich hatte nicht viel Freizeit, dem entsprechend war Kekse zu kaufen und zu essen nicht vorstellbar. Später vergaß ich dann, dass es so etwas wie Kekse überhaupt gab."

Selbst Tyron schaute traurig, doch Michael lächelte als wären ihre Rollen vertauscht worden „Gut, dann hast du noch einen Grund, wenn wir draußen sind, dann spendiere ich dir Kekse."

Sie mögen zwar lächerlich klingen, doch ich hörte diese Worte gerne. Ich war zwar aus einem guten Grund gegen die Flucht, doch wenn ich bei meinem heutigen Vorhaben, scheitere, werde ich sie mit allen Mitteln unterstützen. Ich schaute noch einmal jeden an. Tyron flößte mir zwar noch immer etwas Angst ein, doch nicht vergleichbar zum Beginn, wo er uns mit seinem mordlüsternen Lächeln, seinen dämonischen roten Augen oder mit seinen tief schneidenden Worten beängstigte. Auch wenn ich nicht glaube, dass Aiden ihn jemals als Gefahr ansah.

Meine Einstellung zu Aiden, derjenige, welcher mich mit seiner Eiseskälte und Apathie anfangs verschreckt hat, hatte sich zwar nach der langen Zeit etwas geändert, doch dass er für die Regierung arbeitet und diese auch hinter seiner Einweisung stecke, hielt ich als Hirngespinst eines Paranoiden. Auch wenn das eher weniger zu seinem Krankheitsbild passte. Michael, der des Öfteren seine Kontrolle verlor, hat mir jedoch nie Angst gemacht, ich wusste schon zu beginn, dass er mich niemals verletzen würde. Er hatte zwar keine Ahnung, wer ich in Wahrheit war, doch ehrlich gesagt, dass hatte ich auch nicht, sonst könnte ich unserem Arzt eine Antwort geben und wir hätten nicht mehr über einen Ausbruch diskutieren müssen.

Als ich dann meinen Gedankenkreis schloss und zur Tür ging, stellte sich Tyron vor mir auf „Wohin willst du?"

Ich hatte das Gefühl er traute mir nicht, doch bevor ich seine Frage beantworten konnte, griff Michael ein „Talian ist wohl vertrauenswürdiger als ein Serienkiller."

Tyron schaute mich erst ernst an, doch als er dann zu Michael blickte, setzte er wieder sein normales Grinsen auf „Aber nach dem Psychiater, kann ich doch nichts für die ganzen Menschen, die ich getötet habe, ich bin ja Krank und das Verlangen andere zu töten, ist eines der Symptome."

Es gab Menschen die es so sahen und Andere. Michael war definitiv nicht dieser Meinung und verurteilte immer Tyron. Ich selbst war mir noch nicht einmal sicher, ob Tyron sich nicht einfach verrückt gestellt hat, um nicht ins Gefängnis zu wandern. Er war sehr klug und gerissen, doch wahrscheinlich kommt das mit dem Verrückt sein. Warum sonst sollte er so viele getötet haben? Kein Mensch bei Verstand würde Spaß daran haben, ein anderes Leben zu beenden. Michael hat damit auch eine schwere Bürde auf sich geladen, er hatte panische Angst, dass er so werden könnte wie Tyron, da er selbst schon jemanden das Leben genommen hat. Ich habe ihn damals gesagt, dass es Schwachsinn wäre und er niemals so werden könnte, wie dieser Geisteskranke. Er plagte sich mit Schuldgefühlen und wurde fast von ihnen zerfressen. Tyron würde niemals für einen Mord

36

Schuldgefühle entwickeln, selbst wenn seine eigenen Eltern die Opfer gewesen wären. Ich konnte nun passieren und wurde nicht mehr aufgehalten oder gefragt was ich vor hatte zu tun.

Der Gang war noch menschenleer, nicht einmal ein Pfleger war zu sehen, es fühlte sich fast so an, als wäre ich alleine in einem verlassenen Sanatorium. Ich ging in den Versammlungsraum, wo sich auch die anderen Patienten befinden sollten, doch noch keiner war zu sehen. Es war einfach nur eine gähnende Leere. Ich reimte mir alles zusammen, dass die Patienten gerade noch schliefen und die Pfleger diese gerade weckten und deswegen nicht hier seien. Doch da ich hier ungestört war, konnte ich gut nachdenken, über die Theorien von Michael und den Anderen.

Ich musste noch etwas mit Michael besprechen, deswegen schloss ich die Tür. Aiden fragte mich dabei „Du weißt, wir sollen die Tür nicht schließen, dass sehen die Pfleger nicht gerne."

Ich schüttelte meine Hand „Ach, was interessieren uns die Pfleger, wenn wir drei schon bald frei sind."

Michael merkte sofort an „Wir sind vier, ich dachte du hättest zählen gelernt?"

Er hatte den richtigen Punkt getroffen „Genau das wollte ich mit euch bereden. Talian ist ein guter Mensch, er ähnelt uns so sehr, wie ein Schmetterling einem Löwen. Deswegen befürchte ich, dass er uns nicht unterstützen wird und nur unsern Plan auffliegen lässt."

Michael machte sich vor mir groß „Du weißt hoffentlich noch, was ich dir heute Morgen gesagt habe. Denn ich werde es nicht wiederholen."

Talian war zwar nicht da, doch Aiden stellte sich diesmal gegen Michael „Tyron hat recht, der Junge ist nicht wie wir. Er hat keinen wirklichen Grund, das hast du auch gemerkt."

Es war gut, Aiden auf meiner Seite zu wissen „Talian ist ein Angsthase, er wird wahrscheinlich gerade dem Arzt alles verraten."

Michael war wie ein wildes Tier, deswegen verstand er auch etwas von der Rangordnung. Er war ein verhungernder Hai, der Blut geleckt hat, doch von seinen Gewissen immer aufgehalten wird.

37

Aiden war ein gewissensloser Wolf, der seine Beute immer vor Augen hat, und nur wegen des Triebes tötet und nicht aus Spaß.

Ich war eine hinterlistige Schlange, die wegen ihres Aussehens unterschätzt wird und bevor man sich versieht ihre Fangzähne in Nacken hat.

Talian war nur eine kleine Spinne, die nur auf eine Gelegenheit wartet und nicht selbst für eine sorgt. Er war noch nicht einmal eine gefährliche Spinne, sondern nur eine Verängstigte, auf der man Herumtrampeln konnte.

Michael stritt das natürlich ab und gestikulierte wie immer stark mit seinen Händen, als würde er ausholen für einen Schlag „Talian würde niemals etwas den Arzt sagen, er kennt in Gegensatz zu euch, Loyalität und noch andere gute Eigenschaften."

Er war sich dabei so sicher „Wenn er so gut ist und diese Loyalität hat, sowie unser Vertrauen verdient hat, von der du so in hohen Tönen sprichst, dann wird er dir wohl ebenfalls so sehr vertraut haben und den Grund erzählt haben, warum er hier ist, oder?"

Ich erfreute mich an seinen langsam begreifenden, doch immer noch abstreitenden Gesichtsausdruck „Wer will schon von dem Grund reden, warum er hier ist?"

Das war eine einfach zu beantwortende Frage „Ich. Ich liebe es darüber zu sprechen. Ich empfinde Stolz in jeder meiner damaligen Taten und verspüre sicher keine Reue. Ich habe die Geschichte euch auch des Öfteren erzählt. Falls das nicht zuvor schon klar geworden ist, ich bin ehrlicher als er." In mir wuchs das Gefühl der Freude, manchmal musste ich einfach Grinsen, wenn ich mal wieder jemanden aus Spaß etwas aufzog. Doch das Grinsen war meistens nicht mehr zu unterbinden und ich musste mir immer einen guten Grund ausdenken, dass ich nicht für einen verrückten gehalten werde. Als ich wieder Michael anschaute, sah ich, dass er nicht auf meine Rede einging, sondern wirklich über Talian nachdachte.

Ich wollte ihn mit aufmunternden Worten unterstützen „Hey, denk daran, ob der kleine Junge auch Vertrauen in dich hatte, als du die Kerle, die ihn mobbten ausgeschaltet hattest."

38

Seine Reaktion war abzusehen, er packte mich mit beiden Händen an meinen Schultern und drückte mich wie ein wildgewordener Stier mit seinen Hörnern gegen die Wand.

Er war glaube ich ziemlich erregt, doch ich lächelte schamlos weiter „Woher weißt du das, ich würde das niemals einer kleinen verräterischen Schlange wie dir erzählen."

Es gab nicht viel was mir mein Grinsen verzog, doch dies war eines der Ausnahmen „Wag es ja nicht noch einmal eine Schlange als verräterisch darzustellen, nenn sie meinetwegen heimtückisch, doch sie sind reiner als jeder dreckige Mensch je sein könnte."

Er dachte ich mache nur Spaß „Hör auf mit deinen dummen Witzen und sag mir die Wahrheit."

Ich schätzte er würde es nicht wahrhaben wollen, doch wer kann schon einer kleinen süßen gut inszenierten Lüge widerstehen „Wem hast du es denn erzählt oder wer von uns vier ist gerade abwesend? Die Antwort ist bei beiden Fragen dieselbe."

Er ließ mich los und stolperte rückwärts als hätte ihn ein harter Schlag getroffen. Er glaubte mir leichter als gedacht, ich hatte mit mehr impulsiven Reaktionen von ihm gerechnet. Doch nur nach kurzer Zeit wurde ich bestätigt, er musste wohl noch erstmal seine Gedanken setzten lassen „Du bist ein motorischer Lügner, also warum sollte ich dir glauben?"

Es gab keinen Grund mir zu glauben und ja ich log, ich habe mir nur mal mit einem unauffälligen Blick, die Notizen vom Arzt angeschaut. Den Rest habe ich mir zusammengereimt, ich war mir niemals sicher damit, doch jetzt hatte ich wohl den richtigen Nerv getroffen. Dadurch hatte sich wohl sein Beschützerinstinkt für Talian gebildet. Er ist weicher als ich dachte, doch meiner Meinung nach hatte er Spaß am Töten. Zumindest vom Moment, in welchen sein Gegner durch seine Hand starb und das Blut nur so floss, konnte er nicht genug bekommen.

Ich setzte mein Lächeln wieder auf und zeigte ihm pures Selbstbewusstsein „Wie hätte ich es sonst erfahren können, er war der Einzige, der es mir sagen konnte, das weißt du selbst. Es war ja auch dein größtes Geheimnis, welches du schon immer mit deinem Leben beschützt hast, du warst nur in einen Augenblick nicht in der

Lage es zu bewahren, als du die Ähnlichkeit von Talian mit demjenigen, welchen du enttäuscht, verschreckt und in Panik versetztes, bemerktest."

Es war zwar alles nur ein Glückstreffer, doch diese taten, trotzdem höllisch weh. Es war wohl, dass erste Mal, wo ich ihn so verletzt hatte, es fühlte sich herrlich an. Ich hätte mich nicht so auf meine Freude konzentrieren sollen, denn dadurch sah ich den Schlag nicht kommen, sondern spürte ihn erst beim Aufprall gegen meine Backe. Da war es also wieder, das Tier, was ich vermisste. Als ich mich wiederaufrichte, sah ich das brennende Verlangen in ihm, dem Blutrausch, ich hatte denselben Blick bei meinen Ersten „War das schon alles?"

Ich hatte keine Angst vor den Tod, ich wäre Stolz sein erstes Opfer von vielen zu sein, die Anderen waren nur versehen und zählen nicht. Das ist auch der Grund, dass ich niemals aufhören würde, ihn weiter zu reizen.

Doch genau an diesen Tag hatte ich nicht vor zu sterben, deswegen hörte ich auf ihn wütend zu machen und beruhigte ihn stattdessen „Der Schlag beweist nur, dass du es auch weißt. Talian ist vielleicht der Gute in dieser Geschichte, doch genau das Unterscheidet ihn von uns. Wir sind der Abschaum der Welt, ob wir nun wegen Verrat, Mord oder aus irgendeinem anderen Grund hier drinstecken, wir sind keine Helden, sondern Monster. Doch wir müssen auch keine Helden sein, selbst wenn wir dabei das Recht auf ein freies Leben verwirken. Wir sind Monster, also können wir uns einfach dieses Recht nehmen." Ich griff Michael voraus „Du wirst jetzt wahrscheinlich einwenden, dass Talian weniger verdient hat in dieser Zelle zu verrotten als wir und damit hast du auch vollkommen recht. Doch da er einer von den Guten ist, sieht er dies etwas anders, er denkt wahrscheinlich, er wäre hier aus einem guten Grund. Diesen jedoch wissen wir nicht, genauso wenig wie wir wissen, wo er gerade ist."

Michael wandte noch einen Punkt ein und diesmal keinen Faustschlag „Wie sollen wir denn uns in die Regierung einhacken ohne ihn?" Er war wirklich nicht der klügste.

40

„Das brauchen wir doch überhaupt nicht, dass ist ein unnötiges Unterfangen, welches wir nur vorhaben, weil Talian uns nicht für glaubwürdig genug hält."

Michael blieb bedauerlicherweise standhaft „Wenn Talian nicht mitkommt, dann lass ich den Plan persönlich aufliegen." Ob er sich wirklich so etwas trauen würde, war ich mir nicht sicher, doch das könnte definitiv ein Problem werden.

Ich sah keinen anderen Weg mehr, ich gab also für den Moment auf „Du hast gewonnen, Talian kommt mit, doch heul dich nicht bei mir aus, wenn er dir ein Messer in den Rücken rammt."

Michael antwortete ruhig, in seiner Stimme war keine Aufregung mehr zu erkennen „Warum bist du auf einmal gegen Talian? Gestern Abend hattest du doch noch kein Problem mit ihm."

Er hatte recht, doch ich bin die ganze Nacht wach gewesen und dachte über einen Fluchtplan nach. Talian erwies sich bei jeder Methode als Problem. Wenn wir zum Beispiel einen Wärter töten müssten, würde er uns sicherlich versuchen aufzuhalten und damit auch noch sämtliche Aufmerksamkeit auf uns ziehen.

Er war einfach nur eine Belastung, die uns die Flucht erschwerte, in diesem Fall dachte ich rein pragmatisch, genauso wie Aiden immer, welcher die Frage noch vor mir beantwortete „Er bringt uns kein Nutzen." Er hat es zwar auf den Punkt gebracht, doch selbst ich hätte das netter formuliert, doch Aiden war noch nicht ausgesprochen „Nicht nur das, er wäre ein viel zu großes Hindernis, dass wir es einfach so überwinden könnten. Mit ihn wäre eine Flucht vollkommen undenkbar, er sollte lieber hier auf seine Heilung warten."

Michael war erstaunt, auch wenn er es an sich besser wissen müsste „Du weißt, wenn unsere Theorie stimmt, dann wartet er nur auf der Schlachtbank." Er hatte einen Punkt übersehen „Wenn unsere Theorie stimmt, dann sag mir doch, wieso Talian hier ist. Bei Aiden ist der Grund klar, er hat irgendwie seine Vorgesetzten verärgert. Ich habe schon mehrere Männer der Regierung über die Klippe springen lassen. Du hast wohl bei deiner Schlägerei den Sohn irgendeines Regierungsbeamten gekillt, deswegen wollen sie sich an uns allen rächen. Doch Talian ist zu unschuldig, um in Missgunst bei der Regierung zu fallen."

Ich musste mich mit meinen erfundenen Geschichten in Zukunft zurückhalten, ich konnte wirklich nicht wissen, weswegen Michael hier mit einsaß „Das kannst du dir doch nur ausdenken, ich habe sicherlich nicht den Sohn eines Regierungsbeamten getötet."

Es war nicht gut, ich habe mit meiner Aussage nur Zweifel in ihn hervorgerufen „Ach komm, sei nicht so wütend, vergiss es einfach. Du hast doch schon gewonnen, wir werden, auch wenn es taktisch unklug ist, Talian mitnehmen."

Ich hoffte auf eine zufriedenstellende Antwort, doch ich bekam von ihm wieder eine seiner aggressiven Drohungen „Nur falls du auf die Idee kommst mich zu betrügen, vergiss nicht, ich kein Problem dich zu töten." Ich konnte in seinen Augen sehen, dass er es ernst meinte. Ich war in diesem Moment so stolz auf ihn.

Bevor ich auch nur einen Patienten gesehen habe, kam schon der, auf den ich gewartet habe. Ich ging zu dem Arzt.

Er war überrascht mich schon zu sehen, doch er begrüßte mich freundlich „Guten Morgen. Wie geht es dir heute?"

Kann er wirklich all die Freundlichkeit und Aufgeschlossenheit nur vortäuschen, diese Frage schwirrte in meinem Kopf, doch gleichzeitig gab ich ihm eine Antwort „Gut, deswegen wollte ich mit ihnen reden."

Er schaute interessiert „Dann sollten wir vielleicht in mein Büro gehen."

Ich war einverstanden, also folgte ich ihn schweigend. Als der Arzt die Tür zu seinem Büro schon durchschritten hatte und ich dies auch vorhatte, schaute mich Michael erstaunt an. Ich hatte keine Ahnung, warum er so erstarrt war, als ich in das Büro ging und die Tür hinter mir schloss. Der Arzt setzte sich hin, als hätten wir eine normale Stunde, doch dem war nicht so. Er wies mit der Hand auf das Sofa, auf dem ich sonst immer sitzen würde, doch diesmal hatte ich nicht vor so lange zu bleiben.

„Willst du dich nicht setzten?", fragte er verwunderte.

Ich antwortete ihm das erste Mal entschlossen „Nein."

Er stand auf „Gut, dann sitze ich auch nicht." Er kam mir immer näher „Also was willst du?"

42

Je näher er mir trat, umso größer wurde meine Angst, doch ich konnte mir diesmal keinen Rückzieher leisten „Wir sollten es schnell und schmerzlos hinter uns bringen. Ich werde diese Einrichtung verlassen."

Er hatte es anscheinend erwartet, sein Gesicht verzog keine Miene „Schade, doch wenn das dein Wunsch ist, werde ich dich nicht aufhalten. Ich habe bei dir damals eine Ausnahme gestattet, da ich dachte es würde den Patienten guttun, dich bei ihn zu wissen. Doch auch ich habe es so langsam gemerkt, dass es keinen wirklichen Sinn hat. Sein Geisteszustand hat sich nicht wirklich verbessert."

Er hatte anscheinend nichts dagegen, dass ich gehe „Also kann ich gehen?"

Er ging zu seinem Schreibtisch und fing an in der Schublade zu kramen „Ja, das kannst du."

Was ist, wenn wirklich alles war gewesen wäre und er für die Regierung arbeiten würde? Holte er vielleicht gerade nur eine Waffe und würde mir in den nächsten Augenblick eine Kugel durch den Kopf jagen? Diese Fragen schwirrten durch meinen Kopf als das Telefon auf den Schreibtisch anfing zu ringen. Es unterbrach nicht nur meinen Gedankengang, sondern auch das Wühlen vom Arzt. In meiner Zeit als Patient habe ich nie das Telefon klingeln gehört. Er ging ohne Verzögerung ran. Es war mir bedauerlicherweise nicht möglich zu hören, was die Person auf der anderen Seite zu ihm sagte. Ich sah nur den Arzt dauernd nicken

„Ja.", war das Einzige, was der Doktor sagte.

Das ganze Telefonat war nicht lange, doch sobald er den Hörer aufgelegt hat, ging er sofort zur Tür „Es tut mir leid, doch das mit deiner Entlassung besprechen wir später weiter es gibt einen Notfall." Bevor ich fragen konnte, was los war, hatte er schon die Tür durchschritten.

Er war weg, ich war alleine ihm Raum, doch ich wusste nicht, wann er wiederkommen würde. Trotz des Risikos ging ich zu seinem Computer, es war noch eines der älteren Modelle. Ich hatte erwartet, dass die Regierung bessere Equipment nutzen würde.

Als der PC hochgefahren war, schaute ich mich nach einem Indiz für sein Passwort um. Doch sein Raum war ziemlich leer, abseits ein paar Bücher und dem Schachbrett gab es nichts Vergleichbares, was ein normaler Mensch in seinem Büro hätte. Kein Foto von seiner Familie, oder irgendein anderes Erinnerungsstück, doch vielleicht war das auch besser so, falls ein Serienkiller wie Tyron fliehen würde, könnte er ziemlich einfach Rache verüben.

Ich ging zum Regal und schaute mir die Bücher an, es waren zu viele um jeden einzelnen Titel einzugeben, ich musste mich wohl für drei entscheiden. Ich hatte die Auswahl zwischen den Büchern das Bildnis des Dorian Grey, Moby Dick, Faust, also sprach Zarathustra, der Antichrist, die Traumdeutung, Jenseits von Gut und Böse, das Ich und das Es. Es waren noch Dutzend weitere Bücher über die Psyche des Menschen im Regal, doch das half mir nicht, um das Passwort herauszubekommen. Ich hatte jedoch keinen anderen Anhaltspunkt, also ging ich zu dem Computer und gab meine erste Theorie ein. Die meisten Bücher waren von Friedrich Nietzsche, also gab ich Friedrich Nietzsche als erstes ein. Wie erwartet, war es falsch. Der Computer zeigte mir an, dass ich nur noch zwei weitere Versuche hatte.

Ich suchte nach einer Verbindung der Bücher miteinander, doch es war nicht eindeutig zu sagen, die Haupthandlung hat meistens etwas mit der Psyche oder mit Gott zu tun. Ich wollte nicht mehr Zeit verstreichen lassen und bestätigte das nächste Passwort. Christus war auch nicht die Antwort.

Mir kam eine andere Idee, ich schloss die Bücher aus und widmete mich dem anderen Objekt im Raum. Da der Schrank mit den Akten der Patienten sicherlich nichts mit dem Finden des Rätsels Lösung zu tun hat, ließ ich die Möglichkeit, dass er einen Patienten Namen als Passwort verwendete, aus. Mein Blick blieb auf das Schachbrett gerichtet stehen. Das Schachbrett war aus Holz es sah sehr alt aus, sogar noch älter als der Rest des Raumes. Da er sicherlich nicht einfach Schachbrett als Passwort hatte, musste ich an irgendeinem Schachbegriff denken. Nur ich war sehr schlecht in Schach und kannte an sich nur das eine Wort, welches Michael immer am Ende einer Partie zu mir gesagt hat, Matt. Es war des Rätsels Lösung, der Computer entsperrte sich. Ich dachte mir schon, dass es nicht der Name irgendeines Patienten sein konnte. Obwohl ich erfreut war, war es noch nicht vorbei, ich hatte gerade erst angefangen mit der Vorarbeit. Ich durchsuchte zuerst den Computer nach Hinweisen auf eine solche Verschwörung, an welche, die Anderen glaubten. Doch ich fand nichts und er wurde schon vor 12 Jahren als Arzt gemeldet, ein Jahr bevor diese Irrenanstalt renoviert wurde und ihm übergeben wurde. Durch meine Nachforschungen konnte ich zu Tageslicht bringen, wie der Name unseres Psychiaters war, Kenneth Killian. Er war hier in England geboren, sein Vater war ein bekannter Neurochirurg, doch nach seinem Medizinstudium haben sich seine beiden Eltern ihr Leben genommen. Es waren wohl schwere Depressionen, worunter sie seit Jahren gelitten haben. Seine

44

Geschichte war trauriger als die meine und ich verlor ebenfalls meine beiden Eltern.

Der Unfall lag zwar schon lange zurück und ich war nicht persönlich dabei, doch meine Vorstellung reichte schon. Das Bild von meinen Eltern, wie sie langsam von dem Feuer ergriffen wurden, brannte sich in mein Gedächtnis ein. Immer wenn ich dieses Bild vor meinen Augen hatte, bildete ich mir auch ihre Schreie ein. An sich sollte ich nicht um sie trauern für das was sie mir antaten, doch ich konnte meine Menschlichkeit nicht so leicht ausschalten. Das Bild wollte nicht mehr verschwinden, ich konnte mich nicht um meinen Auftrag kümmern und die Zeit verstrich nur so, als ich einfach dasaß. Ich wachte von meinem komatösen Zustand auf und fuhr den Computer wieder herunter. Sobald ich die Türklinke hörte, stellte ich mich noch schnell meine wahren Absichten tarnend vor das alte Bücherregal. Er blickte nicht so als hätte er etwas mitbekommen und in seinem Tonfall war nur die übrige Ruhe „Kennst du einige der Bücher?"

Ich beantwortete schnell seine Frage „Ja, sehr viele sogar."

Er lächelte freundlich „Hätte ich auch nicht anders erwartet, du bist ja ebenfalls in einer Arztfamilie aufgezogen worden." Die Theorie von Michael wurde immer unwirklicher, vielleicht hatte er sie sich nur ausgedacht, wegen seiner gestörten Psyche, ich konnte sie auf jeden Fall nicht mehr ernst nehmen. Ernst wurde jedoch die Stimme von Kenneth „Du willst uns also wirklich verlassen? Du erinnerst dich immer noch an meinen Deal, dann kannst du ihn mitnehmen?"

Ich hatte ihn natürlich nicht vergessen, doch ich wollte nur das Beste für ihn und hier in professioneller Pflege würde es ihm sicher besser ergehen „Ich schlage den Deal aus, er hat es hier sicherlich besser und ich kann es ehrlich gesagt einfach nicht mehr hier ertragen, ich will nur in mein Haus und mein Studium fortsetzen." Er ging wieder zum Schreibtisch und wühlte erneut in der Schublade. Er machte eine kurze Pause, ich dachte schon er hätte etwas bemerkt, doch er wühlte weiter und holte irgendwelche Unterlagen heraus. Ich war neugierig auch wenn ich es vielleicht nicht sein sollte „Was ist das?"

Er gab sie mir „Du wolltest doch hier raus. Das sind deine Entlassungspapiere. Wegen der kleinen Sonderregel die wir für dich gemacht haben, steht es dir natürlich frei zu gehen. Du bist nun wieder ein freier Mann, Talian Hunter." Also konnte ich wirklich gehen, warum sollte die Regierung mich gehen lassen, sie hätte doch viel mehr Grund mich hier zu behalten als die Anderen. Meine

Mundwinkel waren nach unten gezogen, obwohl ich mich jetzt an sich freuen sollte „Du bist jetzt wahrscheinlich traurig, weil du ihn verlässt."

Das war es nicht, ich war traurig, weil ich wusste, was ich zu tun hatte.

KAPITEL 3

Am Abend besprachen wir unseren Plan noch einmal genauer. Als auch der letzte durch die Tür schritt, schloss Tyron diese wieder, indem er sich entspannt gegen sie lehnte. Sofort danach fragte er Talian, genau das, worauf ich eine Antwort ersehnte „Talian, die erste Frage geht an dich. Was hast du im Büro mit dem Arzt gemacht?"

Ich konnte es nicht fassen, der sonst immer Zögernde hatte keine Sekunde für eine Antwort gebraucht „Ich habe euch doch gesagt, ich muss an einen Computer, um den Psychiater zu überprüfen." Es wäre wirklich nichts verdächtig daran schnell zu antworten, außer dass es Talian war, er überlegte normalerweise alle Sachen drei Mal, doch dieses Verhalten zeigte er noch nie. Tyron schien diesen Fakt nicht zu beachten und schaute nur überrascht, dass er entgegen seiner Erwartung, seine Nachforschungen angestellt hatte. In mir hingegen stiegen nur die Zweifel, seit ich Talian in das Büro gehen gesehen habe.

Der Psychopath ließ von seiner Verblüffung ab, als Aiden das Gespräch weiter vorantrieb „Dann sag, was du herausgefunden hast."

Schon wieder antwortete er schneller als sonst „Sein richtiger Name ist Kenneth Killian und in der Datenbank der Regierung war er nicht zu finden. Es gab jedoch mehr als genügend Unterlagen, die beweisen, dass er ein echter Arzt ist. Sein komplettes Leben wurde dokumentiert."

46

Auch wenn er es war, den ich an sich am meisten getraut habe und auch trauen sollte, konnte ich mich diesmal nicht auf seine Worte verlassen. Er hat sich dafür zu seltsam verhalten, dass wir jetzt von unserem Plan abließen. Aiden und Tyron haben in mir einen Gedanken gesät und ich bekam ihn nicht mehr aus dem Kopf.

Der Agent ging auf den Jungen zu und schaute ihm tief in die Augen „Wiederhole was du gesagt hast und sag es direkt in mein Gesicht."

Diesmal zögerte Talian, was auch nur verständlich ist, wenn einer wie Aiden vor dir steht „Er ist ein echter Arzt, dafür gibt es genügend Beweise."

Aiden ließ schnell wieder locker und legte sich in sein Bett, es sah aus als hätte er versucht, Talian die Wahrheit zu entlocken, doch er hatte ihn dafür zu wenig unter Druck gesetzt, zumindest nach meiner Meinung.

Tyron gefiel die Arbeitsmoral seiner Verbündeten wohl nicht „Aiden, wenn du schlafen willst, dann kannst du auch gleich den ewigen Schlaf wählen."

Aiden zeigte wie immer Tyrons Bemerkung kein Interesse. Das machte Tyron an sich immer wütend, doch diesmal blieb er ruhiger. Er wollte wohl uns seine Schokoladenseite zeigen, deswegen war er auch freundlicher die letzte Zeit. Auch wenn ich immer noch nicht verstand, warum ich den Pfleger heute Morgen ausschalten sollte, dass hätte uns doch nichts gebracht. Ich wollte es jetzt jedoch nicht zur Diskussion geben, wir vier hatten gerade wichtigere Dinge zu besprechen. Tyron klatschte zweimal in die Hände und machte auf sich aufmerksam „Auch wenn die Nachforschungen nichts gebracht haben, wir müssen hier raus, sei es nun wegen der Regierung, oder aus anderen Gründen. Uns wird hier nicht geholfen."

Er sagte mal etwas, wo ich ihm nur zustimmen konnte, auch wenn ihn wieder auf die Straßen zu lassen, eine Wiedererweckung von Jack the Ripper gleichkam „Du hast recht, wir werden hier trotzdem ausbrechen."

Tyron erfreute die Nachricht meiner Entschlossenheit, doch Talian hingegen fing an zu protestieren „Der Arzt arbeitet nicht für die Regierung, also warum fliehen, uns geht es hier gut und wir werden gegen unsere beschädigte Psyche behandelt, vielleicht kurieren wir sogar vollständig."

Tyron gab ihm keine Wahl „Entweder du kommst mit uns und triffst dich nicht mehr mit diesem Tee Schlürfer oder du bleibst hier und wartest was passiert. Vielleicht wirst du ja geheilt und du wirst zu einem vollwertigen Mitglied der Sozialen Oberschicht gehören oder du wirst so enden, wie die meisten Schweine, wenn sie reif sind, geschlachtet."

Talian hatte Angst, dass sah ich in seinen Augen, doch da es so aussah, als wäre das der einzige Weg ihn zu überzeugen, musste ich mitmachen „Dich erwartet hier nur dein Ende."

Tyron schaute mich mit seinem schrecklichen Lächeln an, welches immer breiter wurde. Seine Freude über meine Unterstützung verheimlichte er nicht. Er wendete sich wieder zu Talian, als er den Kopf drehte, ließ er seine Knochen knacken, um ihn wahrscheinlich noch mehr einzuschüchtern „Und nun da auch Michael dir die Wahrheit gesagt hat, wie wirst du handeln?"

Talian senkte sanft schnaufend den Kopf und gestand seine Niederlage ein „Gut, doch wir werden keinen Menschen verletzen."

Der Killer sprach mit einem hämischen Grinsen „Versprochen, doch wenn es heißt einer von uns oder ihnen, werden wir uns für uns entscheiden, nur damit du das verstehst, Schwächling." Talian nickte schweigend und setzte sich auf sein Bett. Dem Sieger genügte das jedoch nicht „Ich habe dich nicht zustimmen hören, ich will, dass du die Worte in den Mund nimmst." Talian legte sich hin und ignorierte ihn weiter. Tyron hasste es, wenn man ihn ignorierte, deswegen konnte er nicht aufhören „Du hast noch nicht geantwortet."

Ich schritt dazwischen und schaute auf Tyron herab „Er hat es verstanden, also lass es gut sein."

Er bewegte sich wie eine Schlange blitzartig zu mir in seiner Stimme war schon fast ein zischen zu hören „Es geht eh auf deine Kosten."

Er kroch zurück und schlängelte sich auf sein Bett. Mit einem Umdrehen und Schauen auf Talian erkannte ich, dass dies der erste Moment war in dem Tyron mir Angst einflößte, nicht weil er hinterlistig wie eine Schlange war und so aussah, als würde er mir jede Sekunde einen Dolch in den Rücken rammen, sondern wegen der Möglichkeit, dass er recht haben könnte. Obwohl ich mich dann unter meine Bettdecke gelegt hatte, hörte mein Zittern nicht auf, sondern ich verspürte noch eine Eiseskälte im Nacken.

48

In der Nacht, während die Anderen noch schliefen, wurde ich durch ein lautes Geräusch geweckt. Als ich dann zur Tür schaute, bemerkte ich, dass sie nur angelehnt war. Es war offensichtlich eine Falle, deswegen weckte ich niemanden, sondern schaute es mir alleine an. Die Gefahr für sie wäre zu groß gewesen, sie würden entweder unnötig sterben, oder mir im Weg stehen. Ich stand auf und schlich mich zur Tür. Ich machte sie leise auf, gerade so dass ich noch durchpasste. Ich konnte immer noch gut genug auf dem Gang sehen, obwohl kein Licht brannte. Doch ich wurde auch ausgebildet unter jedem Umstand töten zu können und in der Nacht war es immer noch am leichtesten ein Mord zu begehen. Ich ging weiter, bis ich zu der nächsten großen Tür kam, sie war ebenfalls offen. Ich trat langsam hindurch, doch sobald ich die Tür passiere hatte, wusste ich, dass meine Geschichte vorbei sein würde. Aus den Schatten trat eine mir nur zu bekannte Person hervor, doch trotzdem stellte er eine unverständliche Frage „Wer bist du?"

Ich sah keinen Sinn, die Frage zu beantworten und ging kühn einen Schritt nach vorne „Ich hatte eher erwartet, du fragst nach etwas anderem?"

Er ging ebenfalls einen Schritt näher „Ich weiß, doch du verrätst es mir ja eh nicht."

Er hatte recht, doch dass er es so sah hat mich überrascht „Meine Kugel hat doch deine Schulter getroffen nicht dein Gehirn."

Er kam ebenfalls näher und lächelte wie es auch Tyron immer machte „Das war aber auch echt ein schlechter Schuss, Aiden. Da war ich Besseres gewohnt."

Ich lachte leicht, da ich den Tod nicht fürchtete „Zeigst du mir jetzt wie es besser geht?"

Er zog hinter seinem Rücken eine Luger hervor, diese Waffe nutzte er auch schon füher „Kennst mich doch."

Wir erschraken alle aus dem Schlaf, als wir einen dröhnenden Schuss hörten. Wir standen von unseren Betten auf, doch Aiden war nicht zu sehen. Für mich gab es nur zwei Möglichkeiten, entweder Aiden hatte den Schuss abgefeuert und versucht gerade alleine auszubrechen, oder Aiden wurde gerade von jemanden ausgeschaltet.

Tyron zögerte nicht und ging zur Tür „Kommt jetzt, wir müssen hier raus. Eine bessere Chance bekommen wir nicht." Ich tat schon meinen ersten Schritt in Richtung Tür, als ich bemerkte, dass der Dritte von uns am ganzen Körper zitterte und doch gleichzeitig auch Starr vor Angst war.

Ich eilte zu ihm und versuchte seinem tranceartigen Zustand zu beenden „Talian, wir müssen jetzt hier weg."

Erst als Tyron kam und ihm eine Ohrfeige verpasste, wachte er auf „Es ist meine Schuld."

Ich wusste nicht was er meinte, doch das war mir auch egal. Ich packte ihn am Handgelenk und wir rannten los. Wir gingen durch den Gang und kamen zu einer der Türen, die uns den Weg zur Freiheit versperrten. Da diese offen war, rannte ich ohne zu stoppen weiter, bis ich auf irgendetwas ausrutschte und auf den nassen Boden fiel. Ich lag in einer Blutlache, doch es war keine Leiche von der das Blut kam zu sehen, die angeschossene Person musste wohl überlebt haben. Mir reichte jemand die Hand und half mir wieder auf die Beine „Danke." Es war jedoch nicht Talian noch Tyron, ich kannte die Person nicht „Wer zur Hölle bist du?"

Er war anscheinend in Eile „Ich erkläre es euch später. Folgt mir, ich kenne einen Weg nach draußen." Er winkte uns hinter sich her, doch keiner von uns machte eine Bewegung. Er wendete sich hetzender und lauter Stimme an uns „Wir haben nur ein kleines Zeitfenster, Kenneth wird bald euer Verschwinden bemerken."

Keiner von uns vertraute ihm, in unseren allen Gesichter konnte man Unbehagen erkennen. Ich vermutete, dass er vielleicht hinter Aidens verschwinden stecken könnte „Wir werden keinen Unbekannten folgen. Nicht wenn auch noch Aiden verschwunden ist."

Unser ungutes Gefühl wurde schnell unwichtig, da aus dem Gang aus dem wir kamen dutzende Lichter zu sehen waren und wir Kenneth stimme hörten „Sie können nicht weit sein, der Schuss war vor kurzem."

Tyron schloss die Tür, doch dies bemerkten natürlich die Soldaten und stürmten auf das Geräusch zu. Es war eine der Sicherheitstüren, also dachten wir, sie verschaffe uns genügend Zeit, doch unsere Hoffnungen Platzten, als einer der Soldaten ein einziges Wort sagte „C4."

50

Wir mussten unser Leben in den Mann legen, den wir nicht vertrauen konnten. Doch für eine Frage, die meine Sorgen beruhigen könnte, war noch genug Zeit „Wie ist dein Name?"

Er antwortete schnell, also sprach er vermutlich die Wahrheit „Nathan."

Nach Aiden war Nathan jemand, den man vertrauen konnte „Okay, wir folgen dir."

Er rannte vor, Talian und Ich waren direkt hinter ihm. Tyron haderte noch mit sich selbst, doch er kam nach als ihm der starke Geruch von C4 in die Nase stieg. Die Psychiatrie fühlte sich viel größer an, als wir durch die Gänge rannten, alles war verwinkelt und fast wie ein Labyrinth aufgebaut. Nathan hingegen schaute die ganze Zeit auf denselben Weg, nur die Abzweigung, in die er auch abbog, war in seinem Blickfeld. Er drehte sich zum ersten Mal um, als wir die Explosion hörten, doch es war nur ein kurzer Blick nach hinten und er hat sich auch nicht verlangsamt.

Hinter der nächsten Abbiegung war eine Sackgasse, Tyron wurde wütend und schrie „Ich habe es doch gesagt, er hat uns absichtlich in eine Falle gelockt." Es war verdammt dumm ihn zu vertrauen und die Schritte hinter uns wurden immer lauter.

Nathan schaute mich an „Michael, schlage gegen diese Wand." Er klopfte zweimal auf mein Ziel, es hörte sich hohl an, also bekam ich neues Vertrauen und sprintete zur Wand. Meine Faust durchbrach die Wand mit einem Schlag. Die Wand war dünner als die eines amerikanischen Wohnhauses, es war nur Pappmaché. Ich riss das Loch größer. Nathan ging als erstes durch.

Michael und Talian folgten ihm blind, obwohl sie sich erstmal Gedanken um Aiden machen sollten. Als das Trampeln der Soldatenfüße immer lauter wurde, brach ich auch durch die Wand. Hinter der Wand lag nur ein großes Lagerhaus. Die Anderen zwei waren schon an der Ausgangstür, doch mir fiel noch etwas im Augenwinkel auf, eine kleine Ablage voll mit Waffen, ein kleiner Himmel nur für mich. Ich schnappte mir die AF2011, die mich schon mit ihrem doppelten Lauf anlächelte. Ich entfernte das

51

Magazin und überprüfte den Clip, er war so schön voll, also nahm ich jetzt auch meinen Abschied. Die Waffe hinter meinem Rücken versteckt, verließ ich das Lagerhaus, die Anderen warteten schon draußen.

Das Lagerhaus war an einen Hafen, Nathan sprang zu einem Speed Boot und ließ den Motor an „Wollt ihr da nur dumm rumstehen, steigt auf."

Wir wussten nicht wo wir waren oder wo er uns hinführte, doch mit meiner Waffe konnte mir das auch egal sein. Ich war zwar eher der Messerfan, doch zu einer netten Pistole, sagte ich auch nicht nein. Gut gewappnet sprang ich ohne sorgen auf. Michael und Talian kamen natürlich hinterher. Kenneth und seine Männer strömten gerade nach draußen, als wir ablegten und Gas gaben. Die Soldaten gaben jedoch nicht auf und stellten sich alle nebeneinander auf. Sie zielten mit ihren rot leuchtenden Visieren auf uns. Nicht einer nach den anderen eröffneten das Feuer, sie alle schossen gleichzeitig und vereint mit den unterschiedlichsten Waffen auf uns, einer der Soldaten traf jedoch Nathan in die Schulter. Für ihn war der Schuss vielleicht Schmerzhaft, doch für uns war das ein Beweis, dass er auf unserer Seite stand. Für einen Regierungsagenten war Nathan kein harter Hund, denn er kippte kurz nach dem letzten gefallen Schuss um.

Ich entfernte ihn unsanft vom Steuer und setzte mich selbst hin „Hier spricht euer Captain, das wird eine bomben Fahrt." Die anderen dachten ich meine Spaß, doch ich sah schon den Grund, warum die Soldaten, obwohl wir definitiv noch in Schussreichweite waren, ihr Feuer eingestellt hatten. Vor uns war ein Minenfeld.

Ich hätte es auch auf gut Glück versucht, doch Nathan hatte eine unter bestimmten Umständen bessere Idee „Unter dem Steuer." Ich bremste erstmal ab und suchte mit meiner Hand unter dem Steuertisch, etwas wurde daran mit Panzertape festgemacht, ich riss es ab und nahm einen genaueren Blick. Es sah aus wie ein kleines handheld Radar und war wohl auch eins. Der, der uns das Boot mit Blut ruinierte, erhob erneut seine Stimme „Der Rote Punkt sind wir, die Grün aufleuchtende Punkte sind die Minen. Sobald der Grüne Strahl durchgelaufen ist, aktualisiert der Standpunkt. Du musst also nur den roten Punkt von den Grünen Fernhalten, es ist wie in einem Computerspiel."

Er nahm das ziemlich Humorvoll, die Fleischwunde hätte mir zwar auch nicht die Stimmung versaut, doch die Minen waren schon bedrohlicher, denn ich hing an meinen Leben und an meinen Gliedmaßen. Talian hatte jedoch keine Angst, da er sich entschied, lieber im Schockzustand zu verweilen. Michael hingegen saß ruhig und gelassen da. Er nahm wohl alles hin, um zu entkommen. Als ich dann sah, wie die Soldaten in der Ferne wieder ihre Waffen auf uns richteten, schaltete ich den Motor erneut an und fuhr los.

Ich hatte nicht viele Computerspiele gespielt, doch einer meiner Opfer besaß einen alten Pac-Man Automaten. Das war auch der Ort, wo ich dann gefangen wurde, hätte ich nicht so viel Spaß an dem Spiel gehabt, wäre ich noch draußen auf freien Fuß, obwohl an sich war es der Spiegel. Der Spiegel, das war der Grund, ich hatte, wenn wir am Land waren, ein Wort noch mit jemanden zu reden.

Ich atmete kräftig ein und ließ meine Gedanken nur noch um meine neue Freiheit kreisen. Oh, ich hatte schon so eine Sehnsucht für mein Messer entwickelt, ich freute mich schon auf das Aufschneiden meines nächsten Opfers, das wird auch wieder ein Heidenspaß.

Schon bevor ich mich versehen hatte, lagen die Minen hinter uns. Der Angeschossene hatte auch noch etwas beizusteuern „Gut gemacht."

Aus seinem Lob machte ich mir jedoch nichts, Pac-Man war schwerer.

Ich hätte nicht gedacht, dass der Durchgeknallte uns wirklich sicher hier rausbringen würde, ich war der Meinung, er würde aus Spaß einfach in eine Mine fahren. Ich hatte mich wohl in ihm etwas getäuscht, trotzdem werden wir in diesen Leben sicherlich keine Freunde. Nathan ging es, trotz seiner Wunde, immer noch gut „Richte dich nach Osten, dann kommen wir an das Ufer von England, dort warten meine Verbündeten auf uns." Tyron hielt sofort danach an und stellte das Boot quer.

Er stand auf und stellte seinen Fuß auf den am Boden liegenden Nathan. Er drückte auf seine Wunde „Bevor wir zu deinen Verbündeten kommen, erklärst du, warum du uns beim Ausbruch geholfen hast." Ich mischte mich nicht ein, doch der Schwächste von uns half und hielt das Monster in Schach. Der Killer war davon jedoch unberührte und presste weiter auf die Wunde von Nathan, während er Talian einen Schubs verpasste. Der Schubs war stärker als er erwarte, Talian verlor das Gleichgewicht und fiel vom Boot

„Tyron du Idiot, für deinen Schwachsinn haben wir später auch noch Zeit." Er ging von Nathan runter und hielt auch nach Talian im Wasser Ausschau.

Wir konnten ihn jedoch nicht finden, also sprang ich ohne nachzudenken ins kalte Nass. Es war verdammt dunkel, das Wasser war kalt, die Bedingungen waren nicht gut, doch ich tauchte trotzdem so tief ich konnte. Ich sah nur noch schwarz für einen Moment, doch im Schwarz sank auch Talian. Er war nicht bewusstlos, sondern war einfach nur grundlos starr. Ich schwamm näher zu ihm, streckte meine Hand nach ihm aus und packte fest zu. Mir ging langsam die Luft aus, doch ich zog ihn nach oben und wir konnten Auftauchen. Ihm ging es gut, doch es war noch nicht geschafft, als wir an der Oberfläche wieder waren, war schon ein Sturm aufgezogen. Das Boot war nicht mehr zu sehen und wir wurden dauernd von den Wellen wieder unter das Wasser gedrückt.

Talian realisierte endlich unser Problem und fragte der Panik schon verfallen „Wo ist das Schiff?" Seine Frage half uns auch nicht weiter, denn wer sollte sie beantworten können.

Als wir eine Weile schon herumgetrieben sind und meine Kräfte schon gänzlich vom kalten Wasser aufgezehrt wurden und ich fast die Hoffnung verlor, erschien am Himmel ein rotglühendes Licht. Es war eine Leuchtrakete einer Signalpistole „Denkst du, das war Tyron."

Ich hoffte es, doch wer hätte sonst die Minen passiert. Ich schwamm mit Talian im Schlepptau auf das Leuchtfeuer zu. Es war wirklich das Boot von Nathan. Meine komplette letzte Kraft nutzte ich, um gegen die Strömung anzukommen und zum Boot zu kommen. Wir berührten die Seiten des Boots, ich half Talian hoch. Er streckte mir seine Hand entgegen und zog mich ebenfalls hoch. Unser Lebensretter, der das Leuchtsignal geschossen hatte, war natürlich nicht der Serienkiller, es war Nathan „Danke."

Nathan legte die Leuchtpistole weg „Kein Problem."

54

Ich schaute Tyron an „Wenn du noch einmal so ein Scheiß machst, dann fliegst du über Bord."

Er setzte sich wieder ans Steuer „Wenn du weißt wie man ein Boot fährt, dann mach es doch."

Er hatte keine Angst vor mir und genauso wenig Respekt vor meiner Stärke. Doch die Gedanken, die mir durch den Kopf in diesen Moment gingen, um meine Überlegenheit ihm zu beweisen, verwarf ich schnell aus ethischen Gründen. Vielleicht hätte ich auf der Schlachtbank warten sollen, dann könnte ich wenigstens nicht jemanden verletzen, auch wenn manche es verdient hätten, doch so durfte ich nicht mehr denken, ich hatte es mir damals selbst versprochen.

Nathan schaute zum Steuermann „Du willst den Grund erfahren für meine Befreiungsaktion, na gut. Euer Mitinsasse, Aiden, war ein Freund von mir. Ich hoffte ihn zu befreien, doch leider kam ich zu spät, ich fand nur seine Leiche. Er wurde von Kenneth schon getötet."

Es war also sein Blut. Warum hat er uns nicht geweckt, dass er alleine floh, passte an sich nicht zu ihm. Talian traf die Nachricht am schlimmsten, sein Blick gefror, doch er vergoss keine Träne, sondern hatte nur einen entsetzten Ausdruck im Gesicht. Tyron war nicht überrascht, er hatte es wohl genauso wie ich erwartet „Du wolltest doch deinen Partner nicht aus alten Zeiten wegen befreien, oder?"

Nathan schaute auf Tyron, der das Boot immer noch nicht gestartet hatte „Nein, das war nicht der Grund. Er hatte Beweise versteckt, die er von Catherine Hendriks bekommen hat und Jack als Verräter bloßstellen würden."

Tyron startete den Motor, doch fuhr nicht nach Osten, sondern nach Norden „Das Problem was wir beide jetzt haben Nathan ist, dass du dadurch nur Grund hattest Aiden zu retten, doch uns nicht."

Nathan kämpfte mit Logik gegen Tyron, das war immer ein Fehler „Aiden mag vielleicht Tod sein, doch ihr seid es nicht. Es hätte ja sein können, dass er euch die Daten anvertraut hat."

Ich war der einzige dem Aiden etwas anvertraute und er hat mir nicht mal ein Hinweis über die Daten gegeben, sondern mit einem Mythos zum Schweigen gebracht. Ich wollte auch damals nicht nachhaken, weil ich wusste, er würde mir eh nichts sagen.

Tyron zur Vernunft zu bringen, war wie immer schwer, aber ich versuchte mein Glück „Warum sollte Nathan für die Regierung arbeiten, wenn er von Kenneths Männern angeschossen wurde."

Er fuhr einfach weiter und wechselte nicht den Kurs „Stell dir vor Michael, es könnten auch mehr als nur zwei Parteien existieren, wer sagt uns nicht, dass dieser Nathan ebenfalls uns nicht einfach beseitigt, wenn wir bei seinen Freunden sind. Ja vielleicht war er es auch, der Aiden getötet hat. Denn wieso sollte Kenneth sich urplötzlich dafür entscheiden uns umzulegen."

Talian mischte sich ein mit leiser und ruhiger Stimme „Ich bin schuld an seinem Tod."

Tyron hatte es zwar verstanden, doch er hielt das Boot ein weiteres Mal an und fragte ebenso ruhig nach, jedoch mit einem passiv aggressiven Unterton „Was?"

Talians Stimme wurde lauter und stürmisch wie das Wetter „Kenneth hat Aiden meinetwegen umgebracht. Ich bin der, den du beschuldigen solltest nicht Nathan."

Der Killer sprang vom Steuer auf und packte ihn „Was hast du getan, du kleine Spinne?"

Talian gestand, was ich befürchtete „Ich habe Kenneth von unserem Plan erzählt, es tut mir leid."

Es war wirklich wahr geworden, Tyron hatte recht, ich konnte die Worte nicht glauben, hätte ich auf ihm gehört, wäre Aiden noch am Leben „Michael hätte dich nicht retten sollen, sondern ertrinken lassen." Er warf Talian auf den Boden und wendete sich zu mir „Doch Talian, ich gebe dir keine Schuld, ich wusste, dass du ein Verräter Typ bist. Ich gebe dir die Schuld Michael, Aiden und ich haben dich gewarnt, doch du hast die Spinne gewählt. Aidens Blut klebt an deinen Händen."

Ich schwieg. Was hätte ich auch sagen sollen, er hatte einfach nur recht. Ich wählte den Verräter vor dem Verrückten.

Tyron setzte sich wieder ans Steuer und fragte mich langsam etwas „Du hast doch so ein gutes Gespür bei so etwas, traust du Nathan, Michael." Ich schwieg nur, meine Antwort hätte eh nichts geändert. Er gab jedoch keine Ruhe „Ich will eine Antwort, wenn du weiter schweigst, dann fahre ich zurück und versuche nur mit Glück durch das Minenfeld zu fahren."

Aiden sagte er sei vertrauenswürdig, also werde ich seiner gedenken und ihm vertrauen „Wir fahren in Richtung Osten."

Tatsächlich wendete er das Boot wieder und hörte auf mich „Gut, doch es ist deine schuld, wenn uns der Schlachter erwartet."

56

Nathan ging es noch gut genug um etwas einzubringen „Ich rette euch nicht, um euch an einen anderen Ort umzubringen, dafür würde ich, die Mühe und das Risiko nicht auf mich nehmen.“

Tyron spielte sich als Captain auf und gab einen Befehl „Unter meinem Kommando gibt es eine Rede, ihr haltet, wenn es nicht sehr wichtig ist, die Schnauze und Verräter meine ich ganz konkret, genauso wie Idioten und Regierungsagenten.“

Mir war sein Befehl egal, doch die Ruhe konnte ich gut gebrauchen, um nachzudenken. Ich hatte keine Ahnung was ich jetzt machen würde. Ich habe kein eigenes Ziel und habe keine Intention mir ein neues anzulegen, ich könnte Talian helfen sein Ziel zu erreichen, doch dass er uns verraten hat, konnte ich ihm nicht einfach so verziehen. Er war fast wie ein kleiner Bruder für mich und ich hatte die oberste direktive ihn zu beschützen, doch er nahm ein Messer und stach es in unser aller Rücken. Tyron hatte recht, dass Blut von Aiden klebte an meinen Händen, auch wenn es vorher durch Talians geflossen ist, ich war genauso schuldig. Ich machte mir in diesen Moment wohl schwere Vorwürfe, doch ich wollte mir gar nicht vorstellen, was sich gerade Talian ausmalte.

Was hatte ich nur getan? Hätte ich die Anderen doch nur nicht als verrückt abgetan, sondern auf sie gehört und vertraut. Aiden war kein schlechter Mensch und war auch nicht verrückt, er hatte den Tod nicht verdient. Doch wenn der Tod nur die schuldigen träfe, dann wäre ich nicht von Michael gerettet worden, sondern von den Fluten weggetragen. Wenn der Sturm nur eine Minute zuvor aufgezogen wäre, hätte es mich das Leben gekostet und ich wäre zufrieden damit. Das war wohl auch der Grund, warum ich nicht selbst schwamm. Ich habe das Leben nicht verdient, also hatte ich keinen Grund mein Leben zu retten. Doch warum bin ich mir bei allem so unsicher?

Talian machte sich sicherlich noch schlimmere Vorwürfe. Ich hatte jedoch auch kein Problem damit, dass er sich selbst schlecht redete, er hatte es mehr als verdient sich miserabel zu fühlen, genauso wie ich.

KAPITEL 4

Das Festland kam immer näher und wir konnten schon den Strand und rechts davon die Klippe erkennen. Ich hätte schwören können, dass oben auf den Klippen ein Schatten einer Person stand, doch sobald ich wieder hinsah, bemerkte ich, dass es nur ein Streich meines eigenen Verstandes war. Ich erzählte den anderen nichts, das hätte sie nur unnötig nervös gemacht und das konnten wir wirklich in diesem Moment nicht auch noch gebrauchen. Also behielt ich Stillschweigen, bis das sandige Ufer erreicht war.

Tyron hielt das Boot im Sand „Wir sind erfolgreich und lebendig gelandet. Alle Fahrgäste können sich jetzt abschnallen und das Schiff verlassen. Danke, dass sie sich entschieden haben mit der MS Tyron zu fahren. Sie konnten die Entscheidung sicher nicht bereuen."

Wir waren aus Kenneths klauen befreit, also ließ ich ihn seinen Spaß haben. Nathan jedoch sah, dass nicht so entspannt und fing an uns zu hetzen „Dauert es noch lange, oder soll ich verbluten bis wir an unserem Ziel sind?"

Ich konnte ihm keine Vorwürfe machen, dass er uns so versuchte zu beschleunigen, da seine Schusswunde von seinen Leuten behandelt werden sollte. Tyron verstand es wohl nur halb, doch er beeilte sich wenigstens etwas „In Ordnung, doch das mache ich nur, um Michael seine dumme Entscheidung vorwerfen zu können."

Tyron sprang vom Boot, Talian folgte ihm langsam und schweigend. Nathan schaute zu mir „Es war keine dumme Entscheidung mir zu trauen, dass wird er sicher auch bald einsehen." Ich hoffte es, doch nichts war im Leben sicher.

Obwohl meine Hand nach Nathan reichte, um ihn aufzuhelfen, stellte er sich alleine ohne Problem hin. Erstaunt schaute ich ihn an „Geht es dir gut, was ist mit deiner Wunde?"

Er bewegte seinen Arm, als wäre nichts gewesen „Es war ein Durchschuss und die Wunde hat sich schon geschlossen."

Ich habe nicht Medizin studiert, doch das brauchte ich nicht, um zu urteilen „Keine Wunde heilt so schnell."

Er lachte leicht, als wäre es für ihn das Normalste der Welt „Sagen wir es so, ich bin als Agent der Regierung, durch ein spezielles Programm gegangen, was mir die ein oder andere Fähigkeiten bescherte. Aiden hatte sogar eine noch schnellere Regenerationskraft."

Egal wie unglaublich das klang, ich hatte nur einen Gedanken im Kopf und glaubte ihm „Heißt das, dass Aiden noch am Leben sein könnte?"

Er schüttelte seinen Kopf, meine Hoffnung verschwand in diesem Augenblick „Nein. Wir haben zwar eine erhöhte Regenerationsfähigkeit, doch ein Kopfschuss ist für uns beide Tödlich. Tu mir einen Gefallen und sag den Anderen nichts von meiner Besonderheit, das würde sie nur noch misstrauischer machen. Wir müssen jetzt zusammenhalten, dass verstehst du, Michael?"

Mein Erstaunen legte sich und verwandelte sich wieder in normales Misstrauen. Ich war mir nicht sicher, wem ich noch trauen konnte. Tyron hatte noch nie mein Vertrauen, Talian hatte uns verraten, Nathan war zwar ein vollkommen Fremder für mich, doch Aiden hat ihm vertraut, also werde ich es ihm gleichtun „In Ordnung, ich werde vorerst Stillschweigen bewahren."

Er grinste zufrieden „Mehr wollte ich auch nicht von dir. Jetzt hilf mir runter, die Anderen sollen denken, dass ich das nicht alleine schaffe."

Ich nahm Nathan unter den Arm und wir sprangen gemeinsam auf den nassen Sand. Ich dachte ich würde nie wieder Sand zwischen meinen Zehen fühlen. Ich konnte mich wirklich nicht beschweren den Strand zusehen, auch wenn ich lieber aus einem heiteren Grund hier wäre.

Nathan unterbrach meinen Gedankengang „Michael, tu dir selbst ein Gefallen, vergebe Talian, sei für ihn da und beschütze ihn."

Ich wusste nicht warum sich ein Fremder in meine Beziehung zu Talian einmischte, doch Vergebung war keine meiner Stärken. Ich konnte nicht einfach vergessen, was er uns antat, ohne den Grund zu kennen. Doch die Wut hat mir nichts gebracht, also hatte ich versucht diese für den Moment auszuschalten, so wie es Aiden mir früher empfohlen hat.

59

Ich hatte Kenneth zu sehr getraut, doch dasselbe machte Michael momentan auch mit Nathan. Wir sollten niemanden trauen, außer uns beiden. Es ist jedoch zu diesem Zeitpunkt dafür wahrscheinlich schon zu spät, ich habe ihn verraten, dass wird er mir nicht in eintausend Jahren verzeihen, nicht einmal, wenn ich ihm die komplette Wahrheit sagen würde. Er mag es zwar vergessen haben oder verdrängt, doch ich werde die Erinnerung immer behalten, egal was noch kommen mag.

Ich schaute nach oben zu dem Himmelszelt, die Sterne brannten lichterloh, der Mond strahlte uns wie ein Scheinwerfer direkt an, es war wie bei meinen letzten Mal am Strand. Damals haben mein Bruder und Ich uns herausgeschlichen. Unsere Eltern hätten uns nämlich niemals erlaubt zum Strand zu gehen, also blieb uns keine andere Möglichkeit. Der Strand war komplett leer, genau wie jetzt, wir waren auf der Flucht, genau wie jetzt, wir hatten Angst, genau wie jetzt. Es gab nur einen Unterschied, ich war nicht so alleine, mein Bruder hätte mich immer beschützt, er stand immer hinter mir und hätte alles für mich getan, doch in diesen Moment war ich mir dabei sicher, dass er zu keiner dieser Aufgaben bereit wäre.

Ich war wieder in meinem Tranceartigen Zustand gefangen, erst als mich Michael an der Schulter packte, kam ich wieder zu mir „Alles okay, wir müssen nur noch etwas den Strand entlanglaufen?"

Vielleicht hatte ich doch unrecht, der Gedanke kam mir, als ich sein bergendes Lächeln sah und seine warme Hand spürte „Ja, danke. Ich war nur etwas in meinen Erinnerungen verloren."

Es war wohl wie früher „Macht dir keine Sorgen, wir sind jetzt frei." Ich hätte es definitiv nicht so ausgedrückt.

„Warum gehen wir dann mit Nathan?", fragte ich verwundert.

Er wusste es selbst nicht, dass sah ich in seinem Blick „Wir wären nicht sicher ohne ihn. Kenneth ist noch hinter uns her aus irgendeinem Grund."

Ich wartete bis er es aussprach, doch er traute es nicht, also tat ich es „Und das ist meine Schuld."

Er antworte fast so schnell, dass ich ihm beinahe Glauben schenkte „Nein, das ist nicht deine Schuld, du hast uns ja auch nicht in die Psychiatrie eingewiesen."

Wenn das nur zählen würde.

60

Als ich wieder an den Spiegel gedacht hatte, sprang es mir ins Auge. Ich zog meine Waffe, drehte mich um und zielte auf den, der vor Schmerzen noch die Schulter hielt. Er blieb schweigend stehen, doch Michael tat es ihm nicht gleich „Tyron, was soll das? Woher hast du die Waffe?"

Ich ging lachend auf Nathan zu, während ich zu Michael sprach „Da stellst du die falschen Fragen, mein Freund." Ich war blind, doch ich erkannte jetzt sein Gesicht und durchschaute seine Lügen. Ich lächelte Nathan an „Die Frage, die gestellt werden muss, ist, woher weiß er unsere Namen?"

Mein Finger drückte schon leicht gegen den Abzug, nur seine Antwort erwartend „Wir haben uns in die Datenbank der Regierung eingehackt und eure Namen standen neben den von Aiden."

Er log, das war mir klar „Da bekommt wohl jemand Kohle nächstes Weinachten, wenn er zumindest bis dahin noch lebt. Ich erinnere mich wieder an dein verlogenes dreckiges Gesicht. Du arbeitest selbst für die Regierung. Meinen letzten Mord, bevor ich in die Psychiatrie eingewiesen wurde, habe ich in einen Raum mit einem Spiegel begangen. Rate Mal, wessen graue Äuglein ich im Spiegelbild gesehen habe. Du bist der Grund, warum ich in diesen Ort eingewiesen wurde."

Er konnte sich nicht herausreden, doch das hatte er wohl auch nicht vor „Es ist wahr, ich habe für die Regierung gearbeitet und ich war auch derjenige, der dich der Regierung übergeben hat. Das war jedoch in der Vergangenheit, jetzt arbeite ich nur noch für mich."

Ich landete seinetwegen im Gefängnis, zumindest würde ich so die Psychiatrie bezeichnen, also hätte ich einen besseren Grund abzudrücken, als bei meinen Zahllosen anderen Opfern „Selbst, wenn das war sein mag und ich dir glauben würde, verfolgen dich immer noch deine alten Sünden und ich werde diese sicher niemals vergessen."

Ich drückte ab, der Schuss traf ihn direkt in sein schwarzes dreckiges Herz, er hatte keine Chance zu überleben. Dort wo sein Herz war, befand sich nur noch ein klaffendes Loch. Sein Körper erschlaffte und er fiel nach hinten um. Ich gab dem Dahinraffenden noch eine Lebensweisheit „Nur fürs nächste Mal, Serienkiller sind meistens nachtragen, also rette keine, welche du zuvor eingesperrt hast."

Talian und Michael standen nur versteinert da, als ich mich der Leiche widmete. Ich hätte erwartet, dass Michael wie ein Berserker auf mich zustürmte und die Waffe an sich nimmt. Aber da dem nicht so war durchsuchte ich in Ruhe die Leiche nach brauchbaren Informationen. Ich hatte keine Ahnung was ich finden würde, doch das, was ich fand, konnte ich mir noch nicht einmal in meinen schönsten Albträumen ausmalen.

Ich konnte nicht anders als Lächeln, auch wenn vor mir eine Leiche lag. Als Tyron mich dann anstarrte, konnte ich mir auch keinen kleinen Lacher verkneifen „Hm, ich dachte ja das du diabolisch bist, doch dass du darüber lachst einen Toten zu sehen, habe selbst ich nicht erwartet."

Ich lachte nicht aus diesem Grund „Ach Tyron, ich bin nur glücklich, weil du nicht so viel weißt wie ich."

Er stellte sich wieder aufrecht und hielt einen blutverschmierten Zettel in die Luft „Oh, ich denke ich weiß sogar etwas mehr."

Vielleicht wusste ich nicht was im Zettel geschrieben stand, doch ich wusste, dass Nathan nicht so leicht zu töten war „Die Zeit wird zeigen, wer von uns mehr weiß."

Er setzte ebenfalls sein Lächeln auf „Du und Geduld, dass passt wirklich nicht zu dir F60.30, da gibst du mir doch auch recht?"

Es war wohl eine rhetorische Frage, die mich aufregen sollte, doch momentan traf mich keine seiner Stichelleien „F60.2 bist du etwa immer noch sauer, weil ich dich in Schach geschlagen habe?"

Als ich diese Worte schon ausgesprochen hatte, erinnerte ich mich erst wieder an seinen Blick nach seiner Niederlage. Jede Niederlage hatte ihn immer aufgeregt und ihn wirklich zum Wüten gebracht, nur bei dieser Einen blieb er ruhig, doch den Grund dafür werde ich wohl nie erfahren.

62

Tyron kam auf mich langsam zu „Wenn ich sauer wäre, dann würde ich dir nicht die hier geben." Er war so verrückt und warf mir eine geladene Waffe zu.

Ich fing sie zum Glück „Wa"

Er unterbrach mich mitten im Wort „Sehe es als Trophäe für deinen Sieg. Wenn ihr zwei mich jetzt entschuldigt, ich werde von nun an meinen eigenen Weg bestreiten."

Als er sich umdrehte, dachte ich nur an den Grund für seine Gelassenheit, doch die Antwort lag auf den Zettel geschrieben „Tyron, der Zettel."

Er drehte nur etwas den Kopf, zeigte mir sein Lächeln und sprach mit ruhiger Stimme „Das wüsstest du wohl gerne."

Mit seinem ersten Schritt wusste ich schon, dass er mir keine weitere Frage beantworten würde. In diesem Moment erinnerte er mich nicht mehr an den Serienkiller, den ich kannte, sondern eher an Aiden. Der Tyron den ich in der Klinik kennenlernte und dauernd über das Morden sprach, hätte nicht bei einem Schuss aufgehört, sondern aus Spaß das Magazin in Nathan ausgeleert. Aidens Tod hatte ihn wohl härter getroffen, als man es von einem Serienkiller erwarten sollte. Wir standen nur so da, während Tyron seinen Weg fortsetzte.

Bevor er gänzlich verschwand, packte mich Talian am Arm „Sollten wir vielleicht mitgehen?"

Er war verstört, das sah ich ihm an, doch trotzdem hätte ich nicht erwartet, dass er so etwas vorschlagen würde. Ich schüttelte meinen Kopf „Nein, wir werden einfach hier warten."

Wir waren mitten im Nirgendwo, also hatten wir nicht zu befürchten, dass jemand den Schuss gehört hatte. Selbst wenn, dann werden sie wohl keine Leiche finden, wenn Nathan die Wahrheit sagte. Ich ging zu dem noch toten Nathan „Was machst du da?"

Ich beugte mich über die Leiche „Wonach sieht es denn aus?"

Ich durchsuchte ihn, was Talian nicht gefiel „Du willst wirklich eine Leiche fleddern?"

Ich hatte schon seine Pistole, also erwartete ich nichts zu finden, doch vielleicht hatte Tyron noch etwas übersehen „Es ist keine Leiche, was nicht Tod ist."

Er schaute so als wäre ich verrückt, vielleicht war ich das zwar auch, doch er sollte mir wenigstens in diesem Moment trauen, aber sein Zwiespalt war wohl größer „Ich habe nicht Medizin studiert, doch ich weiß, dass ein Schuss durch das Herz tödlich ist."

63

Mit leeren Händen, entfernte ich mich von der Leiche und ging zu Talian zurück „Vertrau mir."

Ich war mir nicht einmal sicher, ob ich mir selbst trauen sollte, wie konnte ich es also von ihm erwarten. Es hätte ja auch sein können, dass ich mir das alles nur eingebildet habe. Nach einiger Zeit des Wartens, schaute mich Talian unglaubwürdig an „Wir sollten nicht solange hierbleiben, ich meine, was ist, wenn Kenneth seine Soldaten hier auftauchen?"

Er hatte recht, doch was sollten wir sonst tun „Wir können nicht ohne ihn gehen, seine Männer wären sicher nicht so glücklich darüber."

Gerade als Talian antworten wollte, schrak Nathan auf und ring nach Luft „Er ist wirklich nicht gestorben?"

Der Wiedergekehrte stand langsam auf „Das stimmt nicht ganz. Ich war Tod und es ist immer ein Spaß."

Talian konnte seinen Augen nicht glauben, zumindest konnte ich das nicht. Ich stellte Nathan eine einfache Frage „Wie ist es so auf der anderen Seite?"

Leicht lachend antwortete er mir „Das wurde ich schon öfters gefragt, doch die meisten waren von der Antwort immer enttäuscht. Vielleicht ist es auch nur, weil ich immer wiederkomme, doch ich sehe rein gar nichts, kein wirkliches Paradies erwartet uns." Er lachte erneut „Obwohl, ich würde auch kein Paradies sehen."

Ich hatte wohl auch keine Chance auf ein Paradies nach meinem Tod. Nathan tastete seinen Körper „Natürlich ist sich Tyron nicht zu schade, um eine Leiche zu fleddern."

Das war ich mir auch nicht, doch das sollte er nicht erfahren „Er hat deine Waffe und einen Zettel mitgenommen."

Talian schaute mich vorwurfsvoll an, doch ich schenkte seinem Blick keine weitere Aufmerksamkeit. Plötzlich lief Talian auf Nathan fruchtlos zu, so mutig, wie ich ihn noch nie sah.

Ich musste ihn noch etwas fragen, auch wenn die Frage sicher nur noch mehr Fragen aufwerfen würde „Gehörst du zum."

Er antwortete schon bevor ich es aussprechen konnte „Ja, ich war jedoch einer der Glücklichen, die es überlebten."

64

Er wusste also wer ich war, doch ich war mir nicht sicher ob dies vom Vorteil war. Wenn er schon mich kannte, dann musste er auch Michael kennen, der gerade noch etwas erstaunt schaute „Wovon redet ihr?"

Nathan nahm mir die Entscheidung ab, den Unwissenden einzuweihen „An was vor deiner Einweisung erinnerst du dich Michael?"

Er wusste es also wirklich, wenn er schon diese Frage stellte „Ich verstehe nicht, was das damit zu tun hat."

Nathan schaute mich an „Du hast die Frage gestellt, also hast du noch dein richtiges Gedächtnis, oder?"

Man sah, dass Michael immer weiter in die Ahnungslosigkeit hinabstieg, bei mir war es jedoch gegenteilig „Ja. Ich kenne meine Vergangenheit gut."

Er schaute kurz auf Michael „Warum hast du ihn, dann nicht aufgeklärt."

Ich hätte es liebend gern gemacht, doch ich dachte, es wäre nicht entscheidend für seine Heilung gewesen und ich wusste nicht, dass wir die ganze Zeit in einer Regierungseinrichtung waren. Dies waren alles nur Ausreden und kein wirklicher Grund.

Mir fiel nichts Besseres ein zu sagen „Es gehörte zum Deal mit Kenneth. Er würde mir Zugang zu ihm gewähren, doch ich durfte ihm nicht sagen, wer er wirklich ist."

Michael ergriff so langsam die Wut „Redet nicht über mich, als wäre ich nicht genau neben euch. Wer bin ich denn?"

Nathan stellte ihm eine einfache Frage „Wie lautet denn dein Nachname?"

Sein wütendes Gesicht packte wieder die Verwirrung „Mein Nachname, was soll mit ihm sein?"

Das war nicht die Frage und das wusste er „Es ist nichts mit ihm, sag ihn mir einfach."

Er wurde wütend und schrie „Ich weiß meinen verdammten Nachnamen nicht. Ich weiß auch nichts aus meiner Vergangenheit. Ich weiß nicht einmal, warum ich in der Psychiatrie eingewiesen wurde, ich habe die Geschichte meiner Vergangenheit nur ausgedacht."

Ich wollte ihm nicht sagen, dass die Geschichte die er glaubt ausgedacht zu haben, wirklich vergleichbar passiert war. So wendete ich mich wieder an den mit einem intakten Gedächtnis „Nathan was weißt du noch über unsere Vergangenheit?"

Er schaute auf seine Blutlache, die er im Sand hinterließ „Ich weiß alles, bis zu Michael seiner Selbsteinweisung." Er konnte nicht alles wissen, dass war völlig unmöglich.

„Ich habe mich selbst in eine Einrichtung des Militärs eingewiesen?", fragte Michael, langsam, als würde er nicht mal seinen eigenen Worten glauben.

Nathan gab weitere Informationen zur Psychiatrie frei „Der Ort in dem ihr gefangen wart, heißt Cold Waters, es ist eine spezielle Einrichtung für abtrünnige Regierungsmitglieder. Sie wurde errichtet, um verrückt gewordene Mitglieder wieder zu gehorsamen Maschinen zu machen. Doch es gab auch andere Zwecke der Einrichtung, wenn die Regierung zum Beispiel einen Killer gefangen hat, wird dort sein Verstand gebrochen. Tyron war einer dieser Killer, doch ihn konnten sie wohl nicht annähernd brechen. Ein anderer Grund war, um störende Mitglieder auszuschalten, die zu viel wissen."

Michael hatte immer noch keine konkrete Antwort auf seine Frage „Und warum bin genau ich in dieser Einrichtung gelandet?"

Ich bereute es immer mehr, dass ich ihn an Kenneth verraten hatte. Obwohl seine Vergangenheit kein Geheimnis für mich war, habe ich nicht nur eine Sekunde daran gedacht, dass es wirklich wahr sein könnte. Er hatte nicht nur sich selbst eingewiesen, sondern auch kurz danach sein komplettes Gedächtnis verloren, doch das ist keine Entschuldigung, dafür dass ich ihn verriet.

Ich schuldete es wenigstens ihm jetzt die Wahrheit zu sagen „Der Grund war wahrscheinlich, dass deine Eltern für die Regierung gearbeitet haben."

Er schaute mich wütend an. Er hatte mich noch nie so angeschaut, freundlich, enttäuscht sogar ängstlich, doch noch nie wütend „Du wusstest das die ganze Zeit und hast uns trotzdem an Kenneth verraten."

Er hatte wirklich allen Grund wütend zu sein „Es tut mir leid, ich hätte dir glauben sollen." Es gab keine Chance, dass er mir vergeben würde, ich konnte es ja noch nicht einmal selbst.

Michael bäumte sich vor mich auf „Ich will die Wahrheit, wer zur Hölle bist du?"

Er hatte wohl mehr als genug recht, die Wahrheit zu erfahren „Ich." Doch ich konnte es ihm nicht sagen, nicht wenn er in dieser Stimmung war „Ich bin genau wie du, ein Sohn zweier Regierungsmitglieder."

Seine Stimme wurde wieder leiser, doch er war immer noch das Gegenteil von ruhig „Woher kennst du meine Vergangenheit?"

Nathan warf mir ein Blick zu, er wusste sicherlich meine Lüge zu durchschauen „Unsere Väter, sie arbeiteten Beide in derselben Abteilung, dort führten sie unter der Leitung der Regierung Experimente durch."

Ich wollte nicht näher auf die Art der Versuche eingehen, doch leider harkte er bei diesem Thema nach „Was für Experimente?"

Ich hätte ihn auch weiter anlügen können, doch da Nathan schon hier war, konnte ich mir leisten, die Wahrheit zu sagen „Sie versuchten das menschliche Potenzial zu steigern. Sie führten Experimente durch, wie das Lazarus Projekt, in welchem Nathan ein Teil war, aber die meisten bei diesem Projekt starben bei einem Unfall, doch die Überlebenden, bekamen eine unglaubliche Regenerationsrate."

Nathan wusste sicher viel über mich, doch ihm war auch klar wie es in einer Regierungsfamilie wie der meinen zuging „Deine Eltern werden dir wohl nicht das alles gesagt haben, also woher weißt du das?"

Er hatte damit natürlich recht „Nein, haben sie nicht. Doch mein Bruder war eingeweiht und hat mir alles erzählt."

Ich erwartete schon die Frage „Wieso war dein Bruder eingeweiht?"

Doch das erleichterte mir nicht das Antworten „Meine Eltern nutzten ihn als Versuchskaninchen. Bevor das Lazarus Projekt entstehen konnte, musste es erstmal einen freiwilligen geben, der die Prozedur überstanden hat, sonst hätte die Regierung das Projekt nicht gefördert."

Nathan wollte nicht lockerlassen, obwohl er wahrscheinlich die ganze Geschichte bereits kannte „Was ist aus deinem Bruder geworden?" Ich wollte die Frage nicht beantworten, doch mein Schweigen war für Michael anscheinend Antwort genug „Er hat es nicht überlebt, richtig?" Ich wünschte, er hätte damit recht „Was ist aus unseren Eltern geworden?"

Dasselbe Schweigen war auch die Antwort zu dieser Frage, doch er hatte eine direkte Antwort verdient „Bei einen ihrer Experimente ist das Labor explodiert. Sie sind dabei gestorben."

Wenigstens sind ihre Experimente mit ihnen gestorben.

Ich konnte es immer noch nicht glauben, dass Talian das alles wusste und uns trotzdem verraten hatte. Ich dachte ich könnte merken, wenn mich jemand anlog, doch dem war anscheinend nicht so. Vielleicht könnte ich mit einer letzten Frage mir eine richtige Antwort bilden „Warum bist du eingewiesen worden?"

Er schaute traurig Richtung Boden „Du warst der Grund. Ich fühlte mich verantwortlich."

Mir war es nicht möglich zu erkennen, ob er log, doch ich hatte auch keine Ahnung von was er sprach „Wie meinst du das?"

Er blickte auf mich „Wir waren früher sehr gute Freunde, wir taten fast alles für einander. Also habe ich nach dem Tod meiner Familie nach dir gesucht. Ich fand heraus, dass du dich selbst in eine Anstalt eingewiesen hast. Ich besuchte die Anstalt ein paar Tage nach deiner Einweisung und sprach mit deinem behandelnden Arzt. Kenneth schlug vor, dass ich mich ebenfalls in die Psychiatrie einweise, um dich bei deinem Heilungsprozesse zu unterstützen."

Er war mein Freund, doch ich konnte mich nicht einmal an ihn erinnern. Nathan stellte das Offensichtliche fest „Kenneth hat dich in eine Falle gelockt, er wusste wahrscheinlich wer du warst und konnte sich die Chance nicht entgehen lassen."

Ich verstand immer noch nicht den Sinn hinter all dem, doch das war wohl eine der Fragen, die niemand beantworten konnte „Das heißt, es war Zufall, dass ich mich in einer Regierungsanstalt eingewiesen habe." Ich hoffte dies zumindest, doch glauben konnte ich es nicht.

Nathans Antwort zerstörte auch meine Hoffnung „Nein, bei der Regierung gibt es so etwas wie Zufälle nicht. Du hast doch deine Erinnerungen verloren, vielleicht hast du dich ja auch in eine andere Psychiatrie eingewiesen und wurdest verlegt."

Er hatte recht, ohne meine vollständigen Erinnerungen konnte ich mir bei nichts sicher sein. Ich konnte nur meinen eigenen Augen trauen und dem, der mich noch nicht angelogen hatte. Ich setzte mich ebenfalls in Bewegung „Wohin gehst du?"

Tyron war ein Psychopath, doch er war wenigstens ehrlich zu mir und steckte in selbem Boot wie ich, mit ihm bin ich auf der sicheren Seite, zumindest sicherer als bei denen, die nur logen. Ich ging in die gleiche Richtung in der Hoffnung ihn einzuholen.

Er antwortete nicht, sondern wurde nur schneller. Ich wollte ihn hinterhergehen, doch Nathan packte mich zuvor an der Schulter „Lass mich los, ich muss mit ihm gehen."

Nathan tat wie ich es ihm sagte „Er wird zu Tyron gehen, du kannst gehen, doch du könntest auch erstmal von mir erfahren was Tyron vorhat."

Er wollte mir anscheinend helfen, also hörte ich ihn zu Ende an „Tyron ist auf der Suche nach Evan Snyder. Er gehört zu den Führern der Regierung. Evans Haus ist in der Kleinstadt Holmrook. Um zur Stadt zu kommen, musst du nur am Ufer entlanglaufen und bei dem ersten Weg ins Land innere stoßen. Ihr werdet dann in die Stadt Drigg kommen, weiter im Inland liegt Holmrook."

Ich fragte mich gar nicht erst woher er, dass alles wusste, sondern versuchte einfach Michael einzuholen.

Es war sehr freundlich von Nathan, eine Liste von Regierungsmitgliedern bei sich zu haben. Ich war mir nicht sicher, ob alle der Namen stimmten, doch einen von ihnen erkannte ich sofort. Evan Snyder, er war ebenfalls verantwortlich, dass ich nicht in einem normalen Gefängnis landete. Ich musste mich bedanken, dass er mich stattdessen in die Anstalt gesteckt hat. Mein Geschenk an ihm wäre vielleicht auch nur ein bisschen Folter. Doch zuvor musste ich mich um ein naheliegenderes Problem kümmern. Ich hatte keine Ahnung, wo ich war.

Planlos lief ich solange am Ufer, bis ich zu einem kleinen Weg kam. Er führte weg vom Strand, also folgte ich ihm. Schon nach kurzem kam ich zu einer asphaltierten Straße. Ein einsames Haus stand am Straßenrand, vor dem Haus stand ein schönes Motorrad. Ich hätte es einfach stehlen können, doch so böse war ich nicht. Ich wollte erstmal freundlich nach dem Weg fragen, also klingelte ich an der Tür. Obwohl es mitten in der Nacht war, machte ein großer, fies aussehender Mann auf.

„Oh, die Störung zu solch später Stunde tut mir leid, ich hoffe ich habe sie nicht geweckt.", entschuldigte ich mich in meinem besten Ton.

Er grummelte mich an „Wer zum Teufel bist du?"

Er kannte wohl nicht das Wort Gastfreundschaft „Wollen sie nicht so freundlich sein und mich hereinbitten."

Er reagierte nicht erfreut „Verschwinde oder."

Ich drückte ihn etwas beiseite und quetschte mich schnell neben ihn durch die Tür „Oder komm einfach rein, wollten sie doch sagen?"

Ich schlich mich weiter in das Haus, während er auf einmal mit einem Baseballschläger umher Schwung „Oh ein Basi, sind wir etwa in Amerika?"

Er kam bedrohlich näher „Ich habe dich gewarnt, jetzt stirb."

Er schlug nach mir, ich duckte mich und der Schlag traf ein grässliches Bild „Das hättest du eh entsorgen sollen." Wie die eines Berserkers folgten seine Schläge „Hey, du solltest vielleicht in ein Verhaltenstraining."

Um den nächsten Schlag abzuwehren, griff ich ihn beim Ausholen am Handgelenk und trat ihm gegen das Schienbein. Doch er wollte nicht in die Knie gehen, also nahm ich mit meinem anderen Arm sein Kopf und schleuderte ihn gegen die Wand. Die Wand brach ein und sein Kopf blieb stecken.

„Schon mal Whac- A-Mole gespielt?"

Ich hob den Baseballschläger auf, den er verlor und wartete bis er sich wieder löste. Als sein Kopf zu sehen war, schlug ich zum ersten Mal zu, mit dem Schlag ging er schon zu Boden, doch damit hörte ich natürlich nicht auf. Ich schlug immer weiter und weiter drauf, bis sein Gehirn und das Blut überall an der Wand zu sehen war.

Mit der Sache erledigt, schaute ich mich im Haus um, da er allein Lebte und wahrscheinlich ein Einzelgänger war, machte ich mir noch nicht einmal die Mühe um irgendwelche Beweise zu vertuschen, seine Leiche würde eh erst gefunden werden, wenn sie anfing zu stinken. Also legte ich einfach die Mordwaffe irgendwo hin und suchte nach dem Kleiderschrank. Als ich die Tür zum Kleiderschrank öffnete, bemerkte ich erst, dass ich vergas den

Idioten nach unserem Standort zu fragen. Aufgebracht von meiner eigenen Dummheit durchsuchte ich den Kleiderschrank. Kaum zu glauben, doch der Affe, hatte ein rotes Hemd und eine schöne schwarze Jeans. Da meine ach so weißen Klamotten von der Klinik nun aus irgendeinem Grund rot gefärbt waren, wechselte ich sie. Ich nahm ebenfalls die Motorradhandschuhe, Sicherheit ging ja vor. Kurz bevor ich mich umdrehte lächelte mich eine schwarze Weste und Hut an.

Sie zogen mich an, also tat ich das auch „Stil ist für die Lebendigen." Ich trug etwa dieselbe Kleidung wie damals zu meiner besten Zeit, oder sollte ich eher sagen zu meiner schlechtesten Zeit. Ich lachte hämisch, wie ich es schon so lange nicht mehr getan hatte.

Konzentration war jedoch jetzt entscheidend. Ich wollte ja an sich den Tatort nicht bereinigen, doch ich konnte es der Polizei nicht so einfach machen. Der Basi kam als erstes dran, damit schlug ich die Knäufe des Kleiderschrankes ab. Mit diesen und meinen alten sowie neuen Klamotten ging ich zu der Ausgangstür. In dem Moment erinnerte sich mein brillanter Verstand, noch etwas anderes berührt zu haben. Ich ging zu der Leiche und riss ihm das Shirt vom Leib. Als ich ihm sein Shirt entledigte sah, ich auf einer Kommode den Motorradschlüssel. Ich packte ihn mir in die Hosentasche, verließ mit den restlichen Sachen das Haus und schloss die Tür. Nicht wegen der Schönheit ging ich wieder runter zum Strand, sondern um die Bewiese zu vernichten. Das Meerwasser würde vielleicht nicht alle Fingerabdrücke abwischen, doch sicherlich ein paar Marker unkenntlich machen. Ich warf den Baseballschläger viele Meter weit ins Meer, genauso die Knäufe. Die Kleider ballte ich zu ein Knäul und schleuderte sie soweit ich konnte. Als die Arbeit getan war, ging ich wieder gemütlich zurück und startete das Motorrad.

Jedoch erstrahlte ein wütendes Gesicht im Seitenspiegel „Was ist mit Talian?"

Als ich Talian erwähnte, wurde es nur noch wütender „Er hat uns verraten, wir hätten ihn nie trauen sollen"

Auf meinem Sieg herumzureiten, erschien nicht so klug in diesem Moment zu sein. Seinen Hass für mich zu nutzen, erschien schon besser „Willst du eine Fahrt?"

Er war anscheinend so verzweifelt „Klar."

Er stieg auf und hielt sich an mir fest „Oh, nicht so schnell, willst du mir nicht erstmal einen ausgeben?"

Ich wollte ihn nicht verärgern, doch ein paar nervige Kommentare sollte er schon ertragen „Fahr einfach los." Mein Wunsch war sein Befehl, oder ging das anders? Auf jeden Fall fing ich an zu fahren.

Er fragte nicht wohin ich wollte, doch je mehr er schwieg, umso größer wurde mein Verlangen es ihm zu erzählen „Fragst du denn gar nicht?"

Er reagierte weise, ja fast schon so als hätte er etwas gelernt „Du hast mir doch auch am Strand nicht geantwortet, warum denn jetzt?"

Natürlich war dies kein anzufechtender Punkt, doch Meinungen können sich ändern, ja sogar auch die Meine „Du bist hier ohne Talian, also das hat sich schonmal geändert, jetzt fang mit dem Verhör an."

Er schaute auf mein neues Hemd „Gut, fangen wir einfach an, woher hast du die neuen Sachen?"

Ich hatte keinen Grund zu lügen, er wusste, dass ich ein Killer war „Ich habe einen wirklich dummen Idioten getötet, der ziemlich unfreundlich war. Ich schwöre er hatte es verdient."

Er war wohl wenig überrascht „Von ihm hast du also auch das Motorrad, hast du wenigstens auch unseren Standtort?"

So ein rationales Denken erwartet man wohl eher von Aiden und nicht von einem wilden und unkontrollierten Tier wie ihm, welches nur Wut kannte.

Ich antwortete ihm ehrlich „Nein, er war wie gesagt ziemlich unfreundlich in der Beziehung."

Voller Erwartung schwieg ich „Gut, dann kommen wir jetzt zum Zettel."

72

Hoffend, dass er mir bei meinem Vorhaben hilft, erzählte ich es ihm „Es ist eine Liste von Regierungsmitgliedern, mit ihren Adressen und sonstigen Daten."

Ich stellte mir die Frage nicht, doch er mir schon „Warum hatte Nathan eine solche Liste bei sich?"

Für mich gab es dafür viel zu viele unterschiedliche Möglichkeiten „Er hatte es, das Warum ist mir vollkommen egal und da er die Antwort mit ins Jenseits genommen hat, können wir nur spekulieren."

Wenn ich jedoch mit meiner noch überzeugendsten Theorie recht habe, war es mehr als gut, dass ich diesen Nathan getötet habe.

Von Michael kam nur eine leise und zögerliche Antwort „Stimmt."

Er verheimlichte mir etwas, dass konnte selbst ein Tauber heraushören, doch vorerst konnte ich dies wohl vernachlässigen.

Es ist schön mal jemanden zu sehen, der noch weniger wusste als ich. Doch was wusste ich schon wirklich, ich hatte doch nur wirre Theorien. Ich wusste noch nicht einmal ob ich sie mit Tyron teilen sollte.

Mein Schweigen hielt sich bis zur nächsten Stadt „Es ist Nacht, also glaube ich nicht, dass es jemanden gibt, der mit uns bereit ist zu reden."

Seine Einwände konnte man auch immer nur, wenn man über drei Ecken dachte, verstehen „Du hast recht, doch wer sich um diese Uhrzeit noch auf den Straßen herumtreibt, der ist solche Gestalten wie uns gewöhnt."

Also folgten wir weiter der einzigen Straße die wir fanden „Ist hier denn kein Schild mit dem Stadtnamen?"

Er lachte nur und hielt an einen Bahnübergang „Schau mal ein Schild, Wir sind in Drigg, der Weltstadt."

Es war zufriedenstellend, wenigstens etwas mit Sicherheit zu wissen „Dann hätten wir die Frage geklärt, wo wir sind, auch wenn ich keine Ahnung habe, wo die Stadt sich befindet."

Wir waren also in Drigg, doch das brachte mir nicht viel, ich musste irgendwie herausfinden wo Holmrook war. Es war nicht so, dass die Städte nicht so bekannt waren, dass ich von ihnen nie gehört hatte.

„Das ist schonmal ein Start, doch wir müssen nach Holmrook, es sei denn du hast andere Pläne?"

Er schaute die Gleise entlang „Wenn ich alleine fliehe, fänden sie mich sowieso. Ich bin nur ein normaler Kerl, du bist der, der sich anpassen kann und weiß wie man untertaucht."

Er hatte wohl einen Punkt, jedoch war es kein wirklich guter „Ich habe nicht vor zu fliehen, ich habe vor sie zu töten, das ist dir klar?"

Er schaute zu mir, jedoch nicht mit seinem üblichen hasserfüllten Blick, sondern mit einem leeren und hoffnungslosen Ausdruck „Ja und ich werde dir dabei helfen."

Sein Angebot kam zwar sehr unerwartet, doch erhofft. Ich schätzte er hatte etwas erfahren über sich selbst, doch woher. Wusste etwa die kleine Spinne mehr als ich dachte, nicht ausgeschlossen, doch ich konzentrierte mich eher um mein jetziges Problem „Siehst du das Haus, dort brennt noch Licht, ich frage mal mit meinem Charme, wie wir schnellstmöglich nach Holmrook gelangen."

Als ich vom Motorrad stieg, sprang er ebenfalls ab „Lass mir den Vortritt, das letzte Mal ging nicht so gut aus."

Er gab mir wohl für alles die Schuld, selbst wenn er nicht einmal dabei war. Er hatte jedoch etwas nicht ganz bedacht „Willst du wirklich mit deinen weißen Klamotten vor jemandes Haus auftauchen, vielleicht willst du auch noch ein Schild, wo draufsteht, komm gerade aus der Klapse."

Er schlug einen validen Punkt mir entgegen „Du bist doch auch mit deinen weißen Klamotten vor jemandes Haus aufgetaucht und hast ihn danach getötet, nachdem er dir die falsche Antwort gab."

Ich ließ ihn trotzdem nicht gehen „Wenn ich normale Kleidung angehabt hätte wäre das nicht passiert." Mir fiel noch ein besserer Grund ein „Und du willst doch Untertauchen, deine erste Lektion

74

ist es, mich nicht infrage zu stellen und einfach zu tun, was ich sage."

Es klappte für den Moment und ich ging zum Haus. Er hätte zwar mit dem Motorrad einfach wegfahren können, doch so verzweifelt wie er war, dachte er sicherlich noch nicht einmal daran. Ich klingelte an der Tür. Die Tür wurde von einer jungen Frau geöffnet, also konnte ich wohl meinen Charm spielen lassen.

Ihre Stimme war freundlich und aufrichtig „Kann ich ihnen helfen?"

Wow, eine von diesen Idiotinnen, die jeden Fremden selbst in der Nacht helfen, da brauchte ich wohl kein Charm „Es tut mir leid, dass ich sie um diese späte Uhrzeit stören muss, doch wissen sie, wo sich die Stadt Holmrook befindet? Ich bin auf der Durchreise und habe mich etwas verfahren."

Sie antwortete auf höflichste Art und Weise „Sie müssen nur der Straße folgen, irgendwann biegen sie dann auf die Hauptstraße nach rechts ab."

Ich schätze das genügte, wäre Michael nicht, hätte ich wohl eine weitere Leiche hier hinterlassen „Danke."

Ich ging wieder und stieg auf das Motorrad.

Michael schaute mich fragend an „Hat sie dir geholfen oder nicht?"

Ich nickte „Wir sind in der Nähe nur die Straße etwas rauffahren und dann nach rechts abbiegen."

Michael traute der ganzen Sache wohl noch weniger „Ist das nicht seltsam, dass wir ganz in der Nähe von deinem ersten Ziel sind?"

Er durfte nicht sein Vertrauen verlieren, oder seinen Verstand „Es stehen 4 Namen auf der Liste mit jeweils unterschiedlichen Adressen, ich habe nur einen Ausgewählt, es war einfach nur Zufall."

Die kleine Zusatzinformation behielt ich lieber für mich. Ich sah, dass er immer noch verunsichert war, doch solange er mir folgte, hatte ich kein Problem mit kleinen Zweifeln. Nur wenn sie groß werden würden.

Wir hörten auf die Wegbeschreibung und kamen zu einem kleinen Örtchen „Das wird dann wohl Holmrook sein."

Ich stimmte Michael zu, deswegen fuhr ich beim nächsten Gebäude rechts ran. Auf der Liste war leider nur die Stadt verzeichnet und nicht die Straßennummer in der Evan lebte.

Natürlich musste er mal einen guten Punkt einwenden, die hatte er wirklich selten „Was hast du jetzt vor, wie willst du deine Zielperson finden. Ich tippe mal, dass er nicht unter seinem echten Namen hier wohnt?"

Er hatte wohl recht, doch ich erinnerte mich an das Aussehen, des schmierigen kleinen Schleimsacks „Wir werden uns erstmal die ganzen Schilder an den Häusern ansehen, wenn wir einen verdächtigen Namen erkennen, dann finde ich ihn durch sein Aussehen."

Michael wurde neugierig „Woher weißt du das?"

Ich wollte ihn nicht anlügen, also sprach ich mal wieder wahre Worte „Er hat mich in diese Psychiatrie gesteckt."

Sein üblicher Denkvorgang war langsamer „Deswegen hast du ihn also als erstes ausgewählt. Doch wenn er dich in die Psychiatrie gesteckt hat, dann vielleicht auch mich."

Das war eine mögliche Theorie „Wie ich es sehe, entscheidet Evan Snyder, unsere jetzige Zielperson, wer in die Psychiatrie kommt und wer nicht."

Er war auf einmal Feuer und Flamme „Dann sollten wir ihn finden."

Wir gingen von Tür zu Tür und überprüften die Namenschilder. Dieses eine Mal gehörte nicht mir die blendende Idee „Du sagtest Evan Snyder wäre sein Name. Ich habe hier ein Andy Versen, das ist ein Anagramm."

Ich lächelte ihn an „Gut gemacht, dann lass uns den Mal versuchen." Seit Aidens Tod, stieg auch sein IQ, und zwar auch noch stark.

Wir klingelten am besagten Haus „Überlass dem gut Angezogenen das Reden."

Die Fratze von Evan machte auf und man konnte es wohl kaum ein Glückstreffer nennen „Hey, Eve schön dich wiederzusehen."

Er hat mich wohl erkannt, zumindest würde dies sein verängstigtes nach hinten Stolpern erklären „Nein, bitte. Wir hatten keine Wahl."

Ich verpasste ihm einen Tritt „Halt die Klappe."

Michael schloss die Tür und ich packte Evan „Wo ist ein Stuhl, du könntest ihn brauchen?"

Er zeigte in Richtung Wohnzimmer, es war echt eine schöne Möblierung. Ich warf ihn vor dem Stuhl.

Doch da ich kein Unmensch war, richtete ich ihn wieder auf und setzte ihn stattdessen sanft auf den Stuhl „Tut mir leid, dass ich so harsch war, doch du hättest nach deinem Blick wohl kaum jemanden hereingebeten."

Er spuckte etwas Blut auf den Boden „Wie zur Hölle bist du überhaupt aus der Anstalt entkommen, Kenneth hatte doch alles unter Kontrolle, dachte ich, auch trotz der Komplikation?"

Oh, es war wohl die Zeit ein Paar Antworten zu bekommen „Vergiss nicht wer die Fragen stellt und die erste Frage unserer heutigen Quizshow wird sich rund um die Kategorie Nathan drehen."

Er schaute überrascht den Namen überhaupt zu hören „Nathan, er ist doch schon lange tot, was für eine Frage solltest du haben?"

Mein Verdacht wurde allmählich ziemlich hart „Dann hat mich wohl ein Toter befreit."

Er war fast schon schockiert von meinen Worten „Das ist unmöglich, er kann nicht mehr Leben."

Es war tatsächlich so, wie ich es mir dachte, zumindest machte es Sinn, bis Michael sich einmischte „Was ist mit dem Lazarus Projekt?"

Das hat er also versteckt, er hatte Ahnung von irgendeinen Geheimprojekt, interessant „Beantworte seine Frage."

Ich vertraute diesmal Michael, auch wenn ich es hasste, wenn mich Menschen anlogen, doch würde jeder die Wahrheit sagen, wäre es ja auch wieder Langweilig. Nach dem Blick von Evan waren wir wohl verrückt „Nein, das ist nicht wahr oder?"

Er fing an zu lachen, das gefiel mir überhaupt nicht, also verpasste ich ihm Eine „Sprich, ich will mitlachen."

Er fühlte sich wohl überlegen „Das hat wohl Kenneth gemeint. Du bist Tyron und dein Freund, der keine Ahnung mehr vom Lazarus Projekt hat, ist wohl Michael, richtig?"

Nicht nur mich ärgerte es, dass wir beide keine Ahnung hatten, wie er das nun meinte „Du hast mich eingesperrt, also solltest du wissen, wer ich bin."

Ich musste ihm erneut sein Grinsen aus dem Gesicht schlagen „Dann nehme ich an, dass ich mit Michael auch richtig lag. Talian hat dir von dem Projekt erzählt, oder nicht?"

Ich ließ ihm diese eine Frage durchgehen „Ja, das hat er."

Doch die Antwort von Michael machte mich wirklich sauer, dann hatte die Spinne doch mehr versteckt als ich dachte.

Vorerst war es wohl besser, Michael das Gespräch zu übergeben, auch wenn schon fast Evan es leitete „Und, Talian hat dir gesagt, dass Nathan in diesem Programm war?"

Michael schüttelte den Kopf „Nein nicht direkt, ich habe es gesehen, die Folgen des Projekts." Der gute F60.30 war recht ehrlich zu unserer kleinen Regierungsratte, er wusste wohl was kommen wird.

Evan schaute nicht mehr so überlegen, sondern bekam es mit der Todesangst zutun „Nein, dann weiß er davon. Sicher, dass die Person die dich gerettet hat Nathan war, wenn ja muss ich mit Aiden sprechen."

Das reichte mir jetzt mit der Befragung von Michael seiner Seite „Aiden ist tot, du musst wohl mit uns vorliebnehmen."

Sein Blick erkannte, dass er bald dem Tod allein gegenüberstand, doch es sah nicht so aus, als würde er mich fürchten „Wenn Aiden schon tot war, dann konntet ihr nicht mit Sicherheit sagen, dass es Nathan war und das mit dem Lazarus Projekt lässt nur eine Alternative offen."

Scheint wohl so, als ob Nathan, nie in diesem Lazarus Projekt war, doch vorerst musste ich noch etwas klarstellen „Michael, das Lazarus Projekt, wärst du so frei und sagst mir was zur verdammten Hölle das ist?"

Er hatte noch nicht einmal eine Wahl, doch trotzdem zögerte er etwas „Die Teilnehmer wurden durch das Lazarus Projekt so

78

verändert, dass sie nur ihr Leben verlieren, wenn ihr Gehirn zerstört wird."

Menschen die nur sterben, durch einen Kopfschuss, aber Zombie wäre wohl definitiv der falsche Ausdruck gewesen, doch da sie sicher nicht mehr allzu menschlich waren, fand ich Hybrid passend „Das heißt, dieser falsche Nathan hat Jesus nachgemacht?" Seine Antwort war stilles Nicken „Gut, dann kann ich ihm ja sogar so oft töten, wie ich es möchte. Bleibt noch eine Frage an dich Evan. Wie viele von diesen Hybriden haben das Lazarus Projekt überlebt?"

Evan verweigerte die Antwort „Ich habe keinen Grund dir noch ein Wort zu sagen, wenn Aiden schon tot ist, dann ist das Schicksal von uns allen schon besiegelt."

Sein Schicksal war schon lange vorher besiegelt „Nicht ganz, entweder ich töte dich schnell, sodass du vielleicht nur noch ein kleinen Piekser merkst, oder ich töte dich langsam und genieße es. Ich könnte dir jede Gliedmaße abschneiden, ich könnte deinen Magen aufschlitzen und langsam zusehen, wie deine Gedärme herausquellen, ich könnte dir jedoch auch die Haut vom Leibe schneiden. So eine kleine Ratte, wie du es bist, schafft sicherlich acht Prozent, bevor sie ohnmächtig wird." Er hatte zwar Angst, doch behielt Stillschweigen „Gut, dann reichen wohl keine Worte. Michael warte hier, ich hole mir mal kurz ein kleines Utensil."

Ich verpasste noch einmal Evan eine saftig süße Rechte und suchte in der Küche nach einem Messer „Bingo."

Ein wunderschönes Steak Messer war die Antwort „Das wird wohl zum Schälen reichen."

Ich ging zurück, doch natürlich war auf Michael kein Verlass. Die kleine Ratte, Evan, richtete eine M1911 auf mich, während Michael ein Nickerchen in der Ecke machte „Ich hätte nicht erwartet, dass eine Ratte, wie du so leicht den Hai bezwingen kann."

Obwohl er gerade die Waffe auf mich hielt, war seine Stimme nicht voller Selbstvertrauen „Leg das Messer hin, Irrer."

Ich lachte und ließ das Messer fallen. Als Evan das Klingen des auf dem Boden aufprallenden Messers hörte, erschrak er und ich nutzte seine Verwirrung um meine eigene Waffe zu ziehen und ihn zu erschießen. Leider klappte der Plan nicht einwandfrei, denn er konnte auch ein Schuss noch absetzen „Ich schätze, dass nennt man wohl kollateral Schaden."

Mein Lachen verging mir jedoch nicht, denn es war nur ein Schultertreffer und damit eine ungefährliche Fleischwunde. Als ich Evan schnaufen hörte ging ich zu ihm.

Er lag auf dem Bauch, die Pistole war nicht in greifbare Nähe gefallen „Du lebst also noch, hm."

Ich drehte ihn mit einem Tritt um „Die Antwort, die du suchtest ist übrigens zwei."

Meinte er jetzt die Überlebenden vom Lazarus Projekt „Warum sagst du es mir jetzt?"

Ich packte ihn, doch er spuckte nur noch Blut und keine Antworten aus. Als so langsam die Schmerzen in meinen Arm vergingen, begriff ich, dass er es mir verriet, weil es kein Geheimnis mehr war. Die Wunde, die gerade noch stark geblutet hat, war vollkommen verheilt. Also waren der Nathan-fake und Ich die überlebenden Hybriden. Meine Freude über meine Regenerationsgeschwindigkeit hielt sich in Grenzen, da das Lazarus Projekt sicherlich über eine längere Zeit gehen musste, also hätte ich mich an sich erinnern müssen. Es gab nur eine Zeit an die ich mich nicht mehr wirklich erinnerte, und zwar meine Kindheit. Ich erinnerte mich nur seit den Tag an den ich mich verändert hatte. Die Zeit davor habe ich komplett vergessen.

Ich schaute auf Michael „Ich schätze früher war ich wohl dir ähnlich."

Mir war auch der eigentliche Grund entfallen, warum ich zum Killer wurde, ich erinnerte mich nur noch an meine ersten beiden Opfer, doch jeder erinnert sich wohl an seine Eltern. Ich warf Evan auf den Boden, hob die M1911 und meine Waffe wieder auf und zielte auf Evan.

Leider war er schon dahingeschieden „Ratten sind normalerweise zäher."

Ich ging lachend auf Michael zu und versuchte ihn wachzutreten „Aufstehen, Dornröschen. Wir haben nicht ewig Zeit." Die Prinzessin erwachte nicht von ihrem Schlaf „Küssen, werde ich dich jetzt aber nicht."

80

Ich legte die M1911 auf seinen Schoß und fühlte seinem Puls, er schlug noch ganz normal. Ich konnte ihn nicht zurücklassen, also ja an sich schon, doch das hätte selbst bei mir einen bitteren Nachgeschmack hinterlassen. Ich hatte überlegt ihn zum Motorrad zu tragen, doch ich konnte ihn so sicher nicht transportieren. Zudem habe ich auch kein Auto gesehen von Evan, also gab es auch keine andere Möglichkeit ihn zu transportieren „Dann halt Plan B." Ich setzte mich neben Michael und hielt meine Waffe in Richtung Eingangstür „Ich schätze ich werde dich verteidigen müssen, bis du aufwachst."

Es gab schon Gründe, warum Serienkiller alleine arbeiten. Auf einen Partner konnte man sich wohl nie verlassen.

Der Schuss war ganz in der Nähe, ich war mir unsicher, ob ich mir wünschen sollte, dass Michael geschossen hat oder jemand anderes. Voller Angst packte ich die Beine in die Hand, doch vor der Tür wurde die Angst zu noch stärkerer Wut. Nicht auf Michael, weil er weggerannt ist, sondern weil ich zu Feige war, es ihm zu sagen und jetzt die Möglichkeit bestand, dass es zu spät sei. Voller Wut riss ich die Tür auf.

Tyron stoppte mich, indem er seine Waffe auf mich richtete „Da ist ja die kleine Spinne. Sag mir nicht wie du uns gefunden hast? Dir hat es sicher der nicht ganz so Tote gesagt."

Er wusste also vom Lazarus Projekt, doch das war in diesen Moment für mich nicht wichtig. Michael lag neben ihm bewusstlos und weiter von dem beiden, lag noch eine Leiche.

Das musste dann wohl Evan sein „Tyron, was ist mit Michael?"

Er lachte nur wie immer „Er lebt noch, doch süß, dass du dir trotz deines Verrats noch sorgen um ihn machst." Er stand auf und kam mir näher, die Waffe immer noch auf meinem Kopf gerichtet „Du wirst mir alles erzählen, was du vom Lazarus Projekt weißt, sofort."

Ich hatte versucht an seine Vernunft zu appellieren „Wir müssen hier erstmal weg, ich bin sicher nicht der Einzige, der den Schuss gehört hat."

Ihm war das jedoch nicht wichtig „Darum muss du dir keine Sorgen machen, Spinnchen."

Dass er mich Spinne nannte, hatte mich nicht interessiert. Ich achtete nur auf die Person, die hinter ihm aufstand und seine Waffe auf ihn richtete. Ihre Worte klangen bedrohlich außer für mich „Tyron, die Waffe runter."

Natürlich hörte Tyron nicht auf die Person „Schön, dass du auch endlich mal aufwachst, Dornröschen. Hast du dir etwa so fest den Kopf gestoßen, dass du vergessen hast, auf welcher Seite du stehst."

Michael verteidigte mich, obwohl er alles Recht dazu hatte, genau wie Tyron zu reagieren „Es ist ein Unterschied, wenn wir Regierungsmitglieder töten, die uns in diese Lage brachten, oder."

Tyron vervollständigte seinem Satz falsch „Oder Verräter? Er ist genauso schlimm, wie die von der Regierung."

Ich dachte es konnte nicht schlimmer werden, doch dabei täuschte ich mich. Kenneth schloss sich unserer Unterhaltung mit zwei weiteren Soldaten, die ihre Waffen gezogen hatten, an „Beim nächsten fliehen, solltet ihr vielleicht nicht so viel Lärm machen."

Ich näherte mich Michael und Tyron, die nun auf dieselbe Person zielten, Kenneth. Die Männer zielten jedoch nur auf Tyron „Gut, dass du hier bist, dann muss ich dich nicht suchen."

Man erkannte leicht, dass sein Mut nur gespielt war. Vielleicht war er jedoch auch einfach zu verrückt, um zu erkennen, in welcher Situation wir uns befanden.

Ich konnte ihn nicht erschießen, sonst hätte mich einer der Soldaten sofort ausgeschaltet, auch wenn ich es geliebt hätte, seine weißen, klaren und leeren Augen zu sehen.

Doch als ich die gerichteten Laser der Waffen sah, kam mir eine Idee „Kenneth, eine Frage ist doch gestattet, bevor deine Freunde mich töten?"

Er antwortete mir mit seiner höflichen britischen Art „Ich hatte nicht vor dich zu töten, doch eine Frage kann ich wohl beantworten."

„Gut, die Frage lautet, haben sie schon mal einen Hai Blut lecken gesehen?", die Frage kam natürlich mit einem himmlischen Lächeln.

Ich hätte Kenneth erschießen können, doch das hätte nicht so viel Spaß gemacht, wie mein wahres Vorhaben. Als ich abdrückte,

82

bekam ich auch Klarheit. Talian war zu schnell, Michael zu schwach und dann auch noch die Frage, ich hatte es verstanden.

Tyron erschoss lachend einen der Soldaten. Er lachte obwohl er wusste was kommen würde, ich verstand es in diesen Moment nicht, doch sobald der zweite Soldat seinen ersten Schuss auf Tyron abgab, erschoss ich ihn ohne zu zögern.

Leider, bevor ich auf Kenneth zielen konnte, hatte er schon eine Waffe auf Talian gerichtet „Die Idee von Tyron war echt gut, wäre er nicht zu Wahnsinnig gewesen, um die Wahrheit zu sehen. In seiner Verschwommen Welt, wäre ich sicher auch Tod."

Seine Worte machten für mich keinen Sinn, doch meine Gedanken kreisten auch um etwas vollkommen Anderes. Es war entweder Dummheit oder Menschlichkeit, dass ich nicht in der Lage war mich zu konzentrieren. Ich dachte nur an den Soldaten den ich gerade ohne Zögern das Leben nahm. Es war jedoch nicht, dass was man empfinden sollte. Mir war es nicht möglich zu entscheiden, ob ich nichts fühlte oder ob es mir Spaß bereitete. Ich wusste nur eins, ich verspürte keine Schuld noch Reue.

Durch Talians Stimme wurde ich aus meinen Gedanken wieder gerissen „Michael, geh einfach, Kenneth kann dich nicht aufhalten."

Er hatte wohl recht mit der Aussage, doch wieso konnte ich denn eine einzelne Träne seine Wange herunterlaufen sehen „Ich laufe doch nicht weg für wen hältst du mich?"

Kenneth sprach wie immer von oben herab „Du solltest auf ihn hören, er weiß vieles, was du nicht mal in der Lage wärst zu verstehen. Du weißt ja noch nicht einmal den Grund für seine Einweisung, oder?"

Talian war anscheinend von seinen Worten verängstigter als von seiner Waffe „Bitte geh, du musst nicht immer den Helden zu spielen."

Mir kam wieder das Bild von dem verängstigten Kind. Ich sagte zwar, dass ich keine Erinnerungen an meine Vorgeschichte hatte, doch dieses Bild war echt. Ich sah es immer wieder auch in meinen Träumen. Ich stand vor einem Kind, sein Blick fiel ab von mir in Furcht, auf den Boden um uns lagen reglose Körper, viele davon blutverschmiert, genau wie meine fest geballten Fäuste. Ich sprach zögerlich, da ich jetzt erst den Jungen erkannte.

„Wie konnte ich immer den Helden gespielt haben, wir waren doch noch nie in einer solchen Situation?", fragte ich, obwohl ich es jetzt auch erkannt hatte.

Er schaute auf den Boden, genau wie damals „Du verstehst auch nichts."

Ich war abgelenkt für einen Moment, hatte meine Deckung fallengelassen, was Kenneth natürlich direkt merkte. Er zögerte nicht zu schießen und traf mich so an der Schulter, dass ich die Waffe fallen ließ.

Kenneth fing an zu lachen und zielte auf meinem Kopf „Ganz schön langsam für einen."

Nathan oder wer auch immer er in Wirklichkeit war, tauchte plötzlich hinter mir auf und verpasste Kenneth genau an derselben Stelle eine Kugel „Karma würde ich sagen." Kenneth ging zu Boden und ließ die Waffe fallen. Nathan bückte sich und hob die Waffe auf „Du solltest jetzt die Klappe halten, wenn du noch eine Chance haben willst zu überleben."

Kenneth hielt sich nicht an seinen Befehl „Tyron ist Tod, du hast verloren."

Mir war nicht sicher was das bedeutete, doch Nathan hat das sichtlich aufgeregt. Er warf seine Waffe in die Luft und fing sie entspannt am Lauf. Er holte mit der Waffe aus und schlug ihn mit dem Kolben bewusstlos „Psychiater reden wohl immer zu viel."

Er wendete sich zu mir „Warum hältst du noch die Wunde?"

Ich verstand erst was er sagte, als ich meine Hand entspannte und aufhörte die Wunde zu zudrücken. Meine Augen sahen das Wunder, doch verstanden es nicht auf Anhieb „Die Wunde, sie ist schon verheilt."

Nathan lächelte nur über mein Erstaunen „Wie ich erwartet hatte. Du hast dein Gedächtnis verloren, das ist eine der kleinen Nebenwirkungen, des Lazarus Projekt, es ist zwar jetzt ein Paar Jahre her, doch ich war einer der Glücklichen, die die Ereignisse nicht vergessen konnte. Dein Aussehen habe ich auch nicht vergessen."

Ich achtete nicht mal auf das was Nathan sagte, ich schaute nur Talian an „Du wusstest das die ganze Zeit, jetzt sag mir die Wahrheit, wer ich wirklich bin."

84

Er zögerte und sein Unbehagen war deutlich in der Stimme zu hören „Du bist genau wie Nathan ein Mitglied des Projekts gewesen. Das du der Sohn zweier Regierungsmitglieder warst, war jedoch nicht gelogen."

Nach seiner Aussage war Nathan auch in dem Projekt, was dem entgegen sprechen würde, was Evan behauptet hatte. Mir war es nicht möglich zu sagen, ob er mir wieder etwas verschwieg „Und das Bild?"

Er schaute mich überrascht an „Was für ein Bild?"

Ich traute Nathan noch weniger als Talian, also behielt ich das Bild noch für mich „Wir klären das auf dem Weg."

Ich bückte mich über Tyron, nahm den Schlüssel und die Notiz über die Regierungsmitglieder von ihm und ging langsam mit der schon aufgehobenen Waffe auf die Tür zu, Talian signalisierend, dass er mir folgen sollte. Ich hätte gedacht, dass mich Nathan irgendwie aufhält, doch er warf uns beim Gehen nur ein Wort hinterher „Danke."

Ich wusste nicht wofür er sich zu bedanken hatte, er rettete uns jetzt zum zweiten Mal, trotzdem ging ich mit einem einfachen Nicken durch die Tür. Talian war nur kurz hinter mir und folgte mir zum Motorrad. Ich stieg auf ohne zu bedenken, dass ich nie zuvor gefahren bin. Talian fragte langsam „Willst du wirklich, dass ich mit dir kommen?"

An sich hätte ich mich lieber alleine herumgeschlagen, doch ich konnte ihn nicht zurücklassen, ich hatte noch einige Antworten zu bekommen „Vorerst bleibst du bei mir, bis ich mehr weiß."

Er stieg glücklich auf. Obwohl dies meine erste Fahrt war, hatte ich keine Probleme das Motorrad zu starten und loszufahren.

KAPITEL 5

Die Nacht war noch nicht vorbei, als ich an einer kleinen Nebenstraße anhielt. Ich hielt das Motorrad am Straßenrand und stieg ab. Talian machte langsam meine Bewegung nach und sprach mit dem Blick zum Boden gerichtet, als wüsste er was ich vorhatte „Es tut mir leid."

Entschuldigungen machten mich meistens nur noch wütender, da sie oft nur leere Worte waren, doch in diesem Fall wurde ich einfach nur Traurig, da mir auf ein Neues das Bild erschien. Es jagte mich schon so lange, doch die Person im Bild hatte ich nie erkannt, trotz seiner einzigartigen Haarfarbe „Deine Haare, sie sind nicht gefärbt, oder?"

Er schaute mich an und überspielte seine Unsicherheit mit einem leichten lachen beim Antworten „Wenn sie nur gefärbt wären, dann wären sie doch schon lange nicht mehr so strahlend weiß?"

Die Tinktur hätte wohl schon lange ihren Dienst getan „Du bist doch sogar jünger als ich, also wieso sind deine Haare weiß?"

Es fühlte sich an wie eine normale Unterhaltung, doch das war nur eine Ablenkung von dem eben Passierten und von dem was ich wusste, das noch folgen wird „Nach einem Experiment meiner Eltern, wurden meine Haare plötzlich weiß."

Er war noch sehr jung in meiner Erinnerung und hatte schon weiße Haare, seine komplette Kindheit bestand wohl aus Experimenten. Meine wahrscheinlich auch, doch ich konnte mich glücklich schätzen, dass ich mich an diese nicht mehr erinnern konnte. Ich ging auf Talian zu und meine Stimme wurde ernster „Denn kommen wir jetzt zu dem Bild?"

Talian schaute mich fragend an „Ich weiß nicht welches Bild du meinst?"

Beim Beschreiben wurde meine Stimme immer langsamer „In dem Bild bist du, du stehst neben reglosen Körpern. Es war wohl nach einem Kampf, da meine Hände blutverschmiert waren."

Wenn das nur das Einzige wäre, was ich gesehen hätte, jedes Mal wenn das Bild vor mir erschien, hatte es sich verändert, beim Mal davor waren nur halb so viele Leichen auf den Boden, beim ersten Mal als ich das Bild sah waren es nur drei und ich war in einer Gasse, doch so war es schon lange nicht mehr. Bei diesem Mal standen wir nicht einmal mehr in einer Gasse, sondern in einem Labor oder ähnlichem, was natürlich nur Sinn ergab, nach der Vergangenheit von mir, doch als ich diesen Gedanken zu Ende führte, bemerkte ich wieder das Messer in meinem Rücken „Du wusstest es, du wusstest es die ganze Zeit. Wer ich war und dass ich meine eigene Vergangenheit vergaß, all das wusstest du und hast nichts gesagt. Du hast mich die ganze Zeit belogen."

Als ich ihn so anbrüllte, zuckte er genauso zusammen wie im Bild, doch diesmal wurde ich nicht traurig bei seinem Anblick, sondern nur noch wütender „Du hast mir viele Geschichten erzählt, doch jetzt will ich die Wahrheit wissen. Du wusstest, dass ich in diesem Projekt war, oder?"

Er schaute mich mit seinen großen glasigen Augen an „Ja, ich habe dir doch gesagt, dass sie meinen Bruder als erstes Testsubjekt nutzten, doch ich ließ aus, dass du ebenso behandelt wurdest."

Ich konnte meine Fäuste kaum noch zurückhaltend, ich musste irgendetwas zerstören. Also trat ich gegen das Motorrad, das Geräusch, als es auf den Boden aufschlug, beruhigte mich wenigstens etwas. Aber das würde wohl nicht für lange Zeit reichen „Du hast mich nicht nur einmal angelogen, oder zweimal, sondern jedes einzelne Mal, als du deinen verdammten Mund aufmachtest. In der Psychiatrie warst du wie ein Bruder für mich, doch ich kann mich wohl glücklich schätzen, dass dies nicht so ist."

Seine Beine brachen und er fiel weinend zu Boden „Es tut mir leid."

Ich ballte meine Fäuste so stark ich es nur konnte „Schon wieder diese Worte. Was bedeuten sie noch, wenn ein Lügner wie du, diese so ausnutzt? Ich will keine Entschuldigung von dir, sondern Antworten, also sag mir, was in diesem Bild passiert?" Er weinte nur „Jetzt, antworte schon." Er blieb still, also stampfte ich auf ihm zu „Das war keine Bitte." Ich packte ihn am Kragen und zog ihn auf Augenhöhe „Wenn du nicht antworten willst, gut." Ich warf ihn neben das Motorrad „Tyron hätte nicht sein Leben für dich geben sollen, er war der bessere Mensch." Ich ging auf ihn zu, doch als er mich vom Boden anschaute, stellte ich nur das Motorrad wieder auf, stieg auf und sprach mit dem Gesicht von ihm abgewandt „Ich sollte dich zerquetschen, Spinne." Ich startete das Motorrad „Doch erst beim nächsten Mal."

Ich fuhr los, er wurde im Spiegel immer kleiner und kleiner. Ich hoffte, dass es kein nächstes Mal geben würde, doch ich erwartete das Gegenteil. Erst nachdem die Sonne den Himmel rot färbte, stoppte ich wieder, um meinen Kopf frei zu bekommen. Ich stellte das Motorrad ab und folgte einen kleinen Weg in den Wald. Am nächstbesten Baum brach ich ein Ast ab „Das wird genügen."

Ich schlug so hart ich nur konnte mit dem Ast gegen den Baum. Und wieder und wieder und wieder, bis der Ast nachgab und in zwei Teile zersprang. Es reichte jedoch nicht, um mich zu beruhigen, also nahm ich einen Stein vom Boden. Ich legte meine Hand auf den Baum und schlug voller Kraft mit dem Stein zu. Ich hätte sicher den Schrei unterdrücken können, doch das sollte so nicht sein, also brüllte ich aus meiner Seele heraus. Ich wusste selbst nicht genau, warum ich das tat, doch ich wollte einfach Gewissheit haben, dass das alles hier kein schlechter Traum war. Doch bei einem Schlag blieb es nicht. Ich schlug weiter und weiter auf die Hand, bis ich voller Wut den Stein wegwarf. Ich schaute mir mein Opfer an und zog sie langsam vor mein Gesicht. Schon nach kurzem sah ich nur noch das Blut auf der Hand und konnte keine Schmerzen mehr fühlen.

Ich sah keinen Grund mehr weiter wütend zu sein, also packte ich die Liste aus „Wollen wir mal sehen, wer der Nächste ist." Mein Blick wandte sich zum Himmel, nachdem ich mein nächstes Ziel bestimmt hatte „Das wird heute noch ein langer Tag."

Ich schaute auf keinen der Namen, sondern auf die Zusatzinformation am Ende der Seite. Tyron sagte es wären nur vier Namen auf der Liste, doch es war noch eine weitere Information auf der Seite. Jeden Dienstag um 1 a.m. fand ein Treffen auf der Belle Isle am Windermere statt. Ich hatte nicht nur keine Ahnung, wo diese Insel sein sollte, noch wusste ich welchem Tag wir hatten, von der Uhrzeit mal ganz abgesehen. Mein Plan wurde zu einem anderen, als mein Magen mich an meine Menschlichkeit erinnerte. Ich hatte nur ein Problem, Essen kostete Geld und wenn man gerade auf der Flucht vor der Regierung war, hatte man nicht viel davon.

Meine Gedanken kreisten um Tyron, als ich zurück zu meinem Motorrad wanderte „Du hättest auch etwas Geld mitgehen lassen können."

Doch kurz darauf drehten sie sich schon um Talian. Er würde sicher auch Hunger haben, doch sobald ich wieder das Bild sah, vergaß ich ihn und stieg auf.

Ich fuhr zur nächsten Kleinstadt, welche man schon fast als Geisterstadt bezeichnen konnte, so leer war sie. Am Straßenrand nahm ich mir eine kleine Pause und dachte nach, wie ich am besten an Geld kommen würde. Mir fielen recht viele Wege ein, doch keiner von ihnen war wirklich gut. Meine Möglichkeit etwas für Geld zu verkaufen war beschränkt und für einen Job hatte ich echt keine Zeit. Doch ich wüsste was Tyron tun würde, also suchte ich mir den nächsten Laden. Als ich einen kleinen Laden fand, war er noch geschlossen. Ich hatte die Wahl, einzubrechen und das Geld versuchen aus der Kasse zu stehlen, oder ich könnte warten bis der Shop Besitzer auftaucht und mir noch ein paar Zusatzfragen beantworten lassen. Ich entschied mich für Zweiteres, also wartete ich. Der Shop Besitzer würde zwar somit auch mein Gesicht sehen, doch was würde dies noch für einen Unterschied machen? Ich hatte vor mehrere Regierungsbeamte zu töten, also spiele ich nicht das Spiel auf lange Sicht. Meine Geschichte würde so Enden wie die von Tyron und Aiden, zumindest hoffte ich das.

Als ich wieder zum Laden sah, schloss der Besitzer die Tür auf. Nach ein paar Minuten folgte ich ihm hinein. Als ich reinging, wurde der Besitzer durch die Klingel aufmerksam „Guten Morgen, haben sie etwa gewartet, bis ich aufmache."

Es war ein alter Mann, der vor mir stand mit einem freundlichen Lächeln „Ich bin nur auf Durchreise und wollte meinen Vorrat auffrischen."

Ich erwiderte sein Lächeln „Das ist schön zu hören, dass die heutige Jugend nicht nur zuhause sitzt. Zu meiner besten Zeit bin ich auch immer durch die Gegend gefahren. Was brauchen sie denn?"

Ich fragte freundlich „Haben sie zufällig eine Karte von dem Gebiet?"

Er nickte und ging zu einen der Schränke. Als er wiederkam gab er mir eine Karte „Wir bieten sie für Reisende an, welche wie dich."

Ich lächelte wieder und kümmerte mich um den Tag „Danke, das ist ein guter Start in die Woche." Er nickte wieder „Ja, nicht jeder Montag ist so schön."

Montag war es, das war wohl ein glücklicher Zufall „Kann ich noch irgendwie helfen?"

Ich war noch nicht Tyron genug, um ihn auszurauben, zumindest dachte ich das, aber dennoch zog ich die Waffe „Ich bräuchte Geld."

Sein Lächeln verschwand, doch ich sah keine Furcht in seinem Gesicht und er sprach mit ruhiger Stimme „Junge, das ist doch nicht nötig."

Mein Lächeln verschwand ebenfalls „Leider ist es das. Machen sie es nicht komplizierter als es sein muss."

Mein Magen fing an zu knurren „Verstehe, du tust das, weil du Hunger hast. Du hättest auch einfach fragen können und ich hätte dir etwas gegeben."

Er ging langsam zur Kasse „Sie sind wohl einer der Wenigen, doch dafür ist es jetzt zu spät."

Er tat so als wüsste er alles besser nur weil er älter war „Nein ist es nicht, Bursche."

Ich hasste es belehrt zu werden „Geben sie mir einfach das Geld, am besten in einen dieser schönen Tüten neben ihnen."

Ich konnte es kaum glauben, doch meine Stimme hörte sich fast so an, wie die von Tyron. Ich fing an mich zu wundern, was ich in diesen Moment machte. Doch wie ich sagte, es war zu spät für einen anderen Weg. Der Kassierer gab mir das Geld in einen der Plastiktüten „Ich hoffe es reicht, dass du nicht noch einen Laden ausrauben müssen."

Er hat es mit der Moralschiene versucht, doch diese wirkte nicht. Ich steckte auch ein paar Snacks in die Tüte „Ich hoffe sie schmecken dir."

Mein Finger zuckte bei seiner Belehrung, doch bevor ich noch ein Fehler machen würde, den ich bereue, stürmte ich aus dem Laden und stieg auf mein Motorrad. Beim Starten des Motors fielen meine Augen auf das gegenüberliegende Haus. Es fühlte sich an, als sollte ich den gewählten Weg bereuen, doch für eine Beichte war es zu spät. Ich ließ meinen Blick von der Kirche ab und fuhr die Straße weiter.

Ich war mir nicht sicher, warum ich dauernd an Tyron dachte, er war Tod und ich sollte wohl kaum um einen Serienkiller trauern. Der Gedanke, dass wenn Tyron in den Laden gegangen wäre, er den Mann getötet hätte, beruhigte mich wieder. Er zeigte mir auch, dass ich noch nicht so wie er war und hoffentlich niemals werden würde.

Erst als ein ausreichender Abstand zwischen mir und dem Geschehenen war, hielt ich wieder. Ich aß ein paar der Snacks und schaute mir die Karte an. Mir gelang es recht schnell meinen Standpunkt auszumachen und ich hatte auch einen recht kurzen Weg nach Windermere. Gerade als ich weiterfahren wollte, entwich mir ein Gähnen. Ich hatte die Möglichkeit, trotz meiner Müdigkeit zum Treffen zu gehen und im Halbschlaf die Regierungsmitglieder auszuschalten, oder ein Nickerchen zu machen und die Chance haben zu spät zum Treffen zu kommen. Ich entschied mich wieder für die zweite Variante und fuhr in den nächsten Wald hinein. Ich hätte mir wohl auch ein Motel Zimmer leisten können mit dem Geld, doch ich wollte erst etwas unterm Radar bleiben, also schob ich das Motorrad mitten in den Wald und legte mich neben es auf den Boden „Die Betten in der Psychiatrie waren auch nicht wirklich besser."

Ich schlief recht schnell ein, doch ich wünschte ich täte es gar nicht. Im Traum lag ich auf einem Stuhl, ein Mann im Arztkittel war mit mir in einem rein weißen Raum. Es war nicht Kenneth, sondern ein mir Fremder, auch wenn sein Lächeln genauso tückisch wie das von ihm war. Ein großer Strahler war von der Decke auf mich gerichtet und meine Hände waren am Stuhl festgemacht. Der Mann im Arztkittel sprach zu mir, doch ich verstand ihn nicht, seine Lippen bewegten sich nur. Ich antwortete ihm, doch selbst das konnte ich nicht hören. Er näherte sich mir mit einem Lächeln und einer Spritze. Ich konnte meinen Körper nicht bewegen, doch das musste ich auch nicht. Mein Körper machte auch so seine Aktion, ich brach mir mein Handgelenk und befreite meine linke Hand. Sie regenerierte so schnell, dass sie in der Lage war, den Arzt am Hals zu packen und zu würgen. Seine letzten Worte jedoch konnte ich verstehen „Du hast doch nicht ernsthaft geglaubt, ich halte mein Versprechen."

Bei seinem schrecklichen Lachen, wurde meine Sicht rot und ich wachte aus dem Albtraum auf. Als ich aufschrak fuhr ich mit meinen Händen durch meine Haare und rieb mir die Augen. Doch nur meine rechte Hand legte ich wieder auf den Boden. Die Linke schaute ich mir genau an „Das war kein Traum, oder?"

Ich fragte, als würde sie mir antworten. Ich schüttelte meine Gedanken aus meinem Kopf und stand auf. Der Himmel war hell erleuchte, also schätzte ich es war noch derselbe Tag. Ich schob das Motorrad wieder auf den Waldweg und fuhr los. Bei der nächsten Möglichkeit tankte ich noch einmal das Gefährt voll.

Windermere erreichte ich dann beim Anbruch der Dunkelheit. Ich fuhr von der Stadt zum Fluss und parkte mein Motorrad fast auf Wasserhöhe. Zwischen mir und der Insel war nur der Fluss, ich hätte mir ein Boot stehlen können, doch das hätte zu viel Aufmerksamkeit erregt. Also nahm ich den nassen Weg und schwamm. Bevor ich in den Fluss sprang, legte ich noch die Liste und das Geld ans Motorrad. Die Strömung war nicht so stark, dass ich mitgerissen wurde, also gelang es mir ohne Probleme die Insel zu erreichen. Ich war mir nicht sicher, welche Jahreszeit wir hatten, doch da es trotz dieser späten Uhrzeit immer noch recht warm war, schätzte ich auf Sommer. Aus der Randnotiz konnte ich leider keinen genauen Standpunkt herauslesen, doch zu meinem Glück, war die Insel nicht so groß. Außer einem Tenniscourt und einem Gebäude war die Insel nur mit ein paar Bäumen ausgestattet. Ich schaute mir das Gebäude aus der

Nähe an. Der Eingang schien jedoch nicht versperrt, doch ich blieb vorerst draußen und hielt mich bedeckt.

Ich versteckte mich hinter einem Baum als die erste Person sich vor das Gebäude stellte. Nach kurzem wurden es immer mehr, erst zwei, dann drei und am Ende waren es sogar sechs. Ich konnte keine Bewaffnung aus meiner Entfernung erkennen, doch sie auch nicht ausschließen. Dass die Personen Regierungsmitglieder waren, konnte ich mir auch nicht sicher sein, deswegen probierte ich eine andere Taktik.

Ich lief torkelnd den Weg zu ihnen entlang. Sie bemerkten mich recht schnell und ich bemerkte in der Ferne im Wald eine Reflexion. Es war wohl ein Scharfschütze, der das ganze überwachte. Als es nur noch paar Meter zwischen mir und der Gruppe war, griff ich mir schon mal hinter den Rücken. Einer der Männer sprach zu mir „Sind sie betrunken?"

Ich lallte bei der Antwort „Sind sie hässlich?"

Einer aus der Menge lachte, doch einer der hinteren Männer schreckte zusammen und schrie fast wie eine Frau „Das ist Hunter."

Als Hunter wurde ich noch nicht bezeichnet, doch er schien mich besser zu kennen als ich es tat. Da ich aufflog, schoss ich den hässlichen nieder und schnappte mir ein greifbares Mitglied „Ich hoffe für euch, dass der Scharfschütze nicht auf falsche Ideen kommt."

Der erste, der auch beim Treffen ankam und auch gelacht hatte, bewegte ruhig die Hand „Wir sind nicht auf unterschiedlichen Seiten, wir wollen dir nur helfen."

Wenn er lachen durfte, war das mir wohl auch erlaubt „Ach, davon gehe ich doch aus, Evan wollte sicher auch nur helfen."

Er schien überrascht „Du hast also Evan getötet, ich hatte erwartet, dass es Jack persönlich gewesen wäre. Hunter, wann bist du aus Cold Waters geflohen?"

Er war der Einzige der Regierungsmitglieder, der nicht auf die Leiche starrte, also war er wohl auch der Kopf der Bande „Seit paar Tagen. Hat euer Schoßhund, Kenneth, euch das nicht gesagt?"

Ich hatte den Lottogewinn nach seinem Blick „Nein, das hat er nicht."

Mein Lächeln verunsicherte ihn nicht einmal „Naja, er hat noch die Ausrede, dass er von Nathan gefangen wurde?"

Diesmal hatte ich wohl eine Niete „Nathan? Nathan ist schon vor deiner Einweisung gestorben."

Meiner Meinung nach sagte er die Wahrheit, doch meine Menschenkenntnis hatte auch schon bessere Tage gesehen. Aber wenn das war wäre, wurde ich von jemanden ausgetrickst. Sie könnten jedoch auch einfach vom Lazarus Projekt nichts wissen „Was hat die Bedeutung Lazarus für euch?"

Er war jetzt der einzige mit einem Lächeln „Das ist das Projekt gewesen, in welchem du als Testsubjekt dientest, Hunter."

Soviel war mir schon klar „Warum nennt ihr mich Hunter?"

Die Frage beantwortete er mir noch, bevor er in Lachen ausbrach „Das ist dein Nachname Michael."

Auch die Anderen Regierungsmitglieder teilten nun seine Stimmung und vergaßen wohl die Leiche zu ihren Füßen „Ich hatte zuerst nicht geglaubt, was mir Kenneth erzählte, doch nun da ich die Gelegenheit hatte, es mit meinen eigenen Augen zu sehe. Es ist einfach wunderbar. Du bist Nutzlos nicht nur für uns, sondern auch für Jack."

Ich erinnerte sie noch einmal, wer gerade Nutzlos war und erschoss einen weiteren „Ha, ha, ha. Wir haben alle jetzt schön gelacht, doch kommen wir zum wichtigen Part. Wer hat das Lazarus Projekt noch überlebt?"

Nur noch der Kopf der Gruppe lachte „Ist das nicht so langsam klar? Nur Jack und du. Ich nehme an Jack hat deinen guten Freund Aiden getötet, um kein Opfer von unnötigen Komplikationen zu werden."

Das heißt, die Liste der Regierungsmitglieder bekam ich nicht von Nathan den Freund von Aiden, sondern seinem Mörder. Das heißt ich handelte die ganze Zeit genauso wie er wollte und habe ihm Kenneth ausgeliefert. Tyron hatte die ganze Zeit recht und Talian log mich ebenfalls an, als er sagte, dass Nathan am Projekt teilnahm.

Der Anführer kam näher „Hey noch da. Ich hätte noch eine Frage, bist du alleine oder sind die Anderen auch hier?"

Ich tötete noch einen und wunderte mich, warum der Scharfschütze noch nicht eingriff „Nein, ich bin alleine, die Anderen sind tot."

Er lachte immer noch „Das erklärt, warum du auch überhaupt nichts weißt."

Ich richtete meine Waffe auf ihn „Ich weiß, dass Menschen sterben durch einen Kopfschuss."

Selbst ich tat dies „Deine drei Freunde starben alle durch einen Kopfschuss?"

Egal wie viele ich von seinen Untergegebenen töten würde, er wäre der, welcher die Fragen stellt. Ich entschied mich keiner seinen Fragen mehr zu beantworten, das war keine Konversation unter Freunden, auch wenn er es vielleicht dachte „Warum schießt der Scharfschütze nicht?"

Sein Grinsen sagte mir schon genug „Weil es aus wäre, wenn du noch einen Kopfschuss bekommst."

Ich war verwirrt von seiner Aussage, doch das versuchte ich zu verschleiern „Was meinst du mit noch einen Kopfschuss?"

Er lenkte das Thema mit einer Frage um „Dein Gehirn ist unglaublich, weißt du das?"

So langsam wollte ich nur noch sein Grinsen wegschießen „Antworte nicht mit einer Gegenfrage, oder es wird deine Letzte sein."

Er reagierte nicht verängstigt, doch er gab mir eine Antwort „Die meisten Testsubjekte starben nach einem Kopfschuss, du jedoch nicht. Denn immer, wenn du an sich gestorben wärst, hat dich ein anderer gerettet, doch da du jetzt alleine bist, kann dich keiner retten."

Ich verstand ihn nicht, doch jetzt erkannte ich wenigstens das Spiel „Der Scharfschütze gehört nicht zu euch."

Er lachte „Nein, er steht direkt mir unterstellt."

Der Regierungstyp, den ich als Schutzschild nutzte, fiel als erster. Ich entledigte mich der Leiche und rannte aus der Schussbahn. Mir gelang es als einziger zu entkommen, die Regierungsmitglieder wurden einer nach den anderen von den Projektilen durchbohrt bis nur noch der eine stand „Michael, du versteckst dich? Komm raus, ich will dich nicht töten."

So langsam war ich der Überzeugung, dass die Regierung nur voller Spinner bestand „Du kennst meinen Namen, wie darf ich dich denn anreden?"

Ich erinnerte mich an die Namen auf der Liste, doch dieser war nicht dabei „Ryan King. Ich weiß, die Krone fehlt noch, aber die kommt bald." Aiden hatte nie diesen Namen erwähnt, doch ich nahm an, dass er derjenige war, der an sich die Aufträge bestimmte, bis Jack es selbst übernahm. Er drehte sich ungeduldig im Kreis „Ach,

Michael komm doch einfach raus, ich werde dir dann auch all deine Fragen beantworten."

Der Scharfschütze hätte mich ohne Probleme beim Weglaufen auch erschießen können und ich schwimme definitiv nicht schneller als eine Kugel fliegt. Ich fällte die Entscheidung mich zu zeigen und Ryan gegenüberzutreten „Hast du nicht Angst, dass die Polizei auftaucht, die Schüsse wurden sicher gehört?"

Er lachte nur „Ich habe dir versprochen all deine Fragen zu beantworten, also nein, das habe ich nicht. Du solltest wissen, die ganze Stadt hier ist Regierungseigentum, es gibt keinen in der Stadt, der nicht uns unterstellt ist." Er schaute kurz auf die Leichen und korrigierte sich „Ich meine mir unterstellt ist. Ich muss ganz ehrlich dir meinen Dank aussprechen, ohne dich hätte ich niemals die Möglichkeit gehabt, alle hier zu töten."

Ich überlegte erst gar nicht warum, sondern frage einfach „Warum?"

Er zeigte auf die Leichen „Wir waren hier, um uns zu entscheiden wie wir mit dieser verwirrenden Situation umgehen. Ob wir dich nicht einfach töten, doch da war ich dagegen. Du musst wissen, ich war der Einzige, der auf deiner Seite war."

Schonwieder fragte ich ihm, als er pausierte „Warum?"

Er nickte „Ich bin erfreut, dass du fragst. Weil ich der Einzige aus der obersten Regierungsebene war, welcher nicht so viel Dreck angesammelt hat, um eine komplette Müllhalde zu füllen, also warst du mir ehrlich gesagt egal, ich habe nur auf das längere Spiel gesetzt."

Er trat eine der Leichen „Dieser Typ hatte sogar ein minderjähriges Mädchen geschwängert. Anstatt, dass er sich human tut und sie einfach kaltmacht, hat er sie einfach getötet. Warte, war das, was ich sagen wollte? Ach auch egal, du solltest einfach verstehen, dass ich definitiv nicht der Böse in der Geschichte bin."

Ich hatte nichts mehr zu befürchten, also lächelte ich „Ich sehe in dieser Geschichte keine Helden und Bösewichte, ich sehe hier nur Monster. Du denkst vielleicht du bist nicht der Böse, doch bisher hatte ich nur Böse angetroffen, dich eingeschlossen. Vielleicht hatten sie den Tod verdient und ja, ich hätte sie auch verdammt gerne getötet, doch." Ich bemerkte gerade was ich sagte „Ich hätte sie auch verdammt gerne getötet."

Ich hatte spaß am Töten, es hat mir beim ersten Mal Spaß gemacht und auch gerade als ich die beiden Regierungsbeamten ausgeschaltet hatte. Ich war ein Monster, genau wie Tyron und noch schlimmer als Aiden. Ryan schaute mich nur fragend an „Das hast du schon gesagt, du warst bei doch."

Ich vervollständigte den Satz „Es gibt kein doch, sie hatten den Tod verdient, nur nächstes Mal wäre ich derjenige der vollstreckt."

Er lächelte, doch diesmal freundlich „Jeder mächtige Herrscher braucht seinen Vollstrecker, willst du nicht meiner sein?"

Ich schaute die Leichen an und lächelte „Gerne, aber was ist mit dem Scharfschützen?"

Während Ryan mir antwortete ging ich näher zu ihm „Er ist nur einer von vielen. Keine Angst, er hat nicht das Zeug dazu mein Vollstrecker zu sein."

Er reichte mir seine Hand und ich nahm sie direkt an, es fühlte sich an als wurde gerade ein Deal mit dem Teufel geschlossen „Es ist schön, dass wir uns einigen konnten."

Er legte seine Hand um meine Schulter und ich packte meine Waffe „Ganz ruhig, lass mich dir erstmal was zeigen."

Er führte mich ins Haus. Meine Waffe blieb die ganze Zeit bereit in meiner Hand und wartete auf einen falschen Zug. Das Haus sah von innen viel größer aus „Wir sind nicht reingegangen, um die Architektur zu bewundern, oder?"

Er lehnte sich entspannt gegen eine Wand „Nein, natürlich nicht. Hier entlang."

Die Wand hinter ihm öffnete sich und offenbarte einen versteckten Gang „Wenn die ganze Stadt nur Tarnung ist, warum dann überhaupt noch einen versteckten Eingang?"

Auf seine Antwort könnte man allergisch reagieren „Warum nicht?"

Doch durch Tyron war ich Schlimmeres gewohnt. Ich ging nicht weiter darauf ein und folgte ihm die Treppe herunter. Nach meiner Schätzung waren wir schon Meter unter dem eigentlichen Gebäude. Wäre nicht alle paar Stufen eine Lichtquelle, könnte man nichts sehen. Als ich die letzte Treppenstufte erreichte, stoppte Ryan an einer stählernen Tür. Bei dem Anblick der Tür musste ich an die Anstalt denken „Ist das ein Regierungsstandard?"

Da er lachte nahm ich an, er verstand meine Anspielung. Er tippte den Code 21378 am Wandterminal ein und die Tür öffnete sich „Simsalabim."

96

Ich ignorierte sein erfundenes und kindisches Wort und prägte mir den Code ein, für den Fall, dass sich die Allianz nicht bezahlt machen würde. Als wir jedoch den Raum betraten, konnte ich mir keinen besseren Verbündeten erdenken. Die Tür fiel hinter mir zu, doch anstatt erschreckt zu sein, schaute ich noch nicht mal hin, sondern bewunderte den Ort. Der ganze Raum war futuristisch an den meisten Wänden hingen Monitor bis auf eine, welche stattdessen mit Waffen bestückt war. Ryan sah meine neugierigen Blicke auf die Waffen „Hätte es auch nicht anders von dir erwartet, keine Angst als mein Vollstrecker hast du noch mehr als genug Möglichkeiten jede von diesen Schätzchen auszuprobieren."

Mir gefiel der Klang seiner Worte und er zauberte mir ein Lächeln ins Gesicht. Es verschwand jedoch, als ich mich in einen der Wandmonitore spiegelte, es war nicht mein Lächeln was ich gesehen hatte, sondern dass eines Monsters. Für einen kurzen Moment dachte ich, dass ich mich damit abfinden könnte, doch dem war definitiv nicht so. Meinem momentanen Verbündeten fiel mein Unbehagen sofort auf „Alles okay, du bist doch nicht immer noch zwischen deiner naiven Natur und deinem wahren Wesen hin und hergerissen?"

Ich sollte ihm nicht mein wahres Empfinden sagen, rieten mir jedoch beide „Nein, fest entschlossen."

Er kam auf mich zu und legte mir eine Hand auf die Schulter, aus seinem Lächeln konnte ich nicht herauslesen, ob er mir glaubte oder nicht „Gut. Ich brauch dich in deiner besten Form."

Ich traf sein Lächeln mit meinem eigenen, da ich endlich die Möglichkeit hatte, Antworten zu bekommen „Es gibt noch einige ungeklärte Fragen."

Er unterbrach mich „Wie wäre es, wenn wir die Fragerunde hinten dranhängen und uns erstmal um Jack kümmern."

Ich konnte zwar seine Eile verstehen, doch so leicht konnte er nicht ausweichen „Nein, wir klären das hier und jetzt. Die erste Frage wäre nur um auf Nummer sicher zu gehen, wer war alles im Lazarus Projekt."

Er nickte und drückte eine Taste an einen der Zahlreichen Monitore „Bilder sagen mehr als tausend Worte."

Auf dem Wandmonitor erschienen fünfzehn Profile, jedes Profil hatte ein zugeordnetes Bild. Ich brauchte nicht lange, um Jack zu finden. Er war das achte Profil und somit perfekt in der Mitte des

Monitors „Natürlich sieht Jack so aus." Ich musste noch nicht einmal nach Nathans Namen auf der Liste schauen, er würde wie Evan es sagte nicht draufstehen. Ich schaute mir die Liste weiter an und da stand es, das dreizehnte Profil war das meine. Der Name Michael Hunter war eingetragen, geboren 1993 in Lancaster „Wenigstens weiß ich jetzt, dass ich knackige 25 Jahre bin." Keiner der restlichen Namen kannte ich „Die Anderen vom Projekt sind alle tot, oder?"

Er testete meine Geduld mit einer Frage „Weißt du das nicht selbst besser?"

Ich schaute ihn ungeduldig an „Antworte einfach."

Er antworte mir zumindest ausreichend, dass ich ihm nicht sofort seine Kehle durchschnitt, schon meine Gedanken waren wie die von Tyron „Keine außer du und Jack haben überlebt. Du warst doch dabei, als sie alle starben."

Waren die am Bodenliegenden Personen auf dem Bild etwa die anderen aus dem Projekt „Wie sind sie gestorben?"

Er zuckte mit den Schultern „Ich weiß es nicht, auf ihren Leichen lag kein Autopsie Bericht. Da Jack und du die zwei fehlenden Leichen wart, hatte ich erwartet, dass einer von euch, sie tötete. Nach den gefundenen Leichen und den Grad wie diese zugerichtet wurden, hatte ich erwartet, dass es Jack war. Ich warnte meine geschätzten Kollegen, mögen sie in Frieden ruhen, dass wir ihn ausschalten sollten, doch sie fanden ihn zu kostbar und machten ihn zu unserem Vollstrecker. Jedoch hatte ich recht und er legte den anderen ein Halsband um. Sie tanzten eine ganze Zeit nach seiner Pfeife, doch seine Schwester Catherine", Ich erinnerte mich an den Namen, doch Aiden verschwieg, dass sie seine Schwester war „Verriet ihn."

Das klang in Aidens Geschichte netter „Wie hat sie ihren Bruder verraten?"

Er führte seinen Daumen seiner Kehle entlang „Sie sammelte Informationen zu seinen Verstecken und Vorhaben. Diese Daten spielte sie denn einen meiner direkten Untergebenen zu."

Der Untergebene war wahrscheinlich Aiden „Was wurde aus ihr?"

Mir war es zwar klar, doch Gewissheit konnte ich das nicht nennen „Bei einem Versuch ihrem Bruder zu töten, hatte er den Spieß wortwörtlich umgedreht und sie erstochen. Ich dachte selbst er, würde bei seiner Familie aufhören, doch anscheinend nicht. Wenn wir schon bei Familie sind, dann möchte ich gerne mein Beileid aussprechen."

98

Mir war nicht klar, was er damit meinte „Für wen?"

Er schaute mich mit großen Augen an „Damals als die ganzen Teilnehmer des Lazarus Projektes getötet worden sind, wurden auch die Ärzte nicht verschont. Das heißt deine Familie haben sie auch getötet."

Mein Familienname Hunter hörte ich eh zum ersten Mal und an die Personen denen ich meinem Namen verdanke, konnte ich mich nicht einmal erinnern. Ich konnte nur entscheiden nach ihren Taten, was für Menschen sie waren und nach diesen waren sie Monster, die ihren eigenen Sohn als Versuchskaninchen missbrauchten „Keine Angst, das Beileid solltest du in Glückwünsche ändern."

Er schaute immer noch skeptisch „Wenn du das sagst."

Mit einem weiteren Tastendruck öffnete ein neuer Tab auf dem Monitor. Es war ein Bild von Jack „Wie du schon weißt, sein Name ist Jack Hendriks und er wurde zum Killer ausgebildet. Das Problem mit ihm ist, dass er einfach zu gut ist. Ich meine wir hatten schon viele, wirklich viele wie ihn, die versucht hatten uns zu stürzen, doch keiner von diesen hatte uns annähernd so viele Probleme bereitet. Nicht nur, dass er unseren Killern immer einen Schritt voraus ist, sondern er ist auch durch dieses verdammte Lazarus Projekt beinahe unsterblich."

Ich dachte, dass an sich um ihn auszuschalten nur ein gut gezielter Schuss zwischen die Augen ausreicht, doch es war wohl schwieriger den Schuss zu setzen „Du willst, dass ich Jack töte, oder?"

Er musste an sich nicht antworten, da Jack nicht wusste, dass er entlarvt wurde, war das die beste Chance „Ja. Gerade starben zwar alle von Jacks Haustieren, doch ich bin mir sicher, dass dies ihn nur verärgern wird. So wie mich der Tod von Evan verärgert hat, zumindest ein bisschen."

Tyron tötete Evan, auch wenn ich behauptete es selbst gewesen zu sein, doch das änderte nicht meine Verwunderung darüber, dass er über den Tod der Ratte verärgert war „Evan war derjenige, der uns in die Psychiatrie brachte."

Er schüttelte den Kopf „Nein, ich brachte euch dahin, Evan war nur ein Mittelsmann. Jack hat dich dazu gebracht ihn zu töten, richtig?"

Ich nickte und er fuhr fort „Die Einrichtung war meine Idee, ich verwaltete sie. Selbst Jack wusste nichts von der Einrichtung, keiner der anderen Regierungsmitglieder wusste davon."

Es sah so aus, als hätten Ryan und Jack beide denselben Plan gehabt, die Regierung zu unterwandern und die Macht an sich zu reißen. Es war vorprogrammiert, dass sie gegeneinander treffen „Wenn keiner davon wusste, wie konnte mich dann Jack aus dem Ort befreien?"

Er öffnete ein weiterer Tab. Jetzt mit fünf unterschiedlichen Profilen. Ich erkannte Evans Gesicht und das von Kenneth. Als ich die Namen der Anderen las erkannte ich, dass dies die restlichen Namen auf der Liste waren „Die Personen, die du hier siehst, sind meine Komplizen, könnte man sagen. Sie wussten als einzige Bescheid, dass meine geschätzten Kollegen unter der Fuchtel von Jack standen. Sie waren auch welche von den Wenigen von denen Jack nichts Kompromittierendes hatte. Jedoch schätze ich einer von ihnen hatte etwas geplaudert, aber meinetwegen, er kann mir nicht mehr gefährlich werden, da ich dich jetzt habe."

Jack hatte also das alles geplant, als Tyron ihn erschoss. Er wusste, dass sobald Tyron eine solche Liste erhalten würde, dieser nicht mehr aufzuhalten wäre „Ich weiß was Kenneth und Evan für eine Rolle hatten, doch was ist mit den drei Anderen?"

Er zeigte auf das erste unbekannte Profil „Das ist Jin Kinshi, er ist der beste, wenn es um das bereinigen von naja, du weißt schon was geht. Er wird sich wahrscheinlich gerade mit seinen vertrauenswürdigen Untergebenen um die Bereinigung unserer kleinen Sauerei kümmern." Sein Finger wanderte zum Nächsten „Tom Damien, ich muss dir nicht sagen, wofür er ist, du hast seine Arbeit gerade bei den Regierungsmitgliedern beobachtet."

Mir war immer noch nicht klar, warum Tom nicht einfach auch Jack erschießen kann „Nach den Fähigkeiten von Tom, könnte er doch ohne Probleme Jack töten?"

Er schüttelte den Kopf „Ich wünschte es wäre so einfach, er zeigt sich niemals persönlich, es sei denn bei dir. Das war das erste Mal wo er nicht seine Handlanger alles erledigt lassen hat."

Nach der Konfrontation mit Aiden ist er also untergetaucht, bis er ihn tötete und uns befreite. Er zeigte zum Letzten „Das ist Heinrich Lind, er baute die Minen, die Cold Waters an sich schützen sollten. Ich glaube er bekommt dieses Mal kein Weihnachtsbonus."

Es gab noch viele Teile der Geschichte die für mich keinen Sinn ergaben „Wieso bin ich so gut in Töten?"

100

Das fragte ich mich schon lange, doch es fühlte sich erlösend an, es einen anderen zu fragen „Du hast dein Gedächtnis verloren, nicht wahr?" Ich nickte als Antwort und ließ ihm fortfahren, es gab keinen Grund es zu leugnen, er hatte es schon von Anfang an gemerkt „Dann lass mich dir eine kleine Zusammenfassung von deinem Leben geben. Du hast, als du noch ein kleines Kind warst, am Lazarus Projekt teilgenommen. Du warst das erste fertige Exemplar, deswegen wurden auch noch mehrere andere Teilnehmer wie du gesucht, die meisten ähnlich wie du, waren Jugendliche. Nach dem Forschungsleiter wäre es bei denen am einfachsten die Prozedur anzuwenden. Die Jahre vergingen und ihr wurdet jedes Jahr mehr verändert. Du warst der längste in diesem Projekt, deswegen wurdest du auch schon von unseren besten Kämpfern trainiert. Du hattest das Talent ein perfekter Killer zu werden, schnell wurden unsere besten Kämpfer nicht gut genug, um dich einzeln zu besiegen. Nicht nur dein Körper war um einiges stärker, sondern auch deine Kampfkunst. Das reichte jedoch der Regierung nicht, deswegen wollten sie dich immer noch weiterentwickeln. Bei dem letzten Eingriff an dir kam es zu Komplikationen in einen anderen Track. Das Ende war wie gesagt, alle starben, außer du und Jack."

Das erklärte meine guten Kampfkünste, doch ich wusste jetzt in Erinnerungen zu schwelgen, wäre nicht der richtige Zeitpunkt „Gut, das reicht. Kümmern wir uns um das Problem."

Ich ging zu den Waffen und nahm mir eine Granate „Das funktioniert auch an Jack, oder?"

Er nickte „Du hast keine Angst vor Kollateral schaden, oder?" Ich legte die Granate wieder zurück „Hast du hier etwas zum Umziehen?"

Sein Lächeln erinnerte mich an das von Tyron, doch ich wusste nicht ob das mich erfreuen sollte oder zu Tode ängstigen „Bitte, was erwartest du?"

Er ging zu einer Wand und zog eine ganze Garderobe heraus. Die verschiedensten Kleidungstücke waren aufgehangen, von Anzügen und Hemden bis zu Jogginganzügen „Ich weiß, es fehlt noch die Badebekleidung, doch das kommt mit dem nächsten Update."

Seinen schlechten Spruch ignorierend suchte ich mir einen Aufzug aus, der nicht so viel Aufsehen erregen würde. Darüber zog ich noch einen längeren Mantel mit Kapuze „Sicher, dass es dafür nicht noch etwas zu heiß ist?"

Ihn wieder ignorierend packte ich die Granate in eine der Innentaschen des Mantels. Ich legte meine Pistole weg und nahm mir zwei neue M1911 und steckte sie in meine zwei Schulterholster die ich ebenfalls angezogen hatte „Willst du noch schwere Geschütze mitnehmen?"

Ich schüttelte nur den Kopf „Nein, die würden nur zu sehr auffallen."

Er stoppte mich, als ich den Raum gerade verlassen wollte „Hey, Michael. Wessen Blut ist das an der Waffe?"

Ich schaute auf die Waffe mit der ich gerade noch die Regierungsmitglieder erschossen hatte und ich damals von Jack geklaut hatte, ich sah keinen Tropfen Blut an ihr „Hast du vergessen deine Tabletten zu nehmen? Die M1911 ist sauber."

Er schüttelte den Kopf, als wäre ich derjenige, der die Tabletten vergessen hatte „Ich rede von der AF2011."

Ich drehte meinen Kopf etwas und sah neben der M1911 eine weitere komplett blutverschmierte Pistole. Mir war es nicht klar wie ich diese vorher nicht sehen konnte. Ich ging vollkommen verwirrt auf die Pistole zu und nahm sie in die Hand, um zu prüfen, ob ich nicht komplett verrückt war. Ich erinnerte mich an die Waffe. Es war die Waffe von Tyron. Als ich mich zurückerinnerte sah ich jedoch nur eine Blutpfütze als ich die Waffe aufhob und keinen Tyron „Was?"

Ich schüttelte meinen Kopf und versuchte meine Gedanken erneut zu fassen. Ich erinnerte mich wieder richtig. Nachdem Tyron schon etwas länger Tod auf den Boden lag, beugte ich mich über seine Leiche und nahm die Schüssel, den Zettel und die Waffe an mich, so musste es zumindest gewesen sein „Es ist das Blut irgendeines Opfers, ich erinnere mich nicht mehr daran."

Er ließ es ruhen, auch wenn er in meiner Antwort den Konflikt definitiv herausgehört hatte. Als ich gerade wieder gehen wollte, stoppte er mich ein letztes Mal „Darf ich deinen Plan wissen?"

Wenn ich den nur selbst wüsste „Du hast doch sicher ein Boot?" Er nickte „Darf ich es ausleihen?"

Er kramte in seiner Tasche und warf mir einen Schlüssel zu „Kannst du damit überhaupt fahren?"

Ich lächelte „Ich muss nur von der Insel runter, das schaff ich gerade noch."

Zumindest hoffte ich das. Mit einem Nicken verabschiedeten wir uns.

KAPITEL 6

Als ich wieder an der Oberfläche war, sah ich schon Jin und sein Team arbeiten. Sie beachteten mich gar nicht als ich an ihnen vorbei ging. Das Boot war nicht wirklich schwierig zu finden, doch ich musste zuerst meine Waffe zücken, bevor ich auf es konnte. Ich drehte mich um und zielte auf den Mann, der nur ein paar Meter neben mir stand „Dafür, dass Ryan so viel von dir hält, konnte ich ziemlich nah herankommen."

Ich steckte die Waffe wieder weg, da sein Gesicht unter denen von Ryans Mitarbeitern war „Vielleicht wollte ich dich auch einfach so nah haben, Tommy. Doch wie wäre es, wenn du mit den Spielchen aufhörst und mir einfach sagst, was du willst?"

Er ging an mir vorbei und sprang aufs Boot „Genauso wie dir, hat mir Ryan den Auftrag gegeben, Jack auszuschalten."

Ich schätze ein guter Scharfschütze könnte nicht schaden, doch die Frage, die ich mir stellte war, würde er nur auf Jack schießen „Hat Ryan so viel Vertrauen in mich, dass er einen zweiten Killer schicken muss?"

Ich stieg auf das Boot „Du musst es so sehen, ich war die ganze Zeit schon auf ihn angesetzt, dass du jetzt auch mitmischst, ändern nichts an meinem Auftrag."

Die Antwort hatte mich ehrlich gesagt zufriedengestellt „Dann hast du wirklich schon einen guten Fortschritt gemacht."

Er blieb ruhig „Jack ist einfach ein Feigling, würde er sich nicht dauernd verstecken, hätte er schon längst eine Kugel im Kopf."

In seinem Gesicht spiegelte sich seine Entschlossenheit Jack zu töten wider „Es klingt fast so, als hätte er dir weh getan."

Nach seinem neuen Ausdruck war das ein Treffer „Jack ist einfach nur ein Monster, was aufgehalten werden muss, um jeden Preis."

Für ihn war Jack definitiv das Monster „Naja, du hast gerade auch knapp ein halbes Dutzend Männer ausgeschaltet."

Er legte sein Scharfschützengewehr, welches er um seine Schulter getragen hatte, auf den Sitz neben ihm und setzte sich ans Steuer „Wie gesagt, um jeden Preis."

Er musste etwas Schreckliches erlebt haben, um so verbittert zu werden, ich wäre nahezu gestorben dies herauszukriegen „Hey." Ich legte meine Hand auf seine Schulter und redete langsam, ruhig und still „Willst du vielleicht darüber reden. Ich höre gerne zu."

An sich war ich nicht so ein guter Zuhörer, doch es war eine lange Zeit her, dass ich eine Geschichte hörte. Seine Antwort war aber leider zu erwarten „Nein, den Schlüssel."

Ich tat wie er wollte und er starte die Maschine „Hast du überhaupt einen Plan, wohin du willst?"

Es war nicht so, dass ich einen genauen hatte, doch er sah recht bestimmt aus „Ja, etwas was ich schon lange hätte machen sollen. Ich werde zum Labor gehen, wo Jack und du entstanden sind."

Das hörte sich interessant an „Gibt es dafür einen speziellen Grund?"

Seine Antwort kam rasant „Nach dem Vorfall wurde das ganze Gelände gesperrt, es wurde bestimmt, dass nicht mal Regierungsmitglieder der Zutritt gestattet ist."

Die Regierung hatte also versucht, den Vorfall zu vergessen. Das war wohl auf Jacks Befehl hin „Das erklärt, warum du vorher nicht dagewesen warst, doch das ist kein Grund."

Dieses Mal zögerte er bei seiner Antwort, also war es nicht schwer zu sagen, dass er log „Eine so abgelegte Basis, wäre doch ein guter Ort zum Verstecken. Jack hat sich sicher, die ganze Zeit dort aufgehalten."

Es war zwar eine Möglichkeit, aber ich bezweifelte diese stark. Da ich jedoch nicht wirklich etwas anderes zu tun hatte, ließ ich mich auf seinen offensichtlich gelogenen Grund ein „In Ordnung, sag mir Bescheid, wenn wir da sind."

Ich legte mich auf die Sitzreihe. Wirklich viel Ruhe war mir jedoch nicht vergönnt, da wir recht schnell am Land anlegten. Tom sprang vom Boot „Beeil dich, wir nehmen meinen Wagen."

Es war nicht weit von dem Ort wo wir anlegten zu einem Parkplatze mit ein, zwei Fahrzeugen. Er nahm einen Schlüssel hervor und schloss einen recht alten Wagen auf „Sicher, dass der noch fährt."

Sein Blick sagte, das Auto ist besser als jedes andere, wenn ich es nicht besser wüsste, hätte ich gedacht, dass er einen kleinen Komplex hatte. Ich wusste es jedoch nicht besser, also fragte ich „Bedeutet dir der Wagen etwas?"

Tom war echt nicht so der offene Typ, hatte ich herausgefunden, er wich nämlich schonwieder der Frage aus „Setzt dich einfach rein."

Ich wusste, wie ich seine Angewohnheit ändern konnte, mit mehr Fragen „Tommy du weißt es ist unhöflich einer direkten Frage nicht zu antworten?" Er ignorierte mich und stieg ein. Beleidigt tat ich dasselbe „So macht man sich keine Freunde, Tommy."

Beim Einsteigen, konnte ich ein Gesicht im Spiegel erkennen. Wenn ich es nicht besser wüsste, wäre es nicht mein Gesicht „Ich hasse Spiegel."

Tom ignorierte mich weiterhin, richtete den Innenspiegel und startete den Motor. Der Sitz konnte sich nach hinten Klappen, also nutzte ich das auch „Weck mich, wenn wir da sind."

Trotz des Schlafs am Morgen, konnte ich ohne Probleme wieder einschlafen. Durch den Albtraum konnte man auch nicht von einem erholsamen Schlaf sprechen. Als ich meine Augen schloss, hoffte ich, dass es nicht noch ein solcher Traum werden würde, jedoch war es wohl die Fortsetzung.

Ich war noch immer in demselben Raum, doch ich stand schon. Der Mann im Arztkittel hingegen lag schon nieder. Ich nahm seine ID-Karte und öffnete die Tür. Ich hatte versucht den Namen auf der Karte zu lesen, doch wie es in den meisten Träumen war, standen da nur verschwommene Buchstaben, die für mich keinen Sinn ergaben. Ich begab mich zum Flur, doch ich war nicht allein. Ein Mann hatte schon auf mich gewartet, seine Stimme konnte ich verstehen, auch wenn ich sein Gesicht nicht sehen konnte „Gut, gemacht. Wir sollten jetzt von hier verschwinden."

Er warf mir eine Pistole zu. Es sah so aus, als hätten wir beide den Ausbruch geplant. Doch ich schüttelte den Kopf „Nein, du solltest verschwinden. Ich habe noch etwas zu erledigen."

„Du warst schon immer der Nachtragende.", sagte er zum Abschied.

Wir liefen in Unterschiedliche Richtungen. Ich wusste nicht wohin ich lief, doch ich habe jeden Menschen, der auf meinen Weg war, mit meinen Fäusten getötet. Ich wollte wohl die Munition, für etwas was sich hinter einer großen weißen Tür verbarg, aufsparen.

Doch das was hinter der Tür sei, würde ich noch nicht erfahren, da mich der gute Tommy mit einem Schlag auf die Brust aufweckte „Aufwachen, Dornröschen. Wir sind da?"

Ich war noch etwas benebelt „Wie hast du mich gerade genannt?"

Er nahm seine Waffe vom Rücksitz „Dornröschen. Kennst du die Geschichte etwa nicht?"

Ich schüttelte den Kopf „Nein, ich kenne die Geschichte. Ein Freund hat mich nur schonmal so genannt."

Die Frage, ob Tyron wirklich mein Freund war, ging mir durch den Kopf. Er war jedoch öfters für mich da, als die Anderen. Wir stiegen beide aus dem Wagen. Ich schaute mich um, wir waren mitten im Wald und ich konnte weit und breit keine Basis sehen. Meine Reaktion war schnell und ich richtete eine meiner Waffen auf Tom „Wo sind wir?"

Er verzog keine Miene „Entspann dich, Killer, das Labor ist unterirdisch, wie viel weißt du eigentlich?"

Ich steckte meine Waffe weg, da er sich nicht so anhörte, als ob er lügen würde „Genügend."

Das was ich wusste, war nicht mal annähernd genügend. Ich hatte das Problem, dass mir jeder auch einfach nur Geschichten erzählen konnte, was ich noch am meisten traute, waren den Albträumen. Umso länger ich Tom in den Wald folgte, desto weniger vertraute ich ihm und so näher bewegte sich meine Hand wieder an meine Waffe „Ist es noch weit?"

Auf sein Schweigen hin, ergriff ich die Waffe, doch zog sie noch nicht „Du bist echt ungeduldig."

Er streckte seinen Finger aus. Als mein Blick sein Ziel traf, sah ich eine Bunkertür. Nach meiner Theorie, spielten die Träumen genau in diesem Labor, jedoch nach dem Aussehen der Tür, sah sie viel zu alt aus. Ich behielt die Waffe fest im Griff, bis wir nah an der Bunkertür waren „Hilfst du mir damit."

Er griff das Rad der Tür, ich ließ die Waffe los und packte zögerlich die andere Seite des Rads „Wir drehen auf drei. Eins, zwei, drei."

Zuerst bewegte sich das Rad gar nicht, doch nach kurzem wurde es immer leichter zu drehen. Als sich die Tür öffnete, mussten wir nichts sehen, um zu wissen, dass es da unten nur noch Tote zu finden gab „Die Regierung hat sich noch nicht einmal, die Mühe gemacht, die Leichen zu entsorgen."

Tom schaltete die Lampe an seinem Gewehr an und ging vor „Die Regierung hatte keinen Grund, auch nur eine der Leichen wegzuräumen. Hier in der Gegend ist weit und breit keine Menschenseele. Dass jemand die Tür findet, ohne zu wissen wonach er sucht, ist fast komplett unmöglich."

Er hatte einen Punkt, ich hätte sie auch nur schwer entdeckt, sie war gut versteckt „Gut, ich schätze nach dem Geruch, wird hier auch nicht das Versteck von Jack sein."

Er nickte, doch ich hatte auch schon erwartet, dass es einen anderen Grund gab, dass wir hier waren „Nein, wahrscheinlich nicht. Aber wir sind lange gefahren und vielleicht ist unter den gesammelten Daten irgendetwas verwertbares."

Dass er hier, wegen einfacher Informationen war, glaubte ich ihm auch nicht „Ich glaube hier sind kaum Informationen die uns helfen können. Ryan wird sicher alle Daten schon einmal durchgesehen haben."

Wir kamen zu einem Wendepunkt, es gab eine Leiter die in die Dunkelheit führte „Glauben, habe ich noch nie vertraut."

Ich glaubte, dass er über den Grund log und darauf vertraue ich sogar „Erledigen wir einfach, warum du hier bist."

Er nahm die Lampe vom Gewehr ab und zog dieses sich über die Schulter. Er leuchtete mit dem Licht die Leiter herunter. Wir konnten noch nicht einmal das Ende sehen „Da unten wird es echt Dunkel, vielleicht solltest du hierbleiben."

Es hörte sich fast so an, als ob er mich nicht haben wollte „Keine Angst, ich schlafe schon lange ohne Nachtlicht."

Sein Versuch hatte mich nur noch mehr nach da unten gezogen „Ich meine nur, du hast keine Taschenlampe und wirst nichts sehen."

Ich lächelte „Wir finden vielleicht einen Lichtschalter."

Er gab auf und fing an die Leiter herunterzuklettern. Als der Lichtkegel von Tom immer kleiner wurde, begann ich ebenfalls die Leiter hinabzusteigen. Da Tom so langsam beim Klettern war, brauchten wir eine Ewigkeit bis wir endlich wieder auf festen Boden standen „Nächstes Mal noch langsamer, bitte."

Tom hatte recht, es war verdammt dunkel, ich konnte nicht mal die Hand vorm Auge sehen. Das Einzige was ich erkennen konnte, ist der Ort welchen Tom mit seiner Lampe erleuchtete „Sieht nicht so aus, als gibt es hier ein Lichtschalter."

Ich hatte das zwar zum Spaß gesagt, doch irgendwie klang seine Antwort recht ernst. Ich musste mir erstmal eines sicher sein „Hey, kannst du mal, die Wand anleuchten."

Er tat wie ich es sagte „Zufrieden?"

Es war wie ich dachte, dieselbe Wand wie in meinen Traum, es war also wie erwartet eine zurückkehrende Erinnerung „Ja, danke."

Der Lichtkegel erleuchtete wieder den Weg vor uns „Gut, dann lass uns weiter gehen, so ein großes Gebäude, hat sicher irgendwo einen Notfallgenerator."

Auch wenn ich seine Hoffnung auf einen Notfallgenerator nicht teilte, folgte ich ihm. Wir kamen schon recht schnell zu einer Weggabelung, es führte nur nach rechts und links weiter, Beide waren mir recht, da der Gang aus dem wir kamen kleiner als Beide war. Der Scharfschütze war sich jedoch unsicher „Manchmal ist es leichter eine Münze zu werfen."

Ich ging seine Schulter rammend an ihm vorbei und entschied mich für den rechten Gang. Doch da ich nichts sah, stolperte ich über etwas. Ich konnte zwar mich schnell fangen, doch das machte nicht den Fakt besser, worüber ich gestolpert war „Tommy, ich glaube wir haben uns für den richtigen Gang entschieden."

Er leuchtete auf den Boden und erblickte die Leiche. Er hatte einen Arztkittel und eine Schusswunde im Hinterkopf „Kennst du ihn?"

Die Frage hätte auch von mir kommen können, ich ging in die Hocke und schaute ihn mir genauer an. Auf seinem Ausweisschild am Kittel stand der Name Steve Simson „Nein, ich kann mich zumindest nicht an seine hässliche Fratze erinnern."

Er ging weiter „Dann lass uns keine Zeit verschwenden"

Ich nahm seine Karte mit und folgte dem Scharfschützen. Wir fanden alle paar Meter eine neue Leiche, doch es waren nur Ärzte „Es ist seltsam, dass wir noch keine Leiche eines Patienten fanden."

Ihm verwunderte der Fakt nicht wirklich „Wir sind schon an ziemlich vielen Türen entlanggelaufen, wahrscheinlich sind dort die Patienten drin gewesen."

Er hatte wahrscheinlich recht, ich war mir auch sicher, dass ich bei meinem Glück schon an dem Raum vorbeigelaufen bin, in welchem ich den Arzt in meiner Erinnerung getötet hatte. Meine Vermutung bestätigte sich als wir zu der stählernen Tür kamen, die das Ende des Ganges markierte „Ich schätze du hast keinen Schlüssel." Ich musste eine Show daraus machen, also schwieg ich „Dachte ich mir."

Er leuchtete einmal um die Tür und wir sahen ein Schaltfeld, indem man eine Karte durchziehen musste „Wir sollten wieder zurückgehen, vielleicht führt der andere Gang nicht in eine Sackgasse."

Ich lächelte obwohl er im Dunkeln wohl mein Lächeln nicht sehen konnte „Lass mich einfach mal versuchen." Ich stellte mich vor die Tür und rieb mir die Hände „Sesam öffne dich."

Ich zog die Karte durch den Scanner. Tom lachte, leider nicht, weil mein Witz so gut war, sondern weil die Tür sich nicht öffnete „Ich schätze du hast nur die Karte des Hausmeisters." Ein Hausmeister hat wohl kaum einen Doktortitel, doch die Karte war nicht das Problem „Was hast du erwartet? Wir haben kein Licht, das heißt, wir haben auch kein Strom. Um die Tür zu öffnen, müssen wir erstmal den Notfallgenerator anschalten."

Er hatte einen guten Punkt, auch wenn ich Belehrungen hasste „Dann haben wir ein großes Problem, wenn der Generatorraum vor unserer Nase ist."

Tom suchte mit seinem Licht an den anliegenden Wänden „Schau." An der Wand war ein roter Pfeil der in Richtung der Tür zeigte. Über dem Pfeil stand Testkammer 1 „Ich schätze dort ist wohl kaum der Generator. Der Versorgungsraum ist sicher in der anderen Richtung."

Er drehte sich um. Als der Lichtkegel schon wieder kleiner wurde, hatte ich mich von seiner Belehrung beruhigt und begann ihm wieder zu folgen. Auf den Weg zurück schaute sich Tom jede der Türen noch einmal einzeln an, doch alle waren nummeriert mit Subjekt und eine folgende Zahl „Ich schätze die meiste Zeit waren die Patienten in diesen Zellen."

Er stoppte und richtete die Lampe auf einen der Räume „Michael, du erinnerst dich ja nicht mehr an das Projekt oder den Ausbruch?"

Er stand vor der Zelle von Subjekt 3, das erklärte auch sein Verlangen hier her zu kommen „Nein, doch du, oder?"

Wenn er Testsubjekt 3 gewesen wäre, würde es zwar dem entgegensprechen was Evan und Ryan sagten, doch ich hatte mich eh schon entschieden nur noch meinen eigenen Augen zu trauen. Tom lachte, doch es war kein fröhliches oder ein bösartiges, es war nur traurig „Nein, ich war nicht bei diesem Höllenprojekt dabei, Jack und du seid die einzigen Überlebenden gewesen."

Wen dem der Fall wäre, dann gäbe es keinen Grund, dass er genau zu dieser Tür ging. In der Art, wie er sich der Tür näherte, war es klar, dass er hoffte, sie würde ewig verschlossen bleiben. Ich entschied mich mal keine dummen Sprüche zu machen, während er herausfand wie man die Tür öffnen konnte. Er fand schnell heraus, dass es von einen Schaltfeld wie bei der großen Tür gesteuert wurde „Wir brauchen Strom."

Sein Rücken wendete sich zur Tür und er ging wieder den Gang entlang. Er war entschlossen, dass bemerkte man auch an seinem verdammt schnellen Gang. Ich musste mich fast anstrengen, um Schritt zu halten. Nachdem wir schon die Abzweigung, welche zur Leiter führte, passierten, kamen wir zu einem Haufen weiterer kleinerer Verzweigungen. Die Seite des Gebäudes war um einiges komplizierter aufgebaut, doch dafür hatten wir noch mit keiner Leiche kontakt. Tom leuchtete in jeder der Verzweigungen rein, um zu erkennen wohin sie führten. Ich konnte nichts erkennen, doch Tom lies immer wieder von den Nebengängen ab und erhöhte nur das Tempo. Bei der sechsten Abzweigung bog Tom ab. Er lief stramm den Gang entlang, als wüsste er genau, dass dies der richtige Weg war. Es fühlte sich so an, als ob er vielleicht mehr gesehen hatte als ich, für mich sah dieser Gang genauso aus, wie jeder vorher, der einzige Unterschied bestand darin, dass eine Leiche den Weg bewachte. Für mich war die Entscheidung gefallen, dass ich ihn nicht in seiner Phase voller Konzentration störe, sondern ihm schweigend folgte. Als wir zu einer etwas älteren Eisentür kamen, verlor ich schon fast die Hoffnung „Sieht aus, wie eine weitere Sackgasse."

Er hörte nicht zu und griff den Hebel der Eisentür. Er hängte sich mit all seiner Kraft an ihn und als ich das Klingen des an der alten Tür reibenden Hebels hörte, war ich wieder voller Hoffnung. Tom war zwar immer noch Ernst, doch ich konnte ihm Sesam öffne dich beim benutzen des Hebels flüstern hören. Er ging rein, es war ein recht kleiner Raum, deswegen war ich so frei und wartete im Gang und ließ ihn herumwerkeln „Kannst du den Generator wieder anschmeißen?"

Seine Antwort kam schnell „Ja, ein bisschen Geduld."

Auch wenn er wirklich nicht lange brauchte, lehnte ich mich gegen die Wand und drehte Däumchen. Als das Licht dann endlich anging, konnte ich erst nur weiß sehen. Doch nachdem ich wiederholt zwinkerte konnte ich sogar eine weiße Wand erkennen „Hättest du das Licht nicht langsamer anschalten können. Dann wäre ich nicht so überrascht gewesen von der weißen Wand."

Er war definitiv nicht auf Lachen aus, auch wenn es einer meiner schlechteren Witze war, merkte ich es. Der Ignorant lief er einfach an mir vorbei. Er rannte immer schneller zurück, als würde jemand auf ihn warten, doch das war sicher nicht der Fall. Wir waren nicht in Eile, doch ich rannte ihm trotzdem hinter her. Er schnappte sich die Karte der ersten Leiche ohne zu viel Geschwindigkeit zu verlieren und hing mich beinahe ab. Aber als er den Raum erblickte verging wieder seine Eile. Er ging langsam auf den Scanner zu und zog die Karte behutsam durch. Während die Tür sich langsam aufschob, ging er einen Schritt zurück. Sobald der Raum offen war, lief er zögerlich hinein. Ich blieb beim Anblick des Raumes in der Tür stehen. Er sah genauso aus, wie der Raum aus dem ich entkommen war, mit der Ausnahme, dass dort keine Leiche eines Arztes, sondern die einer recht jungen Frau lag. Tom hob sie vom Boden hoch und legte sie auf den Stuhl. Als er sie sich ansah, fingen seine Tränen an zu strömen. Ich zeigte Mitgefühl und legte meine Hand auf seine Schulter, während ich mir die Leiche genauer anschaute. Mir war es nicht möglich die Todesursache festzustellen, im Gegensatz zu den Leichen, die im Gang waren, hatte sie weder Verletzungen noch Blutflecken an sich. Tom brach die Stille, als er leise zu sich murmelte „Er hat mich angelogen."

Er strich mit seiner Hand über die Wange der Leiche, während seine Stimme immer wütender wurde „Keiner war jemals hier unten, seit deinem Ausbruch. Als mir Ryan sagte, er hätte persönlich hier nachgesehen, hat er gelogen."

Nicht, dass ich Ryan auch nur etwas vertraut hatte „Wer war sie?"

Sein Blick blieb die ganze Zeit an ihr „Ihr Name ist Evie Damien, sie ist." Sein Satz wurde durch ein trauriges Schluchzen unterbrochen „Sie war meine kleine Schwester."

Sie war also der Grund, warum er unbedingt in diesen Raum wollte „Es tut mir leid."

Egal was ich sagen würde, er hätte sich nicht besser gefühlt. Wir blieben eine Weile ruhig stehen, bis Tom sich zu mir drehte. Zuerst sah es aus wie eine Umarmung, doch er drückte mich gegen die Wand und schrie mich an, als wäre ich weit weg „Du bist ausgebrochen, warum hast du sie nicht mitgenommen, du hättest sie retten können."

Wenn ich es gekonnt hätte, hätte ich es wohl gemacht, doch die Wahrheit war, ich wusste das Warum nicht mal. Das hätte ich ihm sagen können, doch das tat ich nicht „Es ist nicht meine Aufgabe gewesen, sie war deine Schwester, du hättest sie beschützen müssen."

Es hörte sich an als kämen die Worte von jemand Anderen. Vollkommen verständlich in seinem Zustand verpasste er mir einen

Schlag ins Gesicht. Er warf mich auf den Boden und schrie mich weiter an „Ich hätte sie beschützt, doch ich wusste noch nicht einmal, dass sie in diesem Projekt war, bis es zu spät war."

Mir war klar, dass er nicht auf mich sauer war, doch er brauchte, einen Weg um seine Wut herauszulassen. Deswegen blieb ich einfach auf den Boden liegen, bis er sich wieder etwas beruhigte. Er wandte sich von mir ab und schaute sich den Raum genauer an. Als er etwas in die Hand nahm, was aussah wie eine Akte, kam ihm eine Frage „Du warst hier und du kannst doch nur durch einen Kopfschuss getötet werden, also wieso ist sie Tod?"

Er hatte einen Punkt, deswegen stand ich auf und schaute auf seine Schwester „Es hat wohl bei ihr nicht angeschlagen."

Tom schüttelte den Kopf „Sie muss hier schon seit mehreren Jahren gewesen sein, hätte das Projekt bei ihr nicht angeschlagen, dann wäre sie doch nicht so lang weg gewesen."

Ich schätzte die Antwort war vor unserer Nase „Weil ihr Gehirn auch so zerstört wurde." Tom verstand nicht was ich meinte, zumindest sagte dies sein Blick. Ich zeigte auf die Tür „Diese Tür war verriegelt. Dieser Raum ist sicher Luftdicht."

Ich musste es ihm nicht weiter verdeutlichen er beendete meinen Gedanken „Sie ist erstickt."

Der Raum hatte keine funktionierende Luftfilterung, also ist ihr der Sauerstoff ausgegangen. Tom gab den Raum die Schuld und Schlug gegen die Wand, bis seine Hand anfing zu bluten. Seinen Rücken lehnte er schließlich gegen diese, als würde er den Raum verzeihen und ließ sich zusammensacken „Geh, ich brauche Zeit für mich."

Ich ließ ihm seinen Freiraum, da ich eh noch etwas für mich herausfinden musste. Diesen Gang ging ich erneut entlang mit den eigentlichen Vorhaben die stählerne Tür zu öffnen, doch mein Auge traf auf eine Ablenkung. Die Zahl dreizehn war auf einer der Seitentüren. Die Verlockung war zu groß, deswegen ging ich auf das Schaltfeld zu und zog die Karte durch. Es war genauso wie ich es erwartete, der Arzt, welchen ich getötet hatte, lag immer noch auf dem Boden „Mal schauen, wer du bist?"

Ich ging in die Hocke und durchsuchte die Leiche. Da ich damals die ID-Karte mitnahm, fand ich nichts was auf seine Identität schließen könnte „Um deinen Namen herauszufinden, muss ich wohl erst wieder ein Nickerchen machen."

112

Auf dem Tisch neben dem Stuhl stand immer noch ein Behälter mit irgendeiner Flüssigkeit. Ich schätze, er hatte mir dieses Zeug spritzen wollen. Ich ging zum Tisch und nahm den Behälter in die Hand. Auf den Behälter stand nur die Zahl dreizehn „Ich schätze du warst wohl nur für mich bestimmt."

Ich nahm den Behälter mit und wollte ihn in meine Tasche legen, bevor ich mich an die Granate wieder erinnerte. Ich legte den Behälter einfach wieder zurück. Nachdem ich mich fertig umgesehen hatte, verließ ich den Raum und ging zu der stählernen Tür. Sobald ich die Karte durchgezogen hatte, öffnete sich die Tür. Hinter der weißen Stahltür war alles Schwarz. Der Boden, die Wände, die Schränke und die Leichen sie alle waren verkohlt. Obwohl alles vom Feuer zerstört wurde, konnte ich erkennen, was dies für ein Raum war. Mein Kopf fing an zu brennen und ich konnte mich nicht mehr auf meinen Beinen halten. Mit der Kraft die mir verblieb, schloss ich wieder die Tür.

Es gab nichts in diesem Raum, was ich noch sehen musste, also lehnte ich mich gegen die Stahltür und sackte wie Tom zusammen. Ich hielt mir den Kopf, doch es änderte nichts, in meinen Gedanken, verspürte ich einen unerklärbaren Schmerz. Vielleicht gab es eine Erklärung, doch diese hatte ich nur vergessen. Ich hörte die gequälten Schreie, des mir am nahestehenden, doch ich hatte keine Ahnung, wer es war. Doch dieses schmerzerfüllte Geschrei ging nicht mehr aus meinem Kopf.

Ich konnte nicht sagen, wie lange ich so saß, doch ich stand erst auf, als Toms Stimme mich rief „Michael."

Er schien in Schwierigkeiten zu sein, zumindest hörte sich so seine Stimme an. Es war zwar nur kurz, doch es stoppte die Höllenschreie. Um meinen Kopf abzulenken, war das genau das richtige, also rannte ich zu ihm. Es war schon zu spät, als ich kam „Was zur Hölle hast du gemacht?"

Seine Schwester sah nicht mehr dem Gras beim Wachsen zu, sondern umarmte ihn. Sie gehörte zwar zum Lazarus Projekt, doch es war ein Unterschied Wunden zu regenerieren und von den Toten aufzuerstehen. Die wandelnde Tote schaute mich an „Dreizehn, bist du das?"

Sie hatte auch trotz ihres Todes, ihr Gedächtnis behalten „Ja, das war meine Nummer, als ich im Projekt war."

In ihrer Stimme war Erleichterung „Du hast dich also befreit und meinen Bruder geholt, danke."

Ich schüttelte nur den Kopf „Nein, so kann man das nicht sehen."

Sie war wohl noch etwas durcheinander „Ich dachte, als ich vor ein paar Tagen, die Schreie auf den Gang gehört hatte, dass du mich auch befreien würdest, dass du uns alle befreien würdest."

Tom fragte sie neugierig „Vor ein paar Tagen, das heißt jemand war hier unten, außer uns in letzter Zeit."

Ich schätze Tom war zu sehr von dem Fakt geblendet, dass es seine Schwester war „Nein, hier war niemand, doch das Gehirn kann sich wohl kaum an Sachen erinnern, wo der Mensch schon längst tot war."

Sie schritt etwas zurück „Warte, willst du damit sagen, ich war wirklich tot?"

Für Manche muss man wohl alles doppelt sagen „Ja, der Tag an dem ich Ausbrach, liegt wohl schon Jahre zurück."

Sie merkte meine Unsicherheit „In deiner Aussage steckt nicht viel Selbstvertrauen. Bruder, stimmt das, was er sagt, dass ich schon seit langem tot bin?"

Aus seinem Mund kam kein Wort, er nickte nur traurig und dies genügte Evie auch als Antwort. Nicht dass ich mich nicht für Tom freute, dass seine Schwester wieder zu neuem Leben fand, doch Tote stehen nicht einfach wieder auf „Tom, wie kann sie wieder leben?"

Natürlich wich er wie immer aus „Ich weiß es nicht, doch wir sollten jetzt erstmal von hier verschwinden."

Er legte den Arm um seine Schwester und brachte sie aus den Raum. Während er schon in den Gang wieder zurückging, schaute ich mir den Raum an. Ich fand die Antwort „Du, Idiot weißt doch gar nicht, was du damit gemacht hast."

Auf dem Boden lag der Behälter, aus Raum 13, neben ihm eine Spritze. Er hatte es wohl ihr gespritzt, wenn das Zeug wirklich Tote zurückholen konnte, dann wäre es unendlich viel Wert. Ich musste mir jedoch nicht um das Geld sorgen machen, da der Behälter vollständig leer war „Und ich dachte die Bibel wäre nur ein gutes Buch, Jesus hatte wohl auch dieses Zeug."

Ich verließ den Raum und folgte Tom. Seine Schwester kletterte gerade die Leiter hoch. Als er die erste Sprosse greifen wollte, presste ich ihn gegen die Wand „Tommy, lass uns mal Klartext reden. Deine Schwester war etwas tot, denkst du wirklich sie kann so einfach

114

zurückkommen. Es ergibt doch keinen Sinn, dass sie sich noch an alles erinnert, all ihre Gehirnzellen, sollten schon längst abgestorben sein."

Beim Versuch mich wegzudrücken, flüsterte er voller Wut „Denkst du, das ist mir nicht klar? Es hat funktioniert, vielleicht konnte sie wegen den ganzen Experimenten überleben, doch ehrlich gesagt, ist mir das verdammt noch Mal egal. Sie lebt, das zählt für mich."

Ich ließ ihn los „Ich hoffe nur, du weißt was du tust. Wir haben immer noch einen Auftrag."

Er nickte „Wir reden später darüber."

Seine Hand griff wieder nach der ersten Sprosse, doch diesmal ließ ich ihn klettern. Es gab keinen Grund hier länger zu bleiben, also folgte ich, ohne zu zögern ließ ich den Raum und meine Vergangenheit zurück. Mich interessierte nicht mehr was damals Geschah, alles was ich noch herausfinden könnte, wäre Hörensagen, also entschloss ich mich, vorwärts zu blicken und die Vergangenheit ruhenzulassen.

Tom wartete, bis ich hochgeklettert war und reichte mir die Hand bei der letzten Sprosse. Ich nahm sie an, ich hätte an sich noch sauer auf ihn sein sollen, doch das war ich nicht, vielleicht weil ich mich in ihm sah, doch wie konnte ich das, wenn ich nicht mal einen Teil über meine Vergangenheit wusste. Ich hatte einfach dieses vertraute Gefühl, das wir uns ähnelten „Sag mir nächstes Mal den wahren Grund."

Ich zog mich lächelnd an ihm hoch „In Ordnung, doch das nächste Mal wird vorerst warten, ich muss meine Schwester erstmal in Sicherheit bringen."

Seine Schwester hörte natürlich das Gespräch „Ich muss nicht in Sicherheit gebracht werden, ich kann fast jede Wunde heilen im Gegensatz zu dir, Bruder."

Für seine kleine Schwester, hatte sie ein recht großes Mundwerk. Irgendwie hatte ich das Gefühl, dass ich jetzt am liebsten eine Tüte Popcorn hätte „Ich bin ein ausgebildeter Killer, ich kann auf mich selbst aufpassen."

Hatten die kleinen Geschwister von Heute, denn kein Respekt mehr vor ihren großen Vorbildern. Toms Worte hörten sich für mich wie eine Rechtfertigung an, wenn er das schon vor seiner kleinen Schwester musste, fragte ich mich wirklich, was aus den Männern dieses Landes wurde. Als ich gerade an die Männer dieses Landes dachte wie Tyron, Ryan oder Jack, dann war die Antwort Psychopathen wohl am passendsten.

Evie wurde lauter „Das beschützt dich nicht vor einer Kugel."

Es war an sich süß, wie sie sich um einander sorgten, deswegen wollte ich die Show nicht unterbrechen „Du bist meine kleine Schwester, du tust, wie ich es sage."

Das wäre ein verdammt starkes Argument, wäre es nicht so verdammt schlecht. Ich hätte zwar noch gerne gesehen, wie weit das gehen würde, doch ich wollte heute nicht noch mehr Leichen sehen „Hey, ihr seid Geschwister und habt euch seit paar Jahren wahrscheinlich nicht mehr gesehen, also seid doch einfach glücklich, dass ihr einander habt."

Man merkte ihre Ähnlichkeit, als sie gleichzeitig mich anschrien „Halt dich daraus."

Sie schauten einander in die Augen und grinsten. Der Streit hörte auf und wir liefen nach draußen wieder an die Oberfläche. Irgendwie hätte ich so ein kleines Dankeschön erwartet, dass ich die beiden wiederzusammengebracht hatte, doch das Universum hatte uns stattdessen ein anderes Zeichen geschickt. Regen fiel aus dem Himmel auf uns hinab, als wir aus der Bunkertür stiegen. Ich schloss natürlich vorbildlich die Tür hinter mir und sprintete den Anderen nach, die schon zum Wagen rannten. Evie stieg hinten ein, während sich Tom wieder den Fahrerplatz griff. Ich setzte mich auf den Beifahrer Sitz „Tommy, du weißt ich kann auch fahren."

Er schaute mich verwundert an „Wann sollst du denn mal einen Führerschein gemacht haben?"

Natürlich lag in seiner Aussage ein wahrer Kern, doch ich hatte ja schon mit dem Motorrad meine Fahrkenntnisse bewiesen „Ich brauche kein Schein, um fahren zu können. Ich wette du hast auch keinen."

Er sagte nur ein Wort „Handschuhfach."

Er wollte mich wohl verarschen, zumindest dachte ich das, bis ich das Handschuhfach öffnete. Es waren wirklich sein Führerschein und die Fahrzeugpapiere, die ich sah „Für einen Killer bist du ganz schön vorbildlich."

Er startete lächelnd den Motor „Der Schein trügt am besten."

Ich ließ mich in den Sitz sacken „Was, etwa dein Heiligenschein?"

Ich wünschte die Frage wäre von mir gekommen, da ich sie so verdammt gut fand. Tom fand es aber auf jeden Fall nicht so amüsant

116

von seiner Schwester veralbert zu werden und nahm es ernst „Mein Heiligenschein ist schon lange erloschen."

Ich wollte nicht diese Ernste Stimmung „Das hatte ich auch mal, doch dann habe ich die Batterien gewechselt."

Evie lachte und setzte ein bösartiges Lächeln auf, als ich dieses im Rückspiegel sah, wurde mir bewusst, dass es doch noch Menschen gab, die keine Psychopathen wie Tyron oder Jack waren. Sie war ein normaler Mensch und noch nicht verdorben.

KAPITEL 7

Die Fahrt war wirklich lang, aber auch verdammt witzig, zumindest für zwei der Betroffenen. Es war eine willkommene Erfrischung nach den verwirrenden definitiv nicht normalen Ereignissen der letzten Tage. Der Regen hatte immer noch nicht aufgehört und hagelte auf uns herab. Es war tiefste Nacht und man konnte kaum etwas sehen, doch ich war mir sicher, dass sich keine andere Menschenseele in der Nähe befand. Die Scheinwerfer erleuchteten die Straße genau, wie Toms Taschenlampe die Einrichtung. Seine Schwester schlief schon auf dem Rücksitz, obwohl sie gerade erst von einem recht langen Schlaf erwachte. Dies verschaffte mir nochmal die Möglichkeit mit Tom alleine zu reden „So, was meintest du mit, er hat mich angelogen?"

Vor seiner Antwort versicherte er sich nochmal ob seine Schwester die Augen geschlossen hatte „Ryan, er sagte mir, dass da unten alle umgebracht wurden."

Vielleicht war ich blind, doch ich sah in dieser Aussage noch keine Lüge „Und was war daran nicht wahr?"

Nach einem kurzen Blick zu seiner Schwester, erzählte er weiter „Er sagte mir, er hätte sich versichert, dass alle durch einen Kopfschuss getötet wurden oder sie das Feuer erwischte."

Als er das Feuer erwähnte, fing es wieder an in mir zu brennen, in meinem Kopf hörte ich die Schreie einer unbekannten Person und sie könnten mich nicht trauriger machen. Ich versuchte sie so gut wie möglich auszublenden und Tom weiter zu folgen „Wir haben keine einzige Leiche eines Versuchsobjekts gefunden, die durch einen Kopfschuss starb oder von Flammen getötet wurde."

Ich schätzte die Leichen waren alle in ihren Räumen und wurden eingesperrt und das mit dem Feuer sah ich mit meinen eigenen Augen. Aber selbst, wenn es für Tom nur so aussah, als hätte Ryan ihn angelogen, war das ein Vorteil für mich „Du hast recht, wir sollten Ryan nicht trauen. Ich bin erschöpft und werde es jetzt deiner Schwester gleich machen. Wir reden, nachdem ich Hintergrundinformationen gesammelt habe weiter, also Nachti Nacht."

Ich lehnte mich entspannt in den Sitz. Tommy verstand den Zusammenhang vom Schlafen und Informationsversammlung offensichtlich nicht „Ich verstehe nicht."

Meine Augen schlossen sich von allein „Ich auch nicht."

Trotz der Höllenschreie gelang es mir recht schnell einzuschlafen. Ich erhoffte, dass der Traum dort ansetzte, wo er endete, doch der Traum hatte wohl andere Pläne. Ich stand vor einem Haus, es war mir unbekannt, doch das hieß nicht, dass ich es nicht kennen würde. Mit meinen verlorenen Erinnerungen konnte ich den Traum niemals von einem geschehenen Ereignis unterscheiden.

Mein Weg führte zur Tür, als ich vor dem Fenster der Holztür stand, spiegelte sich mein Gesicht. Das konnte nicht sein, dachte ich mir. Es war diesmal wirklich nicht mein wahres Gesicht, das ich erblickte. Ich sah es zwar aus der Perspektive, doch das Spiegelbild zeigte definitiv Tyron nicht mich. Sein Grinsen wurde größer als die Klingel ertönte. Kurz darauf öffnete schon die Tür und die Reflektion verschwand. Wieder redete die Person mit dessen Augen ich sah für mich „Na, hast du mich vermisst."

Die Frau, welche die Tür geöffnet hatte, stolperte nach hinten aus Furcht, doch konnte sich gerade noch an einer Kommode festhalten, sodass sie nicht auf den Boden fiel „Wie kann das sein, warum bist du nicht tot, wie die Anderen?"

Die Person ging näher auf sie zu und schloss mit einem leichten Lachen die Tür hinter sich. Bei jedem Schritt, den er auf sie zu ging, wich sie immer weiter nach hinten aus „Das ist nicht die Frage. Die Frage ist, wie konntest du, das deinem Sohn antun?"

Er nahm hinter seinen Rücken eine versteckte Klinge hervor. Mit dem Butterfly Messer spielend, ging er langsam auf sie zu. Bei jedem

Schritt war das Messer in einer anderen Position, er wollte ihr Angst einjagen und es funktionierte auch, sie versuchte wegzurennen. Mir war jetzt schon klar, dass es für sie kein Entkommen gäbe. Tyron warf das Messer in die Luft und fing es wieder, bereit jemanden zu töten „Lass die Jagd beginnen."

Es waren nur Sekunden, bis er die Frau schon wieder in seinen Griff hatte „Nächstes Mal gib mir bitte eine Herausforderung."

Er schlug sie mit der Hand, in welcher er das Messer hielt und sie ging zu Boden „Gute Nacht."

Sie war wohl ausgeknockt „Du hast ja sicher kein Problem, wenn ich mich mal wieder hier umschaue. Danke, dachte ich mir schon."

Er ging durch das Haus, es war nicht wirklich etwas Besonderes, es war sehr groß, doch sonst war es ein Standard Familienhaus. Seine Augen fielen auf eine ältere Holztür „Ob du immer noch da unten bist?"

Hinter der Tür war eine Treppe die ins Dunkle führte. Er betätigte einen Schalter an der Wand und der Raum wurde erleuchtet. Jede einzelne Stufe knarrte, als er herabstieg. Der Keller war voller Käfige und Terrarien. In den Käfigen waren Nagetiere und Katzen, doch er interessierte sich eher für die Terrarien. In ihnen befanden sich riesige Spinnen, kleine Frösche und Schlangen „Du hast wohl deine Sammlung erweitert, Vater."

Es war wohl anzunehmen, dass dies das Haus seiner Eltern war, nachdem er die Frage an Anfang gestellt hatte. Sein Blick fiel auf ein ganz bestimmtes Terrarium, an der Scheibe war der Aufkleber, Asteris Hispida, und in ihm war eine Viper „Du bist doch perfekt, mein kleines süßes Testsubjekt."

Er öffnete die Scheibe und packte die Schlange blitzschnell am Kopf. Er ließ jedoch nicht die anderen Tiere zurück, er öffnete jedes Terrarium und jeden Käfig, bevor er die Treppen wieder nach oben ging. In der einen Hand die Schlange und in der anderen ein Messer ging er zurück zu der Frau, die noch bewusstlos auf den Boden lag. Er spielte mit seinem Messer herum und führte die Klinge über ihre Gesichtshaut „Aufwachen, Dornröschen. Das wird jetzt etwas stechen."

Er schnitt ihr in die Wange, um sie aufzuwecken. Sie wachte mit einem Schrei auf und versuchte weg von ihm zu kriechen. Doch sie stieß mit ihrem Hinterkopf gegen die Wand und erkannte, dass es kein Entkommen gab „Nein, es tut mir leid."

Während er die gereizte Schlange näher an ihr Gesicht hielt, fing er an zu lachen „Ich glaube ein, es tut mir leid, wird nicht ausreichen für das Leid, was du über deinen Sohn gebracht hattest."

Er redete schon wieder über ihren Sohn in der dritten Person, doch er meinte wohl sich. Er führte die Schlange zu ihrem Hals. Sie biss sofort zu, doch das reichte ihm nicht, er stieß noch das Messer in ihren Bauch „Du hast Glück, dass du nur einmal sterben kannst."

Der Traum endete und ich erwachte. Tom wackelte an meiner Schulter „Du siehst nicht so aus, als hättest du gut geschlafen."

Er hatte wohl recht mit der Aussage „Ausreichend. Wo sind wir?"

Das Auto stand wieder im Dunklen und wieder im Wald, der Mond allein war am Nachthimmel zu sehen. Als ich aus dem linken Fenster schaute, sah ich eine alte Holzhütte „Mein Versteck. Keiner in der Regierung weiß davon, zumindest keiner der noch lebt."

Er legte seine Hand auf die Schulter seiner Schwester und schüttelte sie wach „Hey, ich hatte gerade einen guten Traum."

Natürlich bekam sie den guten Traum. Tom öffnete die Tür „Beschwer dich nicht, Manche konnten nicht die ganze Fahrt verschlafen."

Er stieg aus dem Wagen „Naja, mir wäre die Fahrt lieber gewesen."

Evie setzte sich wieder gerade hin „Dreizehn, hattest du einen Albtraum?"

Ich schüttelte den Kopf „Nein, doch nenn mich Michael."

Sie lächelte, ich sah wohl zum ersten Mal ein normales Lächeln, welches nicht heimtückisch oder aufgesetzt war. Ich lächelte zurück, bevor ich aus den Wagen ausstieg. Der Waldboden war noch nass vom Regen. Toms Schwester stieg auch aus „Bruder, ist das deine traumhafte Hütte?"

In ihrer Stimme war ein Hauch von Sarkasmus, natürlich merkte das Tom „Ja und spar dir deine Sprüche. Es ist besser als nichts."

Wir gingen zur alten vermoderten Holztür. Er öffnete die Tür, von innen sah die Hütte wenigstens annehmlich aus „Ich sehe keine Ratten, das ist ein gutes Zeichen."

Evie war definitiv kein Freund der Einrichtung „Hier sollen wir also leben?"

Tom schüttelte den Kopf „Nein, du wirst hier leben. Michael und ich werden uns morgen früh wahrscheinlich schon wieder auf der Straße befinden."

Sie war sichtlich nicht davon erfreut, das zu hören „Was? Wie soll ich denn überhaupt hier überleben?"

Er zog an einen Haken am Boden und öffnete eine Luke, die in einen Keller führte „Die dort unten gelagerten Rationen reichen für Jahre." Er ging die Leiter zum Keller herunter und verschwand kurz. Als er wiederkam, warf er mir drei Dosen hoch „In der Küche ist ein Dosenöffner."

Als ich im Haus auf der Suche nach der Küche war, ging Evie ebenfalls in den Keller. Sie dachten wohl, ich könnte sie nicht hören, doch das Holz ließ die Stimmen nicht verklingen „Ich bin gerade von den Toten wiedergekehrt und du willst mich am Tag danach wieder verlassen?"

Da hatte sie einen Punkt, ich war gespannt wie sich Tom da wieder herauswindet „Ich muss einen Auftrag erfüllen, wenn ich das nicht tue, dann kann ich nicht für deine Sicherheit garantieren."

Das war eine schwache Ausrede, er hatte den Auftrag Jack zu töten, doch den Auftrag bekam er von Ryan, den er auch nicht mehr vertrauen konnte „Wen muss du denn töten, der so gefährlich für uns ist?"

Inzwischen hatte ich schon die Küche gefunden und den Dosenöffner. Ich setzte ihn gerade an, als Tom antwortete „Es ist Jack."

Ich war überrascht, dass er ihr die Wahrheit sagte „Jack, du meinst Acht. Er lebt also auch noch. Wie viele haben das Projekt noch überstanden?"

Ich öffnete die erste Dose, der Geruch war wie Hundefutter, doch das mit Tomatenpasta gemixt „Ich kann das dir nicht mit Sicherheit beantworten. An sich müsstet ihr drei die Einzigen sein, die überlebt haben."

Damit hatte er wohl recht, wir konnten nicht sagen, wie viele von uns herumlaufen, wir konnten nicht einmal sagen, ob das die einzige Einrichtung war. Ich öffnete die beiden anderen Dosen ebenfalls. In einer Schublade fand ich Besteck. Ich nahm drei Löffel heraus und steckte jeweils einen in eine der Dosen. Als ich gerade wieder in den Hauptraum ging, kamen die Geschwister gerade aus dem Keller „Und, eine gute Unterhaltung gehabt?"

Sie schauten sich nur verärgert an und gaben mir keine Antwort „Hatte ich mir schon gedacht."

Ich gab jeden von ihnen eine Dose „Wohl bekomm's."

Das Evie angewidert beim Erblicken des Essens schaute, überraschte mich wirklich nicht, doch das Tom denselben Gesichtsausdruck hatte, schon. Ich nahm den ersten Löffel, es sah genauso aus, wie das Essen in der Anstalt. Als ich es probierte, schmeckte es auch genauso wie das Essen in der Anstalt, kalt und widerlich, aber überraschend nahrhaft. Ich könnte damit ohne Probleme überleben.

Tom, nach dem Blick als er den ersten Löffel nahm, könnte es nur mit etwas Überwindung schaffen. Doch natürlich war es für seine Schwester zu widerlich und der erste Löffel blieb nur schwer in ihrem Mund.

Ich musste mir einen kleinen Spaß erlauben „Das ist das beste Essen, was ich jemals aß." Sie schauten mich ungläubig an „Ich hatte halt keine wirklich gute Auswahl in der Anstalt. Ein Gourmetkoch war wohl zu teuer."

Evie schluckte mit einem schmerzerfüllten Blick, das Essen herunter „Wo warst du denn?"

Ich konnte ihr wohl die Wahrheit sagen „Ich wurde von einer Partei der Regierung gefangen genommen und in eine Psychiatrie gesteckt."

Mein Hunger trieb mich dazu weiter das schlechte Essen in mich hereinzuschieben. Ich war der erste, der aufgegessen hatte. Evie schaute erstaunt mich an „Dir schmeckt das Zeug ja wirklich."

Meine Antwort war ein Lächeln. Ich drehte mich jedoch dann zu Tom „Nach einer guten Mahlzeit ist doch ein Spaziergang genau das richtige, keine Angst ich komm wieder."

Er nickte „Wenn du willst, doch du musst nicht Wache halten, niemand wird uns finden, der Ort ist sicher."

Ich zuckte mit den Schultern „Keine Angst, da verlass ich mich ganz auf dich, doch ich will einfach nur mal an die frische Luft."

Ich packte die Tür am kalten Knauf und öffnete sie. Der Wald war nur vom Mond erleuchtet, doch ich konnte gut sehen. Ich lief ohne eine Richtung und dachte nach. Die erste Frage, die mir kam war, wieso ich von Tyron träumte „War das wirklich Tyron in dem Traum? Alle meine Träume waren bis jetzt wirkliche Erinnerungen. Vielleicht sah ich ihn nur als Spiegelbild, weil ich so langsam ihm immer ähnlicher werde und damals sogar genauso war. Ich kann mich an meine Vergangenheit nicht erinnern, doch Tyron sagte mir immer, dass ich ihm ähneln würde, vielleicht wusste er auch etwas über meine Vergangenheit. Er könnte jedoch auch einfach mein Potenzial gesehen habe."

Ich dachte an die Regierungsmitglieder, welche den Tod Tom verdankten „Naja, er ist auch noch normal. Aiden war auch nur kalt geworden."

Ich machte mir die ganze Zeit nur etwas vor, ich merkte was ich fühlte als ich das erste Mal einen erschoss, zumindest war es, das erste Mal an das ich mich wirklich erinnerte. Aus irgendeinem Grund schaute ich auf meine Hand, sie formte sich zu einer Faust „Ist meine Zukunft wirklich vorbestimmt? Werde ich wirklich zu dem einen, was ich niemals werden wollte? Wieso fehlt mir die Moral, das zu bekämpfen? Ich fühlte doch nicht immer so?"

Es fühlte sich fast so an, als hätte ich keine Kontrolle über meinen eigenen Körper oder meine Gedanken. Seit ich aus der Anstalt floh, waren meine Gedanken alle so dunkel und gewissenlos. Doch der Tod von Tyron machte es nicht besser, er wusste, dass ich genauso werde, weil ich genauso schonmal war. Meine Faust suchte den nächsten Baum und schlug dagegen „Verdammt, wie ich werde, kann nur ich entscheiden, wenn ich die Gedanken ausblende, dann habe ich auch kein Problem mit ihnen. Ich sollte aufhören mit mir selbst zu reden, das machen nur Verrückte."

Erst als die Sonne wieder aufging, machte ich meinen Weg zurück. Tom stand vor der Hütte „Warst du die ganze Nacht im Wald?"

Ich strich mir über meinen Hinterkopf „Ich hatte ja schon im Auto geschlafen, ich brauchte einfach etwas Zeit für mich."

Er ging zum Auto und öffnete die Tür „Komm, wir sollten los."

Es schien mir, als würde ich nicht der einzige sein, der vor seinen Problemen wegrannte „Was ist mit deiner Schwester?"

Er blickte nur kurz auf das Haus und gab mir dann eine Antwort „Hier ist sie sicher, während wir uns auf den Auftrag und die Zusatzaufgabe konzentrieren."

Meine Stirn runzelte sich „Du solltest wissen, ich bin kein wirklicher Streber, also auch kein Fan von Zusatzaufgaben."

Er schaute noch ein letztes Mal auf die Hütte, doch diesmal um nachzusehen, ob jemand rauskam „Keine Angst diese ist genau dein Stil. Ryan hat mir gesagt, meine Schwester wurde beim Ausbruch von Jack erschossen, doch ich habe keine Schusswunde gesehen?"

Ich zog mein Shirt am Kragen herunter, um die Schusswunde an meiner Schulter zu sehen. Die Wunde war schon lange verschwunden

„Vielleicht ist sie geheilt. Wir wissen nicht was der Tod für eine Auswirkung auf ihren Körper hat."

Er setzte ein Lächeln auf „Ich habe ja nicht vor Ryan zu töten, ich will ihn nur zur Rede stellen und auf deine Unterstützung zählen können."

Natürlich traute ich Ryan ebenfalls nicht, doch er war ein hilfreiches Mittel zum Ziel „Klar, doch lass uns erstmal Jack ausschalten, er wird nur gefährlicher mit der Zeit."

Als wir dann beide im Auto saßen, startete Tom den Motor „Ich muss dich noch etwas fragen. Warum willst du Jack so dringend ausschalten? Es ist doch mehr als nur ein Auftrag von Ryan für dich."

Natürlich hatte er damit recht, doch ich war mir auch nicht genau sicher. Ich fühle einfach diesen Hass gegenüber ihm, auch wenn ich nicht weiß warum, ich wollte ihn töten und wenn es das letzte ist, was ich tat. Doch für Tom reichte das Offensichtlichste „Er hat einen Freund von mir umgebracht, sein Name war Aiden."

Wäre er nur auch Teil des Lazarus Projektes gewesen, dann würde er wohl noch leben. Wir waren so naiv, als wir Nathan getraut haben. Ich konnte an sich nicht von wir sprechen, da Tyron wusste, dass man ihm nicht trauen konnte. Tom fing an loszufahren „Tut mir leid um deinen Freund."

Er hörte sich nicht ausgesprochen an, obwohl er schwieg „Danke, noch etwas?"

Ich merkte in seiner Stimme, dass er etwas verheimlichen wollte „Nein, wir sollten jetzt erstmal über unseren Plan sprechen."

Ich ließ es ruhen, wenn er es mir nicht sagen wollte, dann war es seine Entscheidung. Als die Hütte im Wald immer kleiner wurde, konnte ich nicht an einen Plan denken „Sicher, dass du deine Schwester alleine zurücklassen willst?"

Er antworte genauso wie zuvor schon „Sie ist hier sicher. Warum interessierst du dich so sehr für sie?"

Ich war mir dabei auch nicht sicher „Sie ist deine Schwester und Familie geht über alles."

Für mich erklärte, die Antwort auch nichts, doch Tom reagierte nicht verwirrt, sondern sauer „Aus deinem Mund, lässt sich das schwer glauben."

Bevor er realisierte, was er gesagt hatte, packte ich schon nach meiner Pistole, doch zog sie noch nicht „Was meinst du damit?"

124

Er wusste etwas von meiner Vergangenheit, doch was genau, musste ich noch herausfinden „Denkst du, ich weiß nicht, dass deine Eltern ebenfalls Ärzte beim Projekt waren?"

Er hatte Glück, dass ich mich nicht mehr an meine Eltern erinnern konnte, doch ich tötete wohl meine Eltern im Labor „Was weißt du noch?"

Seine Stimme war ruhig und er gab mir einen flüchtigen Blick „Es tut mir leid, doch ich weiß nichts sonst von deiner Vergangenheit. Ich hatte gestern noch alleine mit meiner Schwester geredet, doch sie wusste wirklich noch weniger als du."

Ich schätzte es gab kein Grund ihm zu misstrauen „Dann sollten wir mal über unsere Pläne sprechen."

Ich machte eine kurze Pause, als er keine anderen wichtigen Themen vorschlug, fing ich an etwas klarzustellen „Legen wir mal die Karten auf den Tisch. Wir werden uns um Jack kümmern, da uns das von Ryan aufgetragen wurde und er es verdient hat."

Ich hatte nur auf seinen Einwand gewartet „Ja, doch wir werden uns erstmal nur mit diesem Jack unterhalten, ich will wissen, was er weiß, dann schalten wir ihn aus."

Es würde zwar schwer werden, wenn man ihm gegenübersteht, ihn auch noch zu töten, doch ich wollte mich auch noch einmal mit ihm unterhalten „In Ordnung, doch das Gespräch mit Jackie leite ich, du darfst dann das mit dem guten Ryan führen."

Er nickte „Für mich gut. Doch sagen wir, die Antworten von ihnen gefallen uns nicht und wir töten beide Parteiführer, was machen wir dann?"

Wir waren beide Killer, deswegen ist die Wahrscheinlichkeit hoch, dass beide Parteiführer unter der Erde landen, doch weiter gedacht hatte ich noch nicht „Wir werden es sehen, wenn sie sterben."

Es war wohl keine zufrieden stellende Antwort „Du willst es einfach drauf ankommen lassen, momentan sind Jack und Ryan die zwei mächtigsten Personen, wenn sie beide fallen, was passiert mit all ihren Untergebenen."

Wenn wir schon mal beim Thema waren, konnte ich auch eine Frage stellen „Wie viele Untergeben haben Jack oder Ryan?"

Er wusste wohl die Antwort selbst nicht, zumindest war in seiner Stimme keine Zuversicht „Jack hat durch mein jüngstes Attentat auf die Regierungsspitze seine Spielzeuge in der obersten Regierungsebene verlorenen. Nach meinen Informationen sind jedoch auch viele Attentäter die für die Regierung gearbeitet haben, auf seiner Seite. Die Haupteinrichtungen und die Wissenschaftler sind jetzt wieder unter der Kontrolle von Ryan."

Ich fasste das noch einmal für mich zusammen „Also kurz gesagt, Jack hat die Soldaten, Ryan die unnötigen kampfunfähigen Männer, jedoch mit den Finanzen und Ausrüstungen." Sein Nicken war mir Antwort genug „Gut, dann haben wir erstmal das Ziel, Jack zu finden. Hast du dafür einen Plan?"

Tom hatte schon lange den Auftrag Jack zu finden und hatte ihn noch nie erwischt, also hatte ich mir keine gute Antwort erhofft. Ich war jedoch erfreut, als dann doch etwas Sinnvolles aus seinem Mund kam „Ich war die ganze Zeit in der Offensive, ich habe nach Jack gesucht, doch er war immer zu schnell. Diesmal werde ich mich auf seine Mordlust verlassen."

Ich wusste was er damit meinte „Du legst also einen Köder, Klever. Wer wird der Lockvogel sein?"

Nicht das viele zur Auswahl standen, deswegen war ich nicht überrascht diesen Namen zu hören „Heinrich Lind, er arbeitet für Ryan und wird sicher als nächstes im Visier von Jack sein."

Wenn ich mich recht erinnern konnte, war dies auch der nächste Name auf der Liste, die mir von Jack gegeben wurde. Es war also auch nur sinnig, diesem Lind einen Besuch abzustatten „Hört sich gut an, ich nehme an, du weißt wo er sich befindet?"

In seiner Antwort lag endlich etwas Selbstvertrauen „Ja, er hat ein Labor ähnlich dem vom Lazarus Projekt, doch mit gefährlicheren Waffen."

Ich hatte meinen Hass zu Wissenschaftlern nicht geheim gehalten „Wäre es ein großes Problem, wenn wir Jack bei seinem Attentat nur etwas extra Zeit geben, bis wir eingreifen."

Er verstand es sofort, doch mein Wunsch würde wohl auch dem von jedem Versuchskaninchen entsprechen „In Ordnung, doch du musst mir versprechen nicht selbst abzudrücken, dass würde nur unsere Gunst von Ryan verringern."

Ich nickte als Antwort zu dieser Frage. Er hatte jedoch noch etwas gesagt, wo ich drauf eingehen musste „Du sprachst von etwas Gefährlicherem als dem Lazarus Projekt, was ist gefährlicher als Supersoldaten?"

Er schaute aus dem Seitenfenster, wir waren schon auf einer Straße, doch immer noch umringt von Bäumen. Seine Stimme wurde ernst „Naja, was erwartest du? Sobald Menschen kein Schaden mehr anrichten können, schmeißen sie etwas. Heinrich Lind ist für seine fortschrittlichen Sprengkörper bekannt. Ich weiß nicht genau, wie die Bomben aussehen oder funktionieren, die er macht, doch ich war Zeuge von der Zerstörungskraft. Es war ein Test in einem unterirdischen Labor, extra spezialisiert um Wasserstoffbomben im Zaum zu halten. Es hielt jedoch nicht der Bombe von Lind stand."

Ich wollte mir gar nicht ausmalen was denn wohl die Seemine mit uns getan hätte „Verstehe." Mir kam direkt ein weiterer Gedanke, doch das war an sich nur eine dumme Vermutung „Wie war Ryans Verbindung zum Lazarus Projekt?"

Er zuckte kurz mit seinen Schultern „Ich bin mir nicht sicher, er hatte genauso viel damit zu tun, wie die restlichen Mitglieder seiner Regierungsebene."

Meine Vermutung war wohl doch unbegründet. Der Raum, den ich mich nicht mal traute zu betreten, sah wohl aus einem anderen Grund so aus und nicht wegen einer der Bomben von Heini.

Während der restlichen Fahrt hatten wir recht wenig zu bereden und ich konnte nicht einschlafen, also fühlte es sich an wie eine Ewigkeit, bis wir endlich mal Halt machten. Tom hielt im nächsten Wald, wenn ich es nicht besser wüsste, hätte ich gesagt, wir wären wieder im selben Wald „Die Regierung mag wohl Wälder?"

Er öffnete die Tür und setzte schon einen Fuß nach draußen „Jede wichtige Einrichtung ist unter der Erde, da macht es nur Sinn den Eingang in einem Wald zu verstecken."

Ich fand die Natur auch schöner als eine Stadt, doch nicht, weil es ein besseres Versteck bot, sondern weil es dort keine lauernden Monster gab „Wälder sind mir auch eine angenehmere Umgebung als Städte."

Tommy nickte mir zustimmend zu und stieg vollkommen aus. Ich öffnete meine Tür, einen kalten Luftzug spürte ich auf meiner Haut beim Aussteigen „Wir sind nach Norden gefahren, oder?"

Gut, dass ich auf diese Frage keine Antwort erwartet hatte, da er mir auch keine gab, sondern nur einem Befehl „Folg mir."

Er war in einer ähnlichen Stimmung wie im Labor, er vergaß die Welt um sich und war entschlossen auf sein Ziel fixiert. Es war wohl eine seiner Charakterschwächen, auch wenn manche dies als eine Stärke definieren würden. Meine Wenigkeit konnte zumindest nicht sich einfach so auf ein Ziel fixieren, mein Kopf kreiste schon immer um andere Gedanken, als um mein nächstes Ziel. Als ich über mein gedachtes reflektierte, war ich schon wieder mit einem anderen Thema beschäftigt, ich dachte an Talian. Ich hatte ihn mitten im Nirgendwo zurückgelassen, vielleicht hatte ihn Jack sich geschnappt, vielleicht auch nicht, vielleicht hat er ihn erschossen, vielleicht ging er nach Hause, alles war eine Möglichkeit.

Tom hatte wohl gemerkt, dass ich etwas im Gedanken verloren war und hatte seine Hand auf meine Schulter gelegt „Alles okay?"

Als ich ihn das erste Mal sah, hielt ich ihn für eine andere Art von Menschen „Ja, habe nur etwas nachgedacht."

Für einen Attentäter war er wirklich ein guter Mensch, ich konnte wohl sogar mit Sicherheit sagen, er war der Beste, dem ich jemals begegnete. Ich sollte jedoch an sich nicht über Menschen urteilen, dieses Recht hatte ich verloren, als mir die Lügen von Jack nicht auffielen.

Wir stoppten erst, als der Wald nur noch vom Mondlicht erstrahlt wurde „Wir sind da, hier müsste an sich der Eingang sein."

Nicht nur in seiner Stimme war Verwunderung, sondern auch in seinem Gesicht. Mit runzliger Stirn schaute er sich um, da wir keinen möglichen Eingang erkennen konnten „Vielleicht gibt es einen versteckten Schalter?"

Ich fand jedoch keinen, sondern etwas viel Schlimmeres „Hey." Er gab mir nur eine saloppe Begrüßung, doch es hätte mir schlechter ergehen können, ich hatte wenigstens keine Waffe am Kopf „Du bist also hier, nicht dass ich das nicht erwartet hätte, doch wer ist dein Begleiter?"

Er schaute auf Tom, der ihn noch nicht bemerkt hatte „Ein Verbündeter, der einem nicht so schnell ein Messer in den Rücken rammt."

Ich dachte über das nach, was ich über meinem Gegenüber wusste. Er war der Sohn zweier Wissenschaftler, genau wie ich, er hat mich verraten, also wieso sollte ich ihn um mich haben wollen „Verschwinde." Er schwieg mich an „Das war keine Bitte."

Obwohl ich auf ihn zuging, blieb er stur stehen, doch er fing wenigstens an zu sprechen „Wo ist dein Verbündeter?"

Es beunruhigte mich etwas, da seine Stimme die ganze Zeit ruhig blieb, deswegen schaute ich mich um. Weit und breit war kein Tom mehr zu sehen „Tommy."

Er antwortete nicht, also griff ich meinen Gegenüber am Kragen „Wer ist bei dir?"

Ein Blick nach rechts, dann einen noch schnelleren nach Links, doch niemand war zu sehen „Niemand, ihm wurde nur die Tür geöffnet."

Er wusste natürlich vom Labor. Ich ließ ihn los „Wenn du schon mal hier bist, kannst du dich mal nützlich machen. Wie kann ich ihm folgen?"

Er lächelte und lief los „Der Eingang ist hier drüben."

Ich folgte ihm, doch sah überhaupt nichts „Wo soll hier ein Eingang sein?"

Er zeigte auf den Boden „Tritt da drauf und du bist im Labor. Keine Angst, da liegt keine Landmine." Ich hatte keine Angst, bis er das sagte „Du zuerst."

Er schüttelte den Kopf „Ich habe nicht vor, nach dort unten zu gehen."

Ich machte den Ersten Schritt zu dem Punkt, auf den sein Finger zielte „Warum bist du hier?"

Er nahm seinen Finger herunter „Nachdem du mich zurückgelassen hast, lief ich planlos die Straße entlang, bis mir Nathan begegnete. Er hatte uns verfolgt."

Ich drehte mich zu ihm „Hör auf mit den Spielchen, du weißt genauso wie ich, dass er nicht Nathan ist."

Er schaute überrascht, doch ich konnte ihm kein Wort mehr glauben „Wer ist er sonst?"

Meine Stimme war wahrscheinlich so laut, dass die im Labor unter unseren Füßen, das Gespräch mithören konnten „Nathan machte nie beim Lazarus Projekt mit und die die mitmachten und überlebten, kann man an einer Hand abzählen."

Er versuchte meine Stimmlage zu imitieren „Ich sagte dir doch, ich weiß nicht mehr über das Lazarus Projekt, mein Bruder verriet mir nichts über das was passiert ist. Ich hatte keinen Grund an Nathan zu zweifeln."

Ich ging bedrohlich in seine Richtung „Dein Bruder, wer zur Hölle war dein Bruder, nenn mir seine Nummer."

Sein Mund blieb zu, also holte ich aus, doch bevor ich zuschlug schrie er „Dreizehn."

Es war nicht die Lautstärke die mich nach hintern stolpern ließ „Du lügst schon wieder. Mehr machst du doch eh nicht."

Er schaute wieder traurig auf den Boden „Es tut mir leid, dass ich es dir nicht früher gesagt hatte, doch das gehörte mit zum Deal."

Wenn es nicht eine kleine Wahrscheinlichkeit gäbe, dass er mir die Wahrheit sagt, dann würde er schon längst meine Hände an der Kehle haben „Was für ein Deal?"

Er zögerte kurz, doch antwortete noch bevor ich ihn wieder packen wollte „Ich war zuhause, als mich Dr. Kenneth besucht hat. Ich hatte dich und unsere Eltern seit mehreren Tagen nicht mehr gesehen und er erzählte mir, dass er einen Patienten namens Michael Hunter behandelt. Ich wusste nicht, dass er für die Regierung arbeitete, das musst du mir glauben. Er sagte du wärst in einen instabilen Zustand und hattest deine wahren Erinnerungen hinter einer erfundenen Geschichte versteckt. Ich fragte, ob ich dich aus der Psychiatrie entlassen konnte, doch er meinte ich wäre dazu nicht berechtigt, aus irgendeinen mir unverständlichen Grund. Ich fragte ihn auch, ob ich dir irgendwie beim Heilungsprozess helfen könnte. Er meinte, ich solle dir nicht von mir erzählen, weil das deine Psyche nicht vertragen würde. Ich war so naiv, es tut mir leid."

Er suchte gerade nur nach Ausflüchten „Komm zum Punkt, was ist der Deal?"

Ich war nach seiner Antwort auch nicht schlauer „Ich durfte dir nichts von unserer wirklichen Vergangenheit sagen, doch dafür hätte ich die Möglichkeit als Patient an deiner Seite zu stehen."

Es klang stark nach der Naivität eines kleinen Kindes „Was hast du dir dabei gedacht? Du wusstest was deine Eltern machten, doch du bist auf so einen dummen Deal hereingefallen."

Seine Augen waren schon glasig „Es war nicht der einzige Deal. Nach einer Weile in der Anstalt, bekam ich einen weiteren. Kenneth bot mir an, wenn ich ihm die Frage beantworten würde, wer ich wirklich sei, dann unterschriebe er deine Entlassungspapiere."

Das war der zweite Deal, der für mich kein Sinn machte „Und wieso hast du dann nicht seine Frage beantwortet?"

Seine Ausrede war peinlich „Ich konnte es nicht. Auf diese Frage findet man wirklich nur schwer eine passende Antwort."

Ich gab ihm eine passende Antwort „Ich hätte eine, mein Name ist Talian Hunter ein Lügner und Verräter seines eigenen Blutes."

Er schaute mich wieder direkt an und sprach, als hätte er nur das Ende des Satzes verstanden „Du glaubst mir also, dass ich dein Bruder bin."

Ich schätze, er würde mich nicht darüber anlügen und es war auch nicht so, als hätte ich eine Erinnerung an etwas Widersprechenden „Hättest du es mir früher gesagt, dann hätte ich dich nicht zurückgelassen, da ich nicht meine Familie im Stich lassen würde." Sein Blick wendete sich schweigend ab „Sieh mich an." Er fügte sich widerwillig „Du hast mich verraten, doch du bist auch meine Familie, also werde ich dir vorerst verzeihen und wieder vertrauen." Er kam auf mich freudig zu und wollte mich umarmen, ich hielt ihn mit meiner Hand auf Entfernung „Sag mir zuerst, wie hast du mich überhaupt hier gefunden?"

Seine Antwort war verzögert, was mich schon an seiner Aufrichtigkeit zweifeln ließ „Ich habe mir die Liste angeschaut, dies war der nächste erwähnte Ort."

Er konnte wohl nur Lügen „Du hast niemals die Liste gesehen, ich habe sie dir keinmal gezeigt."

Das ich ihm jetzt nicht an der Gurgel packte, war das letzte Zeichen meines guten Willens „Nein, du hast sie mir nicht gezeigt, doch ich fand sie bei deinem Motorrad."

Ich hatte das Motorrad in Windermere geparkt, er konnte es nicht finden „Woher wusstest du, wo das Motorrad stand?"

Schon wieder gefiel mir seine Antwort nicht „Nenn es Schicksal, oder Zufall, doch ich fand es am Fluss von Windermere."

Seine Geschichte war noch löchriger als die Regierungsebene nach Toms Attentat „Sag mir einfach die Wahrheit, die schuldest du mir."

Meine Hand hielt sich nicht mehr zurück und setzte eine Waffe an Talians Gesicht, als ich einen Schuss direkt unter uns hörte „Jack hat dich zu mir geführt, er ist momentan da unten, richtig?"

Er schüttelte den Kopf „Nein, ich würde dich nicht verraten, Bruder."

Bruder, er nannte mich wirklich ohne Scharm, seinen Bruder „Ein Bruder würde nicht lügen."

Ich richtete meine Waffe um, als ich hinter mir ein motorisches Geräusch hörte. Eine Luke hat sich geöffnet und ein Mann fuhr mit einer kleinen Scheibe unter seinen Füßen, die scheinbar wie ein Lastenaufzug funktionierten, hoch. Als die Scheibe stehen blieb, trat er einen Schritt zur Seite und die Luke schloss sich wieder. Der Kerl lächelte nur als er mich erblickte „Sorry, ich war schon vor dir hier. Du kannst dir ja den letzten der Liste nehmen."

Sein Lächeln verschwand, als ich die Waffe nicht senkte „Michael, du willst mich doch nicht erschießen?"

Meine Tarnung war also bei ihm noch nicht ganz aufgeflogen, also konnte ich sie noch nutzen „Wusstest du es?"

Er nickte „Es war klar, dass du es ihm irgendwann sagen würdest. Ja, Talian ist dein Bruder."

Das wusste er also auch, doch das wollte ich gar nicht wissen „Das meinte ich nicht, ich weiß."

Er ließ mich nicht ausreden „Gut, dann ist mein Plan ja noch sicherer."

Nachdem ich diese Worte hörte, ertaubte ich. Alles wurde kalt und gefühllos, ich konnte Talian schreien sehen, doch nicht hören. Ich schaute auf den Boden und sah rot. Ich ging in die Knie und ließ die Waffe fallen.

Jack kam auf mich zu „Keine Angst, ich werde dich nicht töten, ich gebe dir nur einen neuen Anreiz. Der Alte funktioniert ja nicht mehr, da der gute King meine Tarnung auffliegen ließ." Er drückte nur mit seinem Finger gegen meinen Kopf und ich fiel um „Du wirst dich bald regenerieren, doch dann bin ich schon längst mit deinem Bruder weg." Talian stand starr vor Angst, als Jack mir ein kleines Gerät auf die Brust legte, gleich über der Austrittswunde der Scharfschützenkugel „Das ist nur ein Knopf, diesen kann man drücken und du drückst diesen, sobald du das nächste Mal meinen Freund Ryan triffst. Deine Wunde wird wahrscheinlich in ein paar Stunden geheilt sein, dir wird vielleicht ein bisschen Schwindelig während des Heilungsprozesses, aber danach wirst du dich wie ein neuer Mensch fühlen, ich verspreche es. Ich hoffe zumindest, dass du das schaffst, ich bin mir sicher, dass auch Talian dir die Daumen drückt, er ist noch so jung, wir wollen ja auch das er alt wird, richtig?"

Mit dieser Drohung richtete er seine Waffe auf Talian und verschwand mit ihm. Ich lag alleine und blutend im Dreck, nach Luft schnappend und vor Schmerzen stöhnend. Der Boden war hart und so kalt wie Stahl, doch selbst die Kälte verschwand in Angesicht der Dunkelheit. Waren meine Augen offen oder geschlossen, ich konnte es nicht sagen, alles wurde schwarz und selbst die Schmerzen verschwanden.

KAPITEL 8

„Es ist dein Zug.", sprach eine Stimme aus der Dunkelheit.

Meine Augen öffneten sich nur schwer und erblickten auch nur mit Mühe die Umrisse meines Gegenübers. Ich saß auf einen Stuhl, der wahrscheinlich härter war als Stein. Vor mir stand ein Schachbrett mit Figuren, doch ich hatte Probleme es genauer zu erkennen. Es war verzerrt und verschwommen, wie mein Gegenüber, doch ich hörte das dauernde Umstellen von Figuren, obwohl keiner von uns die Hände bewegte. Die verspottende Stimme meines Rivalen, ließ jedoch die Figuren stoppen „Noch drei Züge und deine Zeit ist vorbei."

Seine Stimme klang wie die eines Toten, sie war erwachsen und ohne Gefühl, für einen Moment zumindest war ich verwundert, bis ich mich wieder erinnerte. Ich lag blutend am Boden, niemand war da. Niemand war da, der mir helfen konnte, ich musste gestorben sein „Wo bin ich?"

Die verschwommene Person schüttelte den Kopf „Du fragst, die falschen Fragen. Du bist da, wo du warst. Mach deinen Zug."

Ich konnte die Figuren nicht einmal sehen, wie sollte ich also einen guten Zug machen. Das Schachspiel interessierte mich eh nicht, wenn dies keine Erinnerung war, dann musste dies wohl der Tod sein, aber wieso hat er denn diese Stimme „Ich kenne deine Stimme, wie kannst du noch leben?"

Sein Schemen wurde deutlicher „Du hast es immer noch nicht verstanden, oder? Ich habe noch nie gelebt."

Meine Augen passten sich wohl an, da ich nicht nur schon die Bauern und den Turm beider Farben sehen konnte, sondern auch die Figur vor mir. Wie ich es schon an der Stimme erkannt hatte, war es Aiden. Obwohl ich klarer sah, verstand ich ihn nicht „Was meinst du damit?"

Er zeigte auf das Brett „Zieh, es ist dein Zug."

Nach meiner Erinnerung hasste es Aiden Schach zu spielen „Was ist, wenn ich nicht ziehe?"

Ihm war es sehr Ernst „Es geht nicht darum, ob du ziehst oder nicht, du hast keine Wahl. Es geht darum, wen du ziehst."

Ich hatte die Hoffnung, nachdem ich gezogen hatte, dass Aiden mit mir normal redete, doch als ich den Bauern ein Feld nach vorne zog, fiel alles zusammen „Gute Wahl."

Aiden löste sich auf mit diesen Worten als Abschied. Mein Stuhl wurde mir weggezogen und ich fiel, fiel in das unendliche nichts. Der Boden, der mir gerade noch halt gab, verschlang mich und schickte mich in vollkommene Dunkelheit. Der Fall fühlte sich nach Stunden an, doch kein Ende war in Sicht, trotzdem landete ich. Eine Stimme weckte mich, zumindest dachte ich das, bis ich bemerkte, dass diese Stimme meine war „Es ist dein Zug."

Diesmal kamen die Worte aus meinem Mund, obwohl ich sie nicht sagte. Ich durchlebte wohl diesmal eine Erinnerung, oder ich verlor einfach meinen Verstand. Als ich mir meinen momentanen Gegenüber ansah, wünschte ich, dass ich seine Kehle aufschneiden würde, doch da ich in dieser Erinnerung nur gefangen war, wusste ich gleichzeitig, dass er mit seinem wertlosen Leben davonkäme „Wir sollten die Zeit, die wir haben, uns zu unterhalten, nicht mit einem Schachspiel verschwenden."

Jack war wohl kein guter Schachspieler, oder er zog so schlecht nur als einfache Tarnung „In Ordnung, aber wenn wir das durchziehen, dann müssen wir darauf achten, dass meine Eltern dabei sterben."

Das Gespräch war wohl zwischen uns, als wir Beide noch Teil des Lazarus Projekts waren „Dein Vater wird dir doch heute noch eine weitere Dosis verabreichen, du schaltest ihn aus und wenn du die Tür öffnest, werde ich dich schon erwarten."

Er war es also der, der mir die Waffe gab „Sagen wir, das wird alles so ablaufen, wie kommen wir denn weiter, die anderen Ärzte werden, sobald sie von uns Wind bekommen, alles abriegeln."

Mein vergangenes Ich hatte noch nicht so viel Vertrauen in den Plan, welcher ihn wohl aus dieser Anstalt befreit hatte „Nichts wird für uns versperrt sein, bevor sie uns bemerkt haben, war ich schon beim Generatorraum und habe mich etwas ausgetobt."

Durch den fehlenden Strom, wurde das Lebenserhaltungssystem der Zellen ausgeschaltet, durch ihn starben also alle, ich konnte nicht glauben, dass ich daran nicht gedacht hatte „Ohne Strom werden sich die Türen schließen, wie sollen wir dann noch rauskommen?"

Jack lächelte mich hochnäsig an „Der Haupteingang funktioniert ohne Strom, es ist nur eine alte Bunkertür, mit Mannkraft bekommen wir sie auf."

Er meinte wohl den Eingang, den Tom und ich auch nutzten „Wie sollen wir zum Eingang kommen, bis wir da sind, haben uns die Soldaten schon längst durchlöchert."

Bei dem Eingang lagen keine Leichen von Soldaten, zumindest nicht mehr, als ich dort wieder einstieg „Die meisten Männer werden sich im Höllentor aufhalten."

Das Höllentor klang nach etwas Unvorstellbarem, doch ich konnte mir etwas darunter einbilden, die stählerne Tür, die mich direkt in die Hölle führte, alles war dahinter verbrannt, es sah aus wie in der Hölle „Der Raum wird doch nur genutzt, wenn wir das erste Mal die Injektion bekommen."

Jack nickte traurig, doch ich wusste, dass er dies nur spielen konnte, Emotionen hatte er nicht „Ja, es wird wohl einen neuen von uns heute geben, doch wir werden ihn wohl kaum sehen, da."

Sein Mund fiel zu, als sich ein Mann mit Kittel näherte. Es war derselbe, den meine Hände erwürgen würden „Acht, Zeit für dich in deinen Raum zu gehen. Dreizehn, du folgst mir, für deine Injektion."

Jack stand auf und ging ohne Widerrede, ich blieb jedoch noch sitzen „Du traust dich noch nicht mal mich richtig anzusprechen. Willst du mich denn nicht, Sohn nennen?"

Nicht, dass ich damit nicht schon gerechnet hatte, doch es war schön Gewissheit zu haben, dass dieser Bastard durch meine Hand getötet wurde „Komm einfach mit, ich will es auch nicht Schmerzhafter machen für dich, als es sein muss."

Ich stand auf und ging ihm hinterher. Er führte mich dem Gang entlang, doch er war um einiges dreckiger, als ich ihn vorfand, noch keine Leiche waren gestapelt. Wir stoppten vor dem dreizehnten Raum „Du kennst das Prozedere."

Es fühlte sich wie ein Albtraum an, welchen man nicht mit dem größten Willen kontrollieren konnte. Ich ging in den Raum und setzte mich auf den Stuhl. Meinen linken Arm machte ich selbst fest, bevor der Arzt reinkam. Er machte dann meinen anderen Arm auch noch fest und holte die Spritze. Er setzte sich auf den Stuhl und schaltete die Lampe über mir an. Es war genauso wie in meiner letzten Erinnerung, doch diesmal verstand ich die Worte „Ich kann es dir ja jetzt schon sagen, du wirst es eh bald sehen. Unser Deal ist hinfällig."

Auch meine eigenen Worte konnte ich hören „Du mieser Bastard, er ist also der Neue. Wie kannst du das deinen eigenen Sohn antun?"

Ich fragte ihn, obwohl ich selbst sein Sohn war. Ich brach mir mein rechtes Handgelenk und befreite mich, in Sekunden war es schon wieder regeneriert und ich packte ihn am Hals. Bevor ich ihn tötete sagte er nur noch „Du hast doch nicht ernsthaft geglaubt, ich halte mein Versprechen."

Talian war also auch ein Teil des Projekts, schon wieder ein Geheimnis, was ich nicht durch ihn herausfand. Der Raum löste sich auf und ich fiel ein letztes Mal in diese Dunkelheit. Ein letztes Mal weckte mich eine Stimme aus dem Traum „Hey, wir haben keine Zeit für einen Schönheitsschlaf, wir müssen hier weg."

Mein Körper lag immer noch am Boden, meine Brust war blutverschmiert und Tom schüttelte mich an meinen Schultern „Sag das mal einen der gerade von einem Scharfschützengeschoss durchlöchert wurde. Gib mir einen Moment."

Ich versuchte mich aufzurichten, schaffte jedoch nur auf ein Bein zu knien „Dafür haben wir keine Zeit, die Soldaten der Einrichtung, denken ich hätte Lind getötet."

Er griff mich unter meinen Arm und zog mich hoch. Ich humpelte mit ihm als Stütze in Richtung Auto „Wieso denken sie das, Jack war es doch?"

Bei jedem Schritt wurde ich stärker, doch es reichte nicht, um selbst zu laufen „Jack? Ich habe nur, nachdem ich den Schuss hörte, die Leiche von Lind gefunden und die Soldaten mich, war Jack uns etwa wirklich so viel voraus?"

Ich nickte mit meiner neugewonnenen Kraft „Ja, er kam aus derselben Luke wie du, kurz nachdem wir uns trennten."

Wir sahen das Auto, er legte mich gegen die Motorhaube und öffnete die Beifahrertür „Ich dachte er würde dir vertrauen, wieso hat er dich dann angeschossen?"

Er packte mich und setzte mich in den Wagen „Er wusste, dass Ryan mir die Augen öffnete und ich nun gegen ihn spiele."

Tom eilte zur anderen Seite des Wagens und stieg gerade noch rechtzeitig ein, bevor die ersten Schüsse fielen „Sind die Scheiben kugelsicher?"

Die Frage beantwortete ein Schuss eines Soldaten, der meinen Kopf gerichtet war, er prallte an der Scheibe ab. Die Scheibe blieb stabil und hatte nur ein Steinschlag, deswegen konnte ich noch einen kleinen Seufzer aus Erleichterung herauslassen. Tom startete den

Motor „Die Scheiben sind nicht Kugelsicher, nur verstärkt, also Kopfrunter."

Es war wohl göttliche Fügung, dass ich nicht durch diesen Schuss getötet wurde, doch ich wollte es auch nicht auf ein zweites Mal darauf ankommen lassen, also senkte ich meinen Kopf, während Tom seine Fähigkeiten beim Rückwärtsfahren unter Beweis stellte. Ich musste zugeben, dass Tom ein guter Fahrer war, er manövrierte uns ohne Probleme aus der Situation heraus. Als die Schüsse aufhörten und die Soldaten nicht mehr zu sehen waren, sah man der Frontscheibe an, dass sie keinen weiteren Schuss ausgehalten hätte. Tom driftete gekonnt auf eine Nebenstraße ab und wendete den Wagen in Fahrtrichtung „Wir sollten uns mit Ryan kurzschließen und ihm die Sache erklären. Er sollte nicht an unserer Loyalität zweifeln."

Er zog seine Jacke aus und band sie um seine Hand. Meine Annahme das die Frontscheibe sehr Instabil war, bewies Tom indem er sie aufschlug „Bist du wütend?"

Mir war es klar, warum er es gemacht hatte, doch er sah trotzdem nicht erfreut aus „Ich will nur etwas sehen. Wie geht es deiner Wunde?"

Er schlug wütend das Loch der Scheibe größer „Es fühlte sich fast so an, als wäre ich gestorben, doch so langsam verschwindet der Schmerz wieder."

Als ich wieder an diesen Moment zurückdachte, erinnerte ich mich auch an die Worte von Talian, er fand mein Motorrad und musste auch mit diesem dann hierhergekommen sein, doch dass er Motorradfahren konnte war wohl so überraschend wie bei mir „Tom, hast du ein Motorrad im Wald gesehen?"

Er war überrascht von der Frage, also musste ich nicht mal auf eine Antwort warten „Das hatte ich mir gedacht."

Talian hatte mich schon wieder betrogen, wie konnte ich ihm also trauen, dass ich sein Bruder war „Wieso fragst du nach einem Motorrad?"

Ich bezweifelte es stark, doch versuchte es trotzdem „Vergiss das Motorrad. Was weißt du eigentlich noch über mich?"

Er sagte nicht direkt nichts, also hatte ich Hoffnung „Worauf zielst du ab? Ich habe dir alles gesagt, was ich übers Lazarus Projekt weiß."

Ich wusste nicht, ob er seine Formulierung als Witz gewählt hat oder ihm die Ironie auffiel, doch da ich mir ziemlich sicher war, dass Tom keine Witze machte, musste es wohl Zufall gewesen sein „Ich rede von meiner Familie, du wusstest von meinen Eltern, noch etwas genaueres vielleicht?"

Er schüttelte den Kopf, doch das Zögern in seiner Antwort, gefiel mir nicht „Nein." Er war noch nicht ausgesprochen „Doch es gibt vielleicht ein ehemaliges Regierungsmitglied, was dies weiß."

Das hörte sich sehr interessant an, doch das warf nur noch mehr Fragen auf „Wieso hast du jetzt erst dieses ehemalige Regierungsmitglied erwähnt?"

Auf seiner Zunge war der Zorn zu hören „Weil ich mir versprach diese Person in dem Loch verrotten zu lassen, in das ich ihn gesteckt habe."

Er war wohl kein Freund von ihm, ich wollte nicht genauer auf seinen Hass eingehen, auch wenn die Fragen mir nur so durch den Kopf schossen „Verstehe, doch ich muss mit ihm sprechen."

Keine Zeit auch nur ein weiteres Wort zu sprechen, kam schon seine Antwort „Nein, wir haben erst eine Mission zu erfüllen."

Er wollte mich nicht zu ihm bringen, er wusste wohl doch etwas mehr als er zugab „Du hast eine Schwester, also wirst du mich wohl verstehen, dass die Familie vorgeht."

Er konnte mir meinen Wunsch nicht verwehren, wenn ich die Familienkarte ausspielte und das tat er auch nicht „In Ordnung, doch wenn ich dich zu ihm bringe, dann musst du mir etwas versprechen. Nachdem du deine Frage gestellt hast, tötest du ihn."

Diese Forderung hatte ich wirklich nicht von ihm erwartet, doch ich hatte wohl keine Wahl, um die Wahrheit herauszufinden „Ich habe kein Problem damit meine Hände schmutzig zu machen, doch das hast du auch schon öfters selbst gezeigt, also wieso machst du es nicht?"

Er zögerte, doch schließlich kam er doch mit der Wahrheit heraus „Er ist mein Vater."

Damit hatte ich wirklich nicht gerechnet „Dann bin ich wohl nicht der einzige mit Vaterproblemen, doch das beantwortet nicht die Frage."

Er sah mir in die Augen „Ja, ich habe getötet, doch er ist Teil meiner Familie, wenn ich ihn töte, dann könnte ich meiner Schwester niemals wieder ohne Schuld in die Augen sehen."

Er richtete seinen Blick wieder auf den Weg „Verstehe, zumindest zum Teil, ich habe selbst meinen Vater umgebracht, weil ich meinen Bruder beschützen wollte."

138

Sein Gesicht war zwar noch zur Straße gerichtet, doch trotzdem drehte er kurz seine Augen zu mir „Du hast einen Bruder?"

Es war schwer die richtige Antwort zur Frage zu finden, doch all meine Informationen beantworten diese gleich „Ja. Doch ich kann es nicht mit Sicherheit bestätigen, ich muss erstmal alles über meine Vergangenheit herausfinden. Kann dein Vater mir meine Fragen beantworten?"

Er nickte, als hätte er eine frische Entscheidung getroffen und schwieg die restliche Fahrt lang. Über das Thema Familie wollten wir beide wohl nicht reden. Auch wenn ich an ihn so viele Fragen über seinen Vater hatte, wollte ich sie nicht stellen.

Nach einigen gefühlten Stunden an Fahrt, schaute ich mir noch einmal meine Wunde an, es war nur noch eine Narbe zusehen. Ich konnte mich wohl glücklich schätzen, dass ich Teil dieses Projekts war, sonst wäre ich nur noch Futter für die Würmer. Das Auto hielt, doch unser Schweigen blieb noch kurz bestehen. Ich schaute aus dem Fenster und sah schon wieder dieses Haus. Natürlich bemerkte Tom meine Verwunderung „Es tut mir leid, doch mein Vater starb schon vor Jahren an einem Herzinfarkt und hatte nie etwas mit der Regierung zu tun. Es ist keine Person mehr, die etwas von dir wissen könnte, am Leben."

Ich öffnete die Tür, hypnotisiert vom Haus „Mir auch."

Er klang so überzeugend, ich hatte ihn nicht mal eine Sekunde infrage gestellt und seine Bitte, etwas mehr musste dahinterstecken, doch das war mir gerade nicht so wichtig. Ich stieg aus und trat die Tür mit meinem linken Fuß leicht zu.

Ich wurde von der hölzernen Haustür angezogen, doch als ich vor dieser stand, sah ich diesmal mein eigenes Gesicht, auch wenn es für mich kaum noch ein Unterschied zu dem von Tyron gab. Meine Hand umschlang den Knauf und drehte ihn. Die Tür ging mit einem langsamen Knarren auf und zeigte mir dieselbe Kommode wie in meinem Traum. Ich lief durch das alte Familienhaus auf der Suche nach der Kellertür. Als ich sie Fand war sie offen und das Licht brannte schon. Ich dachte es wäre jemand unten, also versuchte ich die Treppen herunterzuschleichen. Es war ein schnell gescheiterter Versuch, bei der ersten Stufe bemerkte er mich schon „Komm schon herunter, ich beiße nicht, zumindest nicht immer."

Da er anfing zu lachen, konnte ich ihn ohne Probleme auch blind identifizieren. Ich ging die restlichen Treppenstufen herunter und dort stand er. Eine Schlange hatte sich um seinen Arm gewickelt „Die Schlange betont deine grünen Augen."

Er kam lachend näher „Woher denkst du kommt mein Name?"

Er war also Snake Eye, das wunderte mich wirklich nicht mehr, doch er konnte nicht mehr vor mir stehen „Du wurdest erschossen, wieso lebst du noch?"

Seine Schlange richtete den Kopf zu mir, seiner folgte nur „Du wurdest ebenfalls angeschossen und das auch noch recht tödlich, also wieso stehst du noch so fit vor mir."

Es konnte nicht sein, er war nicht da „Du bist doch nicht."

Ich erinnerte mich an die Worte von meinem Vater, das neue Mitglied war mein Bruder, ich hatte mich wohl getäuscht, dass damit Talian gemeint war. Er unterbrach meinen Gedankengang „Nein, verbann diesen Gedanken gleich schonmal aus deinem Kopf."

Sein Lachen wurde mit jedem Schritt den er mir näher kam lauter, bis es so laut wurde, dass ich meine eigenen Gedanken nicht mehr hören konnte „Du weißt wirklich nichts, doch vielleicht ist das auch vorerst besser so."

Mein Kopf platzte, zumindest fühlte es sich danach an. Ich sackte zusammen und hielt mich nur noch auf allen vieren. Als ich nur noch nach Luft schnappte, bückte sich Tyron über mich „Du siehst krank aus, vielleicht hättest du doch die Pillen nehmen sollen, naja zumindest fängst du nicht an Tote zusehen, oh warte, fast vergessen, ich starb und dass nur für dich. Ich hoffe dein kleiner besonders zerbrechlicher Kopf hält die Wahrheit aus. Das sage ich jetzt sehr ungern, doch du gehörst wirklich in eine Irrenanstalt."

Lachend löste er sich auf und ließ mich am Boden zurück. Nach seinem Verschwinden konnte ich wieder normal atmen, doch mein Kopf fühlte sich immer noch an als hätte man ihn in den Mixer gesteckt. Ich fiel schnaufend auf meinen Rücken „Werde ich verrückt oder war ich das schon die ganze Zeit?"

Zuerst fehlte mir die Kraft aufzustehen, dann der Wille, also blieb ich liegen und betrachte den Raum, der immer noch voller leerer Terrairen war. Ich konnte nicht ewig auf dem Boden liegen bleiben, also stand ich langsam wieder auf und klopfte den Dreck ab. Mir fiel erst dann auf, dass ich glücklicherweise dunkle Kleidung gewählt hatte, da sah man nicht so gut mein Blut. Ich schaute mir den Keller genauer an, doch fand nur noch mehr Staub und Käfige. Es gab hier nichts mehr zu finden.

Die Stufen knarrten wieder als ich den Keller verließ und mich im Erdgeschoss umsah. Meine Beine bewegten sich nicht mehr, als meine Augen eine Blutpfütze erblickten. Es war der Ort, an dem ich sie tötete, die Frau in meinem Traum, hier hatte ich sie getötet ohne mit der Wimper zu zucken, sondern mit einem Lächeln. Ich schüttelte den Kopf und vergaß diesen grausamen Albtraum, damit ich wieder weitergehen konnte.

Das Erdgeschoss war leer, also begann ich im ersten Stock nach Informationen zu suchen. Oben angekommen standen mir zwei Richtungen zur Auswahl. Meine Entscheidung zuerst nach rechts zu gehen hatte mich belohnt, ich fand ein Zimmer, das verriegelt wurde „Hat da etwa jemand versucht, die Vergangenheit zu begraben."

Ich trat die Tür auf und brach damit den Riegel durch. Hinter der Tür befand sich ein Kinderzimmer, auch wenn es für ein solches sehr trostlos aussah. Es waren keinerlei Bilder an der Wand, sonst standen nur noch ein Bett, eine Kommode mit paar Büchern und ein kleiner Schreibtisch im Raum. Ich schaute mir die Bücher im Regal an, es waren Enzyklopädien und keine Kinderbücher, welche das Zimmer nur noch trostloser erschienen ließen. Eins der Bücher lag nicht im Regal, sondern auf dem Schreibtisch. Auf diesem war nur noch eine flexible Leselampe, sonst war er leer und unpersönlich wie der Rest des Zimmers. Ich nahm das Buch in die Hand und pustete den Staub weg. Aus irgendeinem Grund sortierte ich das Buch wieder in das Regal ein. Der Raum war ebenfalls eine Sackgasse, also setzte ich meine Suche fort.

Es war das einzige Zimmer rechts von der Treppe, also ging ich diesmal den anderen Flur entlang. Er führte zu zwei weiteren Zimmern, ich öffnete das erste und erblickte wieder ein graues Schlafzimmer, es war genauso leer und hatte auch dieselbe Atmosphäre wie das letzte Zimmer. Mir fehlte das Verlangen das Zimmer zu durchsuchen, also öffnete ich den letzten Raum. Wüsste ich es nicht besser, hätte ich gesagt, ich wäre in einem anderen Haus. Das Zimmer war nicht trostlos, ganz und gar nicht, doch das machte mich noch trauriger, als ich eine Kinderzeichnung erblickte, die an der Wand aufgehangen wurde. Vom künstlerischen Talent abgesehen, war es eine gestellte Zeichnung, es waren nur zwei Strichmännchen, doch man konnte merken, dass das Kind welches dies zeichnete niemals so ein Leben hatte. Die beiden Strichmännchen hielten ihre Hand und neben ihnen war ein genauso schlecht gezeichneter Hund.

Sie alle hatten einen Namen und das erschreckendste war nicht, dass die beiden Kinder, die Namen Talian und Michael hatten, sondern dass über dem Hund auch noch ein Name stand. Meine Finger griffen gierig nach dem Bild und rissen es von der Wand. Als meine Augen sich auf die Zeichnung fixierten, verschwamm alles andere um mich „Nettes Hündchen."

Die Stimme kam aus meinem Mund, doch es war nicht mehr mein Körper, sondern der eines Kindes. Es wurde wohl wieder eine Erinnerung hervorgerufen, doch ich hielt immer noch die Zeichnung in der Hand. Bis diese mir von einem kleineren Kind abgenommen wurde „Das ist ein starker Wolf."

Der andere Junge hatte weiße Haare wie auf dem Bild, also befand ich mich wohl in meiner Kindheit und somit musste das Talian sein. Er hatte also wirklich schon immer weiße Haare, also kann er auch die Wahrheit sagen. Mein vergangenes Ich setzte sich auf das Bett „Ich finde der sieht mehr aus wie ein kleiner Fuchs, der passt doch auch besser zu dir. Was soll das auch für ein Name sein für ein Wolf, Aiden?"

Der Name des Wolfes verunsicherte mich immer noch, aber ich schrieb es als Zufall ab „Der Wolf ist auch nicht auf meiner Seite des Bildes, er gehört zu dir."

Ich wusste nicht warum, warum mir eine Träne über die Wange lief, doch meine Hand strich sie beim Bemerken weg „Wölfe sind alleine einsam, du solltest noch einen dazu zeichnen."

Er streckte mir das Bild hin und zeigte auf mich „Das habe ich doch. Bruder, was willst du jetzt eigentlich von mir, ich muss noch Hausaufgaben machen."

Meine Stimme wurde recht tief und ernst für die eines Kindes „Ich wollte es dir persönlich ausrichten. Es ist so, wir werden uns für eine recht lange Zeit nicht mehr sehen können."

Die Erinnerung verblasste wieder und ich erkannte wieder mein normales Umfeld „Wir waren also Brüder, ich schätze das war wohl unser letztes Gespräch vor der Psychiatrie."

Das war an sich auch schon die Antwort die ich gesucht hatte, doch ich war noch nicht fertig. Ich faltete die Zeichnung und packte sie neben die Granate, die ich fast schon wieder vergessen hatte. Überm Bett hing noch ein Foto, genauer gesagt, war es ein sehr statisches Familienfoto, auf ihm war Talian, unser Vater und die Frau, die in meiner Erinnerung von Tyron getötet wurde, zusehen „Wenn du auf dem Foto bist, dann wirst du wohl unsere Mutter gewesen sein. Dich habe ich also auch erwischt."

Ich habe die Personen, denen ich mein Leben zu verdanken hatte, kaltblütig getötet und ich fühlte nichts bei dem Gedanken. Obwohl, das stimme nicht ganz, ich war stolz, glücklich und erfreut, dass ich sie für das, was sie mir angetan hatten, töten konnte „Das macht mich wohl zum Monster, doch einer muss es ja sein."

Der Raum gab mir keine weiteren Informationen, also ging ich aus dem Zimmer und schloss die Tür hinter mir. Wieder im Flur, bemerkte ich Schritte, sie waren langsam und nahezu nicht hörbar. Meine Hand glitt unter meinen Mantel und zog eine meiner Pistolen. Ich passte meine Schritte, den anderen an, bis ich direkt neben der Treppe stand. Mit der Wand als Deckung wartete ich schussbereit. Die Schritte kamen näher und näher, bis die Person meine Pistole direkt vorm Gesicht hatte. Der Gedanke, dass es diese Person wäre, kam mir schon, als ich die Schritte bemerkt hatte, deswegen schoss ich nicht sofort, sondern packte die Waffe wieder weg. Es war schön, dass er selbst zu mir gekommen war, da ich noch definitiv mit ihm freundlich und friedlich reden wollte. Ich verpasste ihm eine saftige Rechte und drückte ihn gegen die Wand, wie er damals mich im Labor „Was soll das?"

Tom verstand wirklich nicht, was ich meinte, zumindest nach seinem Blick. Ich drückte ihn stärker gegen die Wand, vielleicht verstand er dann mehr „Spiel nicht mit mir und sag mir alles, was du weißt."

Er stritt es immer noch ab, dass er irgendetwas wusste und wich dem Thema aus „Ich habe dir alles gesagt, was ich weiß, versprochen, doch wir haben auch keine Zeit für einen Streit, wir müssen los."

In seiner Stimme war Sorge, doch trotzdem nahm ich ihn nicht ernst „Du hast mich hierhergeführt, also muss du etwas wissen."

Er schlang sich aus meinem Griff und bedankte sich mit einem Eingeweideschlag. Ich krümmte mich etwas und schnappte nach Luft „Hör mir doch erstmal zu."

Meine Ohren waren für seine Worte gerade geschlossen. Mein Blick traf seinen, bevor ich auf ihn zustürmte wie ein wildes Tier und ihn gegen die Wand am anderen Ende des Flurs drückte. Er hämmerte seinen Ellbogen wiederholt in meinen Rücken, bis ich mich aufrichtete und ihm in die Seite schlug „Es tut mir leid."

Mir war nicht bewusst, wofür er sich entschuldigte, bis es zu spät war. Er schoss mich nieder mit einer Schallgedämpften Pistole, die Kugel traf mich an derselben Stelle, wie die vom Scharfschützen, doch das Projektil war nicht mal annähernd so groß und schmerzhaft. Ich taumelte etwas zurück und hielt mich an der Wand gegenüber von Tom fest „Du hättest mir einfach zuhören sollen, wir müssen sofort los. Meine Schwester ist in Schwierigkeiten, also entweder du schwingst dich jetzt in den Wagen, oder ich lass dich hier zurück."

Wir legten vorerst unsere Differenz nieder „Woher weißt du das überhaupt?"

Er packte seine Waffe weg „Während du die Nacht unter dem Sternenhimmel verbracht hattest, gab ich ihr ein Prepaid Handy, ich hatte mehrere im Keller des Hauses versteckt, doch ich kann sie nicht mehr erreichen."

So viel zu seinem sicheren, nur ihm bekannten Versteck „Vielleicht ist es einfach leer, das ist wohl kaum ein Grund mich zu erschießen."

Er reichte mir die Hand „Stell dich nicht so an, du regenerierst schneller als ich nachladen kann."

Der Punkt stimmte zwar und ich merkte kaum noch Schmerzen, doch das macht es wohl kaum in Ordnung „Ist trotzdem kein wirklich angenehmes Gefühl."

Ich nahm die Hand nicht an, sondern raffte mich von selbst auf „Komm, wir haben keine Zeit zu verlieren. Unsere Diskussion führen wir während der Fahrt weiter."

Dies taten wir auch dann gleich, nachdem wir beide das Haus verließen und in das Auto einstiegen. Als die Beiden Türen geschlossen waren und er den Wagen startete, fragte ich ihn ein letztes Mal „Woher wusstest du von diesem Haus?"

Er hätte mir vieles Sagen können und ich hätte ihn alles nicht geglaubt, doch das was er sagte, konnte ich nur bezweifeln „Ich habe es in deiner Akte gelesen."

Entspräche das der Wahrheit, gab es keinen Grund für ihn, mir das nicht vorhin schon gesagt zu haben. Es musste etwas sein, was uns lange streiten ließe, deswegen verschwieg er es mir wohl „Was steht noch in meiner Akte?"

Ihm war sofort klar, dass ich ihm misstraute, doch er ließ es sich nur schwer anmerken und zog die Fassette weiter auf „Du hattest eine Familie, doch alle von ihnen starben."

144

Für einen Toten geht es Talian sehr gut „Mein Bruder lebt noch, also haben wir da schon mal einen Zwiespalt."

Er war überraschter als erwartet, doch als Auftragskiller sollte man auch ein guter Schauspieler sein „Dein Bruder ist tot, er starb zumindest in den Akten."

Interessant war es wohl einen zu sehen der noch weniger Ahnung als ich hatte, doch somit war er wirklich auch nicht Hilfreich „Deine Schwester war auch in den Akten tot."

Ihm verschlug es die Sprache, doch er konnte auch nichts anderes sagen, außer dass ich recht hätte. Sein Mund blieb für die restliche Fahrt geschlossen, da er mir anscheinend wirklich die Wahrheit sagte und rein gar nichts wusste, deswegen war mir sogar sein Schweigen recht. Wir brauchten alleine um wieder in die Nähe des Waldes zu kommen zulange, um etwas anderes vorzufinden, als das, was der große Bruder schon die ganze Zeit befürchtete. Tom parkte vor der Holzhütte und sprang blitzschnell aus dem Wagen. Er stand schon vor der Holztür, als ich gerade mal aus dem Wagen gestiegen bin. Nach seinem Schrecken als er die Tür öffnete, war es wohl wirklich zu spät, aber er schrie nicht, was ich als halbwegs gutes Zeichen deutete.

Er betrat die Hütte, während ich mich in der Nähe umschaute, es könnten ja vielleicht ein paar Spuren zurückgelassen worden sein. Als ich ein Atemzug hörte, zog ich meine Pistole und drehte mich in Richtung des Geräusches, doch nur Bäume standen mir gegenüber. Tom war immer noch im Haus, also konnte er es nicht gewesen sein. Meine Waffe war schussbereit, während ich langsam nach vorne schritt. Ich blieb vor dem ersten dicken Baum stehen und lehnte mich an ihn. In einer einzelnen Bewegung drehte ich mich um den Baum und zog meine Waffe hinterher. Wie zu erwarten richtete jemand auch eine Waffe auf mich. Ich ließ die Waffe noch oben, auch wenn mein Gegenüber schon wieder die Waffe senkte „Was machst du hier draußen?"

Evie antworte leise und unsicher „Ich habe Motorengeräusche gehört und dachte ich wäre im Wald sicherer."

Ich vertraute ihr wirklich nicht, auch wenn ihre Geschichte Sinn ergab „Wieso bist du nicht ans Handy gegangen?"

Sie antwortete schneller als nötig „Es ist leer. Wieso nimmst du nicht deine Waffe runter?"

Meine Gefahr war wohl gering, doch ich blickte mich zuerst noch einmal um, bevor ich dann die Waffe halfterte. Mein Vertrauen in jeden einzelnen Menschen ist verständlicher Weise nur noch sehr gering, deswegen vertraute ich noch nicht mal ihr, doch schaden konnte sie mir gerade nicht „Woher hast du die Waffe?"

Ihre Antworten waren einerseits zwar logisch, doch ich musste sie einfach hinterfragen „Ich fand sie in der Hütte, kurz nachdem ihr aufgebrochen seid."

Tom trat leider aus dem Haus heraus und unterbrach unser Gespräch, als er Evie erblickte „Evie."

Er rannte nicht zu ihr hin, sondern ging nur leicht beschleunigt, ich hatte zumindest mehr Emotionen von ihm erwartet. Als er neben uns stand, legte er die Hand auf die Schulter seiner Schwester „Es ist schön, dass es dir gut geht."

Es lag anscheinend an mir, da ich bei Tommy in diesen Moment genau dasselbe stechende Gefühl hatte, wie bei der Kleinen „Michael, wärst du so freundlich und würdest drinnen dich ausruhen, ich würde noch gerne mit Evie sprechen."

Schonwieder nannte er sie Evie, was mein Misstrauen nur noch stärkte. In meiner Gegenwart hatte er sie sonst immer Schwester genannt, ihren Namen hatte er noch nie als Anrede gebraucht „Meinetwegen, doch wir werden hier nicht übernachten, sondern gleich wieder losfahren."

Er nickte überraschender Weise „Gut, es war ja auch nur ein falscher Alarm."

Ich zog mich ins Haus zurück. Als ich die noch offene Tür durchschritt, schloss ich sie direkt hinter mir für Ruhe. Das Haus war recht sauber, als hätte jemand aufgeräumt. Tom sah für mich nicht aus wie eine Putzfrau, genauso wenig wie seine Schwester, also warum war der Raum ordentlicher als bei meinem letzten Besuch oder warum war Tommy solange in ihm. Meine Theorien waren zahlreich, doch keine passte perfekt, zumindest keine die noch als logisch oder wirklich schlüssig gelten könnte. Mir fiel nichts Besseres ein, also entspannte ich mich und legte mich auf das Sofa und wartete. Desto länger ich auf die Decke starrte, umso stärker wurde meine Langweile. Umso stärker meine Langweile wurde, desto müder wurde ich auch. Nach meinem knappen Entrinnen des Todes, hatte ich wohl auch eine kleine Pause verdient, jedoch sah das Schicksal dies anders. Schnell und ruckartig, als würde er gleich anfangen loszuschießen, kam Tom ins Haus gestürzt „Wir verschwinden wieder."

146

Meine innere Stimme sagte mir, dass ich bessere Chancen hätte alleine zu verschwinden, doch ich war zu neugierig. Ich wollte einfach herausfinden, ob ich Tom trauen konnte. Mir war bewusst, dass dies sicherlich eine sehr dumme Idee war, doch ich habe die Gefahr lieben gelernt. Als beinahe Unsterblicher konnte ich das wohl auch ohne Probleme, auch wenn mein Verstand sagte, dass ich ihn verloren hätte „Gut, starte den Wagen."

Ich musste mich noch einmal herablassend äußern, bevor Tom die Türschwelle schonwieder überschritten hat „Nächstes Mal hörst du auf mich, wenn ich sage, deiner Schwester geht es gut, geht es ihr gut."

Es war zwar nur für eine Sekunde, doch er blieb kurz stehen. Kurz nachdem er aus dem Haus spazierte, kam schon Evie herein „Tom hat es, glaub ich, eilig, du solltest so langsam aufstehen."

Ich war schon gespannt was Tom diesmal wieder vorhatte, vielleicht will er jetzt Ryan direkt angreifen. In meinen Händen spielte ich mit dem Knopf, den mir der gute Jack gab. Mir war es ja klar, dass ich Tom nicht trauen konnte, deswegen hatte ich auch ein nicht so schlechtes Gewissen für das was noch kommt. Beim Aufstehen packte ich den Knopf ein „Versuch vielleicht mal dein Handy zu laden, dann würdest du uns auch nicht so viel Zeit kosten."

Ich ging an ihr vorbei und warf ihr unbemerkt einen misstrauischen Blick zu, bevor ich dann durch die Tür schritt. Tom saß schon im Wagen und hatte den Motor gestartet. Da er wohl kaum ohne mich losfahren würde, konnte ich mir auch Zeit lassen. Ich steig bequem mit einem Lächeln ins Auto ein, nur Sekunden später fuhr er los. Bei seiner plötzlichen Geschwindigkeit hatte ich Angst, dass er gegen einen Baum fuhr „Da du so eilig warst aufzubrechen, kannst du mir unser genaues Ziel bestimmt nennen."

Sein Blick war fest fixiert „Ryan, wir werden es alles heute Abend beenden."

In seinen Augen brannte Entschlossenheit, während seine Hände das Lenkrad kraftvoll hielten. Es gab keine Möglichkeit ihm von seinem Plan abzuhalten, also meinetwegen, ich tat wieder das übliche „Weck mich, wenn wir da sind, beim Regenerieren hatte ich schon viel Energie verbraucht und ich muss mich wieder aufladen."

Ich hatte zwar keine direkte Antwort erwartet, doch ein kleines Nicken war wohl kaum zu viel verlangt. Ich schloss meine Augen und stieg hinab in meine immer wieder düsteren Träume.

KAPITEL 9

„Das ist ein Fehler", sprach zu mir eine fremde Stimme.

Als ich meine Augen öffnete, war ich weder im Labor noch in meinem Elternhaus. Ich saß auch nicht wieder auf einem Stuhl in der Psychiatrie, ich lag diesmal in einem Bett und ich war nicht allein. Die himmlische Stimme gehörte einer rothaarigen Schönheit, die ich niemals in meinen Leben gesehen hatte. Bei ihren Haaren dachte ich direkt an Tyron und hoffte, dass sie nicht so teuflisch wäre wie er. Der einzige Grund, warum ich dachte, dass dies kein einfacher heißer Traum war, waren die Worte, die aus meinem Mund flossen „Der einzige Fehler ist, dass wir das nicht öfter machen, Catherine."

Nach meinen neuesten Informationen, war sie die Schwester von Jack, doch ich war mir hundertprozentig sicher, dass ich ihr noch nie über den Weg gelaufen bin und ich könnte wohl kaum diesen sogenannten Fehler vergessen haben. Die Rothaarige erwiderte fuchsig „Du weißt, dass ich das nicht meine."

Mir war es klar, dass sie das nicht meinen konnte, doch was sie meinte wusste ich allerdings nicht, auch wenn meine Antwort was anderes verriet „Natürlich, doch wir haben keine andere Wahl. Er muss gestoppt werden, kein Mann sollte so viel Macht haben."

Es war wohl kein Zufall, dass ich Catherine kannte, genauso wie Aiden. Vielleicht kannte mich sogar Aiden, bevor ich in die falsche Anstalt von Kenneth eingewiesen wurde. Doch er hätte mich bestimmt nicht über meine Vergangenheit angelogen. Während ich über die verschiedenen Möglichkeiten nachdachte, fing mein Mund wieder an zu reden „Du hast kein Problem damit, dass er dein Bruder ist?"

Das wir über Jack redeten, vereinfachte die ganze Geschichte nicht für mich. Mir war noch nicht einmal bewusst, wie viel ich schon gemacht hatte, bevor ich eingewiesen wurde, ich bin damals einfach in diesem weißen Raum aufgewacht und hatte mir eine einfache Geschichte erfunden, damit ich nicht meinen Verstand verlor, auch wenn ich zu dem Zeitpunkt noch nicht wusste, dass dieser mich schon lange verlassen hatte. Dieser Traum endete, doch ich wachte nicht auf, ich war immer noch gefangen im Schlaf.

Mir wurde wieder einmal schwarz vor Augen „Konzentriere dich, was passierte danach?"

Die Stimme drang durch das Schwarz, doch ich sah niemanden. Nach dem Klang der Stimme, würde ich sagen, sie gehörte Tyron, doch wieso hörte ich ihn schonwieder. Es war fast so, als kontrollierte er meine Träume, wenn es überhaupt meine waren. Die Dunkelheit wurde klarer und klarer, als ein Lichtschein sie durchbrach, wurde ich in ein anderes Szenario geworfen. Ich stand in einer Art Lagerhaus über mir schien der Mond durch eine Glasscheibe. Ich war keineswegs alleine, doch wurde auch nicht umzingelt. Mein einziger Gegenüber war Jack. Wir hatten aufeinander unsere Waffen gerichtet und schritten mit langsamen Fuß näher an einander heran. Kontrollierte ich momentan meine Hand, hätte ich ihm schon längst einen Kopfschuss geschenkt. Jack blieb ruckartig stehen „Du verrätst mich also."

Mein Kopf schüttelte sich „Nein, du hast uns alle verraten, die ganzen Aufträge die ich erledigte, die waren von dir."

Er zuckte nur eiskalt mit den Schultern „Und? Hatten sie deswegen den Tod minder verdient? Sie waren trotzdem alles Monster."

Ich stand also schoneimal gegen Jack und offensichtlich hatte ich verloren, das bedeutete nichts Gutes für meinen zweiten Versuch. Meine Stimme schrie nur noch „War Catherine auch ein Monster?"

Ein Bild brannte sich in meinen Augen ein, ich hatte die rothaarige Schönheit aus dem ersten Teil des Traumes in meinen Armen, doch ihre Haare waren nicht das einzige Rote an ihr. Ihr Shirt war Blutverschmiert, genauso wie ihr kompletter linker Arm. Von ihrer Hand tropfte immer noch Blut herunter. Das Bild fing an sich aufzulösen und ich stand Jack wieder gegenüber. Seine Antwort war eiskalt wie erwartet „Sie stahl mir, was ich gegen die Säcke aus der Regierung in der Hand hatte."

Mit meiner Stimme schlug auch ein Blitz ein „Sie war deine Schwester, wie kannst du deine eigene Familie verraten."

Sein rechter Mundwinkel zuckte nach oben „Ich bin Adoptiert."

Mein Finger drückte den Trigger zum Anschlag, doch bevor die Kugel den Lauf verließ, wurde mein Schuss abgelenkt. Jemand packte mich von hinten und injizierte mir irgendetwas direkt in den Hals. Die Kugel aus dem Lauf verfehlte zwar das Ziel nicht ganz, aber sie traf ihn nur in die Schulter. Kein Mensch wäre davon gestorben und sicher keiner, der am Lazarus Projekt teilnahm. Das mir Injizierte brauchte nicht lange, um mich zu schwächen. Meine Beine brachen unter mir einfach weg. Ich fiel um, wie ein gebrechlicher alter Mann. Jack kam langsam auf mich zu, deswegen strengte sich mein Körper noch ein letztes Mal an. Egal wie viele letzte Kräfte ich jedoch aufgebraucht hatte, nichts verhalf mir mehr zum Aufstehen, ich kippte einfach zur Seite, als wäre mein Körper schwer wie Blei. Bevor meine Sicht schwarz wurde, konnte ich noch die letzten Worte von Jack hören „Das was du ihn gespritzt hast, hat die richtigen Nebenwirkungen?"

Seine Antwort bekam ich, als meine Augen zu fielen „Ja, vertrauen sie mir, ich bin Arzt."

Es blieb alles schwarz, doch meine Hand bewegte sich nach meinem Willen „Träume ich noch?"

Ich hatte nicht erwartet, dass mir jemand antwortete, was mich nur noch mehr überraschte, als ich dann eine bekannte Stimme vernahm „Das war nie ein Traum."

Ich stand vom Boden auf und drehte mich zur Stimme. Mein Gehör täuschte mich nicht, er war es schon wieder „Dafür, dass du tot bist, sehe ich dich ziemlich oft."

Sein Grinsen jagte mir immer noch keine Angst ein, auch wenn das sein einziges Ziel war „Vielleicht liegt es daran, dass du so langsam verrückt wirst, F60.30."

Er dachte wohl kaum, dass er mich noch mit dieser Anrede nerven konnte „Es war doch alles nur gespielt, wir waren nie krank, ich habe kein Aggressionsproblem."

Er kam lachend an mich herangetreten „Das hattest du aber in der Anstalt anders empfunden. Nur weil das alles ein Schwindel war, muss nicht dein Problem auch ausgedacht sein."

Was hätte das denn für einen Unterschied noch gemacht, meine Geschichte näherte sich dem Ende und Tyrons war schon lange vorbei „Ich habe kein Problem."

Er reichte mir seine Hand „Das werden wir sehen. Willst du nicht wissen, was hinter der Tür liegt, die dir die ganze Zeit so viel Angst gemacht hat."

Ich brauchte nicht wissen, was hinter dieser verdammten Tür lag, ich schlug seine Hand weg „Ich habe schon genug gesehen."

Er lachte hämisch, als er langsam, beim nachhinten Gehen, verschwand „Oh bei weitem nicht, doch ich lass dich vorerst das Schiff steuern und die Erinnerungen behalte ich allein für mich."

Der Boden unter mir machte es ihm gleich. Meine Beine wurden mir wegzogen und ich fing an zu fallen. Träume töten zum Glück nicht, hoffte ich zumindest, als der Fall immer länger und länger andauerte.

Sobald ich meine Augen geschlossen hatte, wachte ich sofort schon aus diesem Albtraum auf. Tom fuhr immer noch durch die Nacht. Ich rieb mir die Augen und setzte mich wieder richtig hin. Der Traum hatte viele Fragen verursacht, doch die konnte Tom mir nicht beantworten, aber mir fiel noch eine Ausnahme ein, die ich schon vor dem Traum wissen wollte „Willst du mir jetzt erzählen, was mit deiner Schwester ist?"

Er zuckte kurz, doch versuchte ruhig zu bleiben „Was meinst du damit? Du hast doch gesehen, dass es ihr gut geht."

Er musste es gemerkt haben, wenn ich es hatte „Findest du nicht, sie hat sich etwas seltsam benommen und woher hatte sie die Waffe?"

An seinen Lügen musste er noch arbeiten „Nein und ich kenne sie wohl besser als du und die Waffe habe ich ihr bevor wir abgefahren sind auf den Tisch gelegt, damit sie sich in Notfall verteidigen kann."

Das passte leider zur Geschichte von Evie, vielleicht war ich auch einfach nur zu paranoid, nach meiner Vergangenheit war dies jedoch auch nur verständlich, trotzdem konnte selbst ich die Geschichte vorerst nicht mehr in Frage stellen, also fing ich an ihn über etwas anderes auszufragen „Bevor wir nun Ryan erledigen, dürfte ich fragen, wieso du diesen Sinneswandel hattest?"

Seine Antwort war nichts wert, mir war es klar, dass er nicht aufrichtig war „Einfach nur weil ich kein Hund mehr an der Leine sein will."

Wie ein Hund an der Leine kam er mir noch nie vor, aber meinetwegen, ich wechselte wieder das Thema „Gut, dann darf ich dich sicher auch noch fragen, ob du Catherine Hendriks kennst?"

Mein Vertrauen verschwand vollständig, als er unglaubwürdig antwortete „Nein, den Namen habe ich noch nie gehört."

Ich konnte nicht sagen, seit wann ich ihn nicht hätte trauen sollen, doch mir war bewusst geworden, dass ich auf jeden Fall jetzt alleine dastand. Ich zog meine Waffe und überprüfte mein Magazin „Deine Waffe ist auch geladen?"

Er nickte, er hatte ja auch erst einen Schuss abgefeuert und das auf mich. Ich steckte wieder meine Waffen weg, doch behielt meine rechte Hand unter meinem Mantel versteckt immer noch am Griff für die restliche Fahrt. Erst als Tom das Auto anhielt nahm ich die Hand von der Waffe und öffnete die Tür. Meine Bewegungen waren langsam, da ich die ganze Zeit auch auf Tommy achtete. Er stieg ebenfalls aus und hatte seine Waffe schon gezogen. Ich wagte es meinen Blick kurz von ihm abzuwenden, um die Gegend zu beobachten. Wir waren wieder in Windermere und hielten an derselben Stelle, an der wir damals losgefahren sind „Denkst du, Ryan wird immer noch hier sein?"

Er stellte sich neben mich und zeigte auf das Gebäude, wo damals die Regierungsspitze ausgeschaltet wurde „Dort hat er sich immer verkrochen, dort ist er immer noch, dort wird er sterben."

Ich lächelte ihn an „Und du wolltest einst einfach nur mit ihm reden. Aber auch egal, nur damit du es weißt, ich beende unser Bündnis."

Bevor er reagieren konnte, hatte ich ihn schon mit meiner Waffe ausgeknockt. Er fiel bewusstlos zu Boden „Sorry, doch du könntest es nur ruinieren."

Ich machte die Autotür wieder auf und nahm Tom hoch. Er war schwerer, als ich erwartete, doch ich konnte ihn ins Auto heben „Ich weiß nicht seit wann du gegen mich arbeitest, doch du stehst definitiv nicht mehr auf meiner Seite. Wir sehen uns, wenn das alles vorbei ist."

Ich durchsuchte Toms Taschen und fand den Bootsschlüssel. Mein Lächeln verschwand und der Ernst der Lage war mir ins Gesicht geschrieben, als ich die Tür schloss und zum kleinen Steg ging. Kein Mensch war zusehen, während ich auf das Boot stieg und den Motor anließ. Ich nahm das Steuer in die Hand und fuhr los. Die Insel war schnell erreicht, genauso wie das Gebäude. Es gab keinen Grund in das Gebäude zu schleichen, er hatte mich wahrscheinlich schon längst auf einer seiner Kameras erwischt. Ich schlenderte also einfach durch die Vordertür. Ich hätte gelogen, wenn ich sagte, ich wüsste wo der Schalter für die Geheimtür wäre, doch die Wahrheit war, das musste ich auch nicht. Die Tür öffnete sich, da dies sicher nicht automatisch von statten ging, salutierte ich mit einem teuflischen

Lächeln im Gesicht. Ryan hatte wohl in unseren Deal mehr vertrauen, als ich erwartete, dass er so einfach seine Sicherheitsmaßnahmen herunterließ, war wirklich unbedacht. Ich stieg das Gewölbe hinab, bis ich an der Tür stand. Ich tippte die Zahlen 21378 ein und die Tür schob sich auf. Ryan war wie erwartet noch hier unten verkrochen „Du hast dir die Zahl gemerkt, doch was sollte ich anderes von meinem Vollstrecker erwarten und hast du gut vollstreckt?"

Ich ging in den Raum und wartete bis die Tür sich hinter mir schloss „Jack lebt leider noch."

Er drehte sich zu mir und versuchte unbemerkt unter den Tisch zwischen uns zu greifen, wahrscheinlich hatte er dort eine Waffe versteckt „Was machst du denn hier?"

Ich drückte unbemerkt den Knopf, der mir von Jack gegeben wurde „Ich habe nicht vor dich zu töten, wenn dir das Angst bereitet. Ich finde einfach es ist Zeit, dass ich etwas mehr über meine Vergangenheit erfahre, du nicht auch?"

Es war zwar nur ein spontan ausgedachter Grund für diesen Besuch, aber ich fand ihn legitim, doch er sah dies wohl etwas anders „Ich sagte dir doch, ich weiß nichts über dich. Das was ich weiß sind nur Gerüchte, ich kann sie dir zwar gerne erzählen, doch das wird auch nichts ändern."

Er blieb recht ruhig, obwohl er es wagte, direkt in mein Gesicht zu lügen „Dann erzähl mir doch die Gerüchte."

Ich trat von der Tür weiter weg und stellte mich ihm gegenüber. Seine Stimme blieb trotzdem noch ruhig, auch wenn seine Hand schon anfing zu zucken „Nachdem du ausgebrochen warst, bist du zu dem Haus deiner Eltern geflohen und hast deine Mutter eiskalt ausgeschaltet, deinen Vater tötetest du schon im Labor, zudem gab es noch ein Gerücht, dass dich Jack geschnappt und dich für Auftragsmorde genutzt hat, doch du warst nie offiziell unter dem Kommando der obersten Ebene."

Das würde meine Träume erklären, doch das hieße Aiden musste meine Geschichte kennen, also konnte ich ihn nicht alles glauben „Was ist mit Aiden?"

Vor seiner Antwort schaute er noch einmal auf einen Monitor, welcher Bilder von Außenkameras zeigte „Er war Jacks Partner, bis er ihn verraten hat und versuchte Unterzutauchen, doch meine Männer haben ihn erwischt und ihn in einer Anstalt versteckt. Natürlich hatten wir ihm ein paar zusätzliche Medikamenten gegeben, damit er sich selbst nur für einen paranoiden Verrückten hielt. Wir konnten ja nicht zulassen, dass er euch alle einweiht."

Deswegen hatte er mir wohl seine Geschichte nicht schon zu Beginn erzählt. Tyron musste ich nicht fragen, seine Geschichte war mir momentan nicht wichtig „Wie sieht es mit Talian aus?"

Schon wie bei unserem letzten Gespräch, schaute er mich skeptisch an „Er ist tot, ich habe dir doch schon mein Beileid ausgesprochen."

Ich hatte damals gedacht, er bezog dies auf meine Eltern, aber nicht auf meinen Bruder „Wie sicher bist du dir dabei?"

Kenneth musste ihn doch von Talian erzählt haben, es sei denn, er war die Ratte, die Jack die Informationen über Cold Waters gab „Er war eine der Leichen die in der Einrichtung deiner Eltern gefunden wurden."

Irgendwie hatte ich das Gefühl, dass mich bis jetzt jeder angelogen hatte, oder ich einfach nur meinen Verstand wiedermal verloren hatte, aber nichts ergab für mich einen Sinn „Hast du persönlich die Leichen in der Einrichtung bestätigt?"

Ich schaute auch auf den Bildschirm, doch Jack war noch nicht zu sehen „Mein vertrauenswürdigster Untergebener hatte sich darum gekümmert."

Musste ich wirklich fragen ob er ihn meinte, wahrscheinlich nicht „Kenneth?"

Er nickte, also stimmte wohl meine Vermutung, dass er die Ratte war und nicht Evan, doch wieso hat er dann Tyron erschossen. Seine Geschichte war wohl doch wichtiger, als ich erwartete „Letzte Frage, was ist die Geschichte von Tyron."

Er zögerte kurz, doch seine Stimme blieb immer noch ruhig „Tyron war ein Serienkiller, er ging in die Medien als Snake Eye ein, er tötete seine ganze Familie, doch wurde von uns gefasst. Er wurde zu spät rekrutiert, um ihn noch ins Lazarus Projekt zu stecken, deswegen hatten wir ihn einfach nur in die Obhut von Kenneth gelegt."

So viel war mir schon bewusst, doch eins passte noch nicht so ganz „Wer hatte Tyron gefasst?"

Es war nur eine Frage, um zu wissen ob er mich anlog, doch seine Antwort bestätigte nicht unbedingt, dass er log, sondern nur meine Befürchtung „Kenneth, er hatte ein Einsatzteam bekommen, um ihn in die Anstalt zu stecken, Tyron hatte nie eine wirkliche Verhandlung."

154

Das erklärte, warum Kenneth und Jack nicht wollten, dass Tyron es bis zu Ryan schaffen würde. Ich schaute auf den Überwachungsmonitor, Tom lief gerade ins Gebäude „Ich hatte Tom an sich aufgetragen, dich zu unterstützen, warum trifft er nach dir hier ein?"

Er hatte sich wohl schon von meinem Schlag erholt „Das weiß ich auch nicht, vielleicht hat er sich noch Süßigkeiten gekauft."

Mein Humor war wirklich unangebracht, doch er machte meine Lüge nur noch glaubwürdiger. Ich entfernte mich langsam von Ryan, ich wollte ja nicht, dass er mir ausversehen einen Kopfschuss verteilte. Wir warteten bis die Tür aufging. Tom zog direkt die Waffe, als er Ryan sah, genau wie ich, als ich ihn sah. King blieb noch ruhig, da er mich noch als seinen vertrauensvollen Vollstrecker sah „Tom, du hast also Jack von Cold Waters erzählt."

Ich schüttelte den Kopf „Nein, er war nicht der Verräter, dein treuer Kenneth war es. Tommy ist momentan nur etwas angepisst."

Meine Hände zuckten kurz, als ich Toms lächeln sah, nur Jacks Lächeln war mordlüsterner, aber meinetwegen, ich hatte meine Informationen und beschützen konnte mich wohl Ryan nicht. Ich steckte meine Waffe wieder weg „Er gehört dir, ich habe meine Antworten, die ich die ganze Zeit gesucht hatte."

Jetzt blieb Ryan nicht mehr ruhig „Was?"

Er hätte mich sicher noch als Verräter beschimpft, doch dazu fehlte ihm die Zeit. Das Blut verzierte die Wand, als Tom den Abzug drückte und Ryan einen perfekt gezielten Schuss zwischen die Augen setzte „Wir haben schon eine Queen, wer braucht da noch einen King."

Tom steckte die Waffe weg und schaute auf mich „Wieso hast du mich nicht aufgehalten, nur wegen den Antworten?"

Das war wohl nicht die richtige Frage „Wieso bist du nicht nass?"

Er runzelte die Stirn „Was?"

Ich zog meine Waffe und schoss ihn in die Schulter. Er kippte direkt nach dem Knall um und lehnte sich gegen die Wand. Ich zielte auf seinen Kopf „Wie bist du ohne Boot auf die Insel gekommen, Tommy?"

Seine Antwort machte keinen Sinn „Ich bin nicht Tom."

Ich verstand es nicht einmal, als eine weitere Person dazukam „Nimm die Waffe herunter, Hunter."

Jack war derjenige, den ich erwartet hatte, doch Jack kam nicht in den Raum, sondern ein zweiter Tom. Ich konnte wohl meinen eigenen Augen nicht mehr trauen „Ich glaube, ich hätte auch meinen Tabletten nehmen sollen."

Tom, derjenige welcher wirklich nass war, schaute auf die Leiche von Ryan „Der Auftrag ist erledigt, oder?"

Der auf den Bodenliegende Tom nickte „Ja, auch wenn ich ihn ausgeschaltet habe, wird sich Jack an die Abmachung halten, wir schicken dir die Koordinaten, wo sich deine Schwester befindet, wenn ich Jack von unserem Erfolg berichtet habe."

Ich nahm die Waffe noch nicht herunter, dafür war ich noch zu verwirrt „Nasser Tom, erkläre mir das bitte."

Ich hatte erwartet, dass ich jetzt hörte, dass er sein lang verschollener Zwillingsbruder war, zum Glück, wurde ich davon jedoch verschont „Du warst nicht als einziges ein Teil eines Regierungsprojektes. Er gehörte zu einem anderen Experiment, wodurch er die Fähigkeit erlangte, sich in jeden Menschen zu verwandeln, dessen DNS er in seinem Ding eingespeichert hat"

Der auf den Bodenliegende kam ebenfalls noch zu Wort „Dieses Ding heißt übrigens Dead Ringer und ist eine sehr komplexe Apparatur, welche du beinahe mit deinem Schuss zerstört hättest."

Er wollte doch nicht wirklich Mitleid bei mir erregen, für sein Spielzeug. Zugegeben, ich hätte es auch gerne in den Händen, dieser Dead Ringer klang wirklich nach spaß. Ich richtete mich an den richtigen Tom „Ich würde ja mehr vertrauen in eure Erklärung haben, wenn keine Waffe auf mich gerichtet wäre."

Er nahm die Waffe herunter „Vergiss nicht, es geht nicht nur um meine Schwester, Jack hat auch deinen Bruder."

Ich hatte es ihn nicht gesagt, doch das hatte wohl der Dead Ringer erledigt. Ich steckte meine Waffe weg „Warum habt ihr seine Schwester auch entführt?"

Der Dead Ringer antwortete „Doppelt hält besser ist das Motto unseres Bosses."

Ich spielte in meinem Kopf gerade alle Möglichkeiten durch, wie das hier enden konnte und keine ging wirklich gut für mich aus „Wie sieht es mit Talian aus, ich habe den Auftrag auch erfüllt."

Er schaute hochnäsig „Schau doch auf den Monitor hinter dir."

Ich lachte luftig leicht „Den Trick kenn ich schon."

Der nasse Tom mischte sich ein „Es ist kein Trick, du siehst die Auswirkungen deines Auftrags."

156

Meinetwegen, was sollten sie schon machen, ich drehte mich um und sah mir die Außenkamera vier an. Sie zeigte Jack mit einer Armee von Soldaten das Gebäude umstellen „Doppelt hält besser schreibt er wirklich groß."

Ich ging auf den Dead Ringer zu „Tommy, du willst deine Schwester wiederhaben, oder?"

Er nickte „Es gibt nichts, was ich nicht für sie machen würde, doch sie ist nun in Sicherheit."

War er wirklich der Leichtgläubigere von uns beiden „Denkst du, Jack kommt mit seinen dutzend Männern hier an, um eine kleine Ratte wie Ryan auszumerzen."

Seine Angst stand ihm im Gesicht „Was hast du vor?"

Ich lächelte ihn vertrauenswürdig an „Ich bin leider erschossen worden."

Tom schaute verwundert „Was immer du vorhast, du wirst genauso enden."

Ich lachte nur „Genau das ist doch der Plan."

Er verstand den Plan nicht und öffnete ignorant die Stahltür „Hast du deinen Verstand verloren?"

Dass er sich das noch fragte, war so langsam peinlich. Die Tür schloss sich, während ich ihn nur ein Lächeln als Antwort schenkte. Nun wandte ich mich zum Dead Ringer „Jetzt sind wir beide allein."

Ich packte den falschen Tom an der Kehle und drückte ihn fest gegen die Wand „Wie funktioniert der Dead Ringer?"

Er versuchte mit der Luft, die er noch bekam zu lachen „Das ist unwichtig, kein Mensch kann die Veränderungen überleben, mein Körper wurde seit meiner Geburt perfekt auf dieses Gerät abgestimmt."

Ich lächelte ihn an und brachte ihn in Verlegenheit „Gut, dass ich kein Mensch mehr bin, also versuchen wir es mal."

Ich wusste nicht, was der Dead Ringer war, bis ich ihn durchsuchte und seinen Ärmel hochkrempelte unter dem sich eine Art Armschiene verbarg „Bingo würde ich sagen."

Er schrie als ich es ihn versuchte abzumachen „Du wirst nur sterben, also versuch es gar nicht."

Ich ignorierte sein Gejammer und riss ihm das Gerät ab „Danke."

Sein Körper fing an zu zucken und sich zu verkrampfen, es sah wirklich nicht gesund aus. Von den Schmerzen die er verspüren musste, gar nicht erst gesprochen „Tut mir leid, ich mach es dir leichter."

Ich erschoss ihn, sein Körper versuchte sich jedoch dann nicht mehr zu stabilisieren, und zerfiel langsam, wie eine Wachsfigur die von der Sonne zum Schmelzen gebracht wurde. Ich legte den Dead Ringer um meinen Unterarm. Es fühlte sich an, als würden meine Knochen durchbohrt werden, vielleicht weil es tatsächlich auch der Fall war. Ich hatte keine Ahnung wie dieses Ding funktionieren würde, doch ich war mir ziemlich sicher, dass es mich nicht töten konnte. Eine Schaltfläche klappte sich auf und wie auf einer Smart Watch konnte man einen Bildschirm erkennen. Es zeigte das Profil von Tom, links und rechts waren Pfeile, also war es wirklich keine Kunst zu verstehen, wie man das Ding bediente. Dort wo die Schaltfläche sich geöffnet hat, war noch ein Knopf, ich drückte ihn, doch ich hatte mich nicht wie erwartet verwandelt, sondern auf der Unterseite des Armbandes kam eine kleine Nadelherausgestochen „Verdammt, dieses Ding ist echt besser als jede Waffe."

Ich stach mit der Nadel in den schon fast Verflüssigten und hatte ein neues Profil auf der Schaltfläche zu bewundern. Ich schloss die Schaltfläche und der Schmerz begann. Es war gut, dass die Tür geschlossen war, denn sonst hätte Jack meine Schreie gehört. Es war wirklich ein unvorstellbarer Schmerz, kein Wunder, dass sein Körper so instabil war, sonst hätte man ihn nicht so einfach in eine passende Form gebracht. Jeder Knochen und jeder Muskel in meinem Körper wurden neu strukturiert. Ich konnte mich nicht mehr auf den Beinen halten, sondern kroch nur noch auf allen vieren, als dann mein Rückgrat sich anfing zu verschieben. Man konnte nicht sagen, welche Stelle am Körper am meisten schmerzte, der Kopf, der Rücken, der Hals, die Brust oder alles andere, sie gaben sich wirklich nicht viel. Mein Körper schmerzte überall gleich, als hätte ihn ein Truck mit Höchstgeschwindigkeit gerammt und dann fiel den Fahrer ein, er hatte seinen Anhänger vergessen und setzte zurück. Als die Knochen dann endlich aufhörten sich zu bewegen, ließ auch der Schmerz langsam nach.

Ich schnappte mir noch eine zweite Granate bevor ich die Tür öffnete und stark schnaufend die Treppe hochging. Miss Fortuna musste wenigstens dieses eine Mal auf meiner Seite sein, Tom durfte mich nicht verpetzt haben, sonst hätte diese Tortur von gerade keinen wirklichen Zweck. Meine Beine fühlten sich bei jedem Schritt weicher an, doch ich schaffte es nach draußen. Tom stand gerade vor Jack und seinen Männern, als sie mich beide erblickten „Schön, dass du wieder mal deine normale Form hast, M411."

Er meinte wohl mich mit diesen Codenamen „Ja, dein Spielzeug hat versucht mir meinen Dead Ringer abzunehmen."

Sein Lächeln war tödlich wie eh und je „Verstehe, doch dir war es möglich deinen Job auszuführen."

Ich nickte nur, um sein Vertrauen zu kaufen, doch es ging nur nach hinten los „Gut, Soldaten schießt auf seine Beine."

Alle seine Soldaten schossen gleichzeitig, es war zwar nur für eine Sekunden, doch die Anzahl der Kugeln war nicht zu zählen. Ich hatte keine Chance auszuweichen, die Kugeln trafen aus den verschiedensten Winkeln ein. Von meinen Beinen blieben fast nur noch fetzen übrig, es war nicht nötig zu erwähnen, dass ich nur noch auf dem Boden liegen konnte. Jack hob die Hand und ließ das Schützenfest aufhören.

Im Hintergrund war noch der schuldbewusste Blick von Tom, natürlich hatte ich nicht von ihm erwartet, mich zu schützen, die Familie geht immer vor, das sagte ich ihn schon einmal.

Jack kam auf mich zu, ich stieß mich mit meinen Händen vom Boden hoch und kroch rückwärts bis ich die Wand berührte „Wolltest du etwa fliehen?"

Ich lachte nur „Du kennst mich doch, ich fliehe nicht so einfach, ich wollte nur einen bequemeren Platz."

Er packte meinen linken Arm und zog den Ärmel hoch. Er lächelte als er den Dead Ringer erblickte „Schön, dass auch dein Körper diesem Gerät ohne Probleme Stand hält. Ein Tipp, wenn du dich nächstes Mal verkleidest, zieh dich auch anders an, deine Klamotten sind ziemlich leicht wiederzuerkennen."

Ich lächelte ihn an, als mein Arm im Mantel verschwand „Hätte ich mich umgezogen, dann hätte ich, aber niemals mein Spielzeug in Aktion gesehen."

Er runzelte die Stirn, bis er das Klicken hörte „Verdammt."

Ich lächelte ihn an „War das nicht von Beginn klar?"

Doch ich konnte ihn jetzt nicht einfach töten, er war wohl einer der Wenigen, die wussten wo mein Bruder war, also nahm ich mit letzter Kraft die Granate aus meiner Tasche und warf sie zu seinen Soldaten. Tom war nicht im Sprengradius, doch er sprang trotzdem weg, für die meisten der Soldaten jedoch, war es zu spät. Ihre Fetzen flogen nur so durch die Lüfte und das Blut regnete nieder. Von Jacks Soldaten blieben nur noch vier übrig, was ihn wirklich nicht so glücklich stimmte, doch ich hatte ja noch eine für sie „Die hatten Familie und Kinder, du bist wohl wirklich einfach nur grausam."

Meine Beine begannen schon sich zu regenerieren, jedoch schien aufzustehen noch wie ein weit entferntes Ziel „Familie ist dir wohl wirklich wichtig."

Mein Lächeln unterstützte nur noch meinen sarkastischen Ton „Hast du keine Angst, dass ich deinem Bruder einfach töte?"

Ich musste immer noch Zeit schinden „Nein, dann hättest du ja nichts mehr gegen mich in der Hand und wir alle wissen, doch wie gerne du etwas gegen jemanden in der Hand hast."

Er ließ von mir ab, nachdem er mir meine Waffen abgenommen hatte „Da hast du wohl recht, doch dein Bruder ist ja auch schon genauso lang tot wie Tommys Schwester."

Nicht, dass mich das jetzt noch überrascht hätte, doch Tom hatte wohl nicht damit gerechnet. Er zückte seine Waffe und erschoss die zwei Soldaten vor ihm. Meine Beine waren noch nicht in der Lage aufzustehen, zudem war ich unbewaffnet, es gab keine Möglichkeit, wie ich ihm helfen konnte. Jack hatte schon seine Waffe auf Tom gerichtet „Mein Beileid."

Die Kugel traf Tom tödlich, als er sich gerade zu Jack drehen wollte. Es tat mir leid für Tom, ich verstand, warum er mich verriet, aber sein Ende war wirklich keine Überraschung, doch meins wohl genauso wenig „Hey Jacky, ich glaube, du hast noch etwas vergessen."

Er kam auf mich zu „Was soll das denn sein?"

Ich lachte und zog den Zünder „Hast du wirklich gedacht ich hätte nur ein Ass im Ärmel. Du hättest deine Geisel wirklich nicht vor dem Ende verspielen sollen."

Ich warf sie direkt vor seine Füße. Jack hatte keine Möglichkeit mehr auszuweichen, leider galt das auch für mich. Ich dachte man würde sterben, bevor man den Knall hören kann, doch nein, es ist das letzte gewesen, was ich hörte. Ich dachte auch man würde sterben, bevor man die Schmerzen spürt, doch nein.

KAPITEL 10

„Wo bin ich?"

Dies war nur meine erste Frage, die durch meinen Kopf schoss. Es war dunkel und ich konnte mich nicht bewegen, auch wenn mich nichts blockierte „Träume ich?"

Dies war die zweite Frage, doch die Antwort konnte mir wohl keiner geben. Wenn dies ein Traum war, dann wollte ich wirklich nicht länger schlafen. Alles um mir war dunkel, doch ich hatte das Gefühl nicht alleine zu sein, etwas war da, im Dunklen. Ein Lichtstrahl blendete mich, ich schützte mich mit meiner Hand, doch es war fast so, als würde das Licht selbst durch meine Hand strahlen. Der Strahl ließ von mir ab und zielte vor mir auf den Boden. Selbst der angestrahlte Boden war nur schwarz. Das Licht flog fast schon über dem Boden und riss meinen Blick mit. Es stoppte bei einem Tisch, zwei unbesetzte Stühle waren gegenübergestellt. Meine Füße bewegten sich von alleine auf den Stuhl zu. Als ich mich dem Tisch näherte, konnte ich ein Schachbrett erkennen. Obwohl keiner hier war, standen schon die Figuren nicht mehr auf ihren Startplätzen. Ich setzte mich auf den freien Stuhl und schaute plötzlich nicht nur auf ein Schachfeld, sondern zudem auf eine Person. Ich starrte ihn nur Fassungslos an, als er mir nur sagte „Es ist dein Zug."

Ich schaute auf das Brett, doch meine Augen konnten sich momentan nicht auf das Spiel konzentrieren. Mein Blick wanderte wieder zu meinem Gegenüber „Wo sind wir? Ich bin nicht tot, oder?"

Ich wusste nicht, ob mir sein Lächeln oder meine momentane Lage mehr Angst einjagte „Nein, du bist nicht der Tote, dir geht es noch blendend."

Seine Antwort beruhigte mich nicht wirklich „Träume ich etwa?" Ich wartete auf seine Antwort, doch sie kam nicht, also fragte ich noch einmal „Träume ich, Bruder?"

Bruder, das letzte Mal wo er mich wirklich genauso nannte, war vor vielen Jahren, ich wusste nicht mehr, ob die Person vor mir noch mein Bruder war, zumindest bevor er geantwortet hat „Du hast den Fuchs nie gemalt?"

161

Ich brauchte eine Weile, um zu verstehen, doch als ich mir seinen Satz erklären konnte, war meine Freude größer, als je zuvor „Ich dachte du erinnerst dich nicht mehr an die Vergangenheit."

Mein Lächeln verschwand als ich auch dies mir erklären konnte „Du bist nicht real, auch wenn ich einen Moment daran geglaubt hatte."

Sein Blick wich dem meinen aus „Das wäre noch das leichteste."

Es fühlte sich nicht an, als würde ich mir ihn einbilden, vielleicht war ich ja das Wahngespenst, doch das war einfach unmöglich. Er dachte wohl nach, da sein Kopf immer noch gesenkt war. Ein kurzer Blick auf das Schlachtfeld konnte mir auch nicht schaden, mein Turm war geschlagen, genauso wie jeder Bauer bis auf einen, während mein Gegenüber noch alle Figuren hatte. Das Spiel sah schon verloren aus „Du willst, dass ich ziehe?"

Er schüttelte den Kopf „Nein, doch du musst, es gibt keinen anderen Weg."

Ich runzelte die Stirn „Keinen anderen Weg für was?"

Er lächelte mich an „Du bist mein Bruder und Familie geht über alles, also gibt es keinen anderen Weg, als dich entscheiden zu lassen."

Seine Worte ergaben für mich keinen Sinn, doch anscheinend hatte ich zu ziehen. Meine Hand bewegte sich über den Läufer, doch ich wollte keinen leichtfälligen Zug machen. Ich nahm meine Hand wieder zurück und fing an zu überlegen. Mein König stand im mitten des Spielfeldes, in einem richtigen Spiel wäre er niemals so weit gekommen, das Spiel war wahrscheinlich nur gestellt aus. Es sah auf den zweiten Blick nicht nur so aus, es musste gestellt worden sein. Der Gegner hatte zwei Läufer, die sich gegenseitig deckten, das konnte nur sein, falls er einen Bauern zu einem Läufer entwickelt hätte, doch er hatte noch jeden Bauern auf dem Feld. Diese Situation hätte niemals in einem echten Spiel stattfinden können „Das Spiel ist manipuliert, die Figuren können so nicht stehen."

Er schien meine Bemerkung nicht ernst zu nehmen „Das Leben ist doch nie fair, wieso sollte es denn jetzt anders sein. Falls es dir noch nicht aufgefallen ist, deine Gegner spielen auch nicht nach den Regeln."

Mit meinem Gegner spielte ich jedoch auch kein Schach „Das Spiel ist darauf ausgelegt, dass ich auf lange Sicht immer verliere."

Er ignorierte mich. Es gab wohl keinen Grund mit ihm zu streiten, es war einfach nur ein Zug. Ich war wirklich schlecht in Entscheiden „Lass es mich dir leichter machen."

Meine Augen schlossen sich nur für eine Sekunde, doch das was sie erblickten, war nicht mehr dieser Dunkle Ort. Ich war zuhause, doch auch nicht wie die meiste Zeit damals alleine. Mein Bruder war jedoch nicht mehr mein Gegenüber. Ich träumte wohl eindeutig, da vor mir kein Spiegel stand, aber ich trotzdem in meine eigenen Augen sah. Mein Gegenüber sah zwar aus wie ich, doch er war einige Jahre jünger. Der Junge lächelte mich an „So, worüber wolltest du mit mir reden, was so wichtig war und nicht bis zu morgen früh warten konnte."

Die folgenden Worte kamen zwar aus meinem Mund, doch sie waren nicht meine, selbst die Stimme war nicht die meine „Ich wollte dir etwas geben."

Ich erkannte nicht nur die Szene, sondern erinnerte mich deutlich an diesem Moment in meinem Leben. Es war das letzte Mal, das letzte Mal, als ich ihn sah. Mein Bruder verschwand nach diesem Tag und ich versprach mir ihn zu finden, was ich auch letztendlich erfolgreich bewältigte. Meine Hand streckte sich aus und öffnete sich, in ihm war ein schwarzer Springer „Bruder, wieso gibst du mir den?"

Ich hatte es damals wirklich nicht verstanden, doch genauso wenig verstehe ich es jetzt, dass ich die Geschichte aus der Sicht meines Bruders erlebte „Du weißt, das ist meine Lieblingsfigur, doch er ist auch die wichtigste Figur auf dem Brett."

Natürlich musste meine Vergangenheit ihm widersprechen „Nein, keine Figur alleine kann die Wichtigste sein, es ist das Zusammenspiel von allen, sonst kann man nicht Matt setzen."

Ich erinnerte, dass er nach der Äußerung lächelte „Er bleibt trotzdem meine Lieblingsfigur und ich will, dass du sie behältst. Sie wird dich an mich erinnern."

Das tat sie wirklich, als ich am nächsten Morgen im Haus alleine aufwachte. Der ganze Raum begann wieder zu strahlen, doch als sich das Licht wieder dimmte, war ich wieder an diesem dunklen Ort. Mit dem einzigen Lichtschimmer, dass ich nicht ganz alleine hier war „Hast du dasselbe gesehen?"

Er nickte „Es ist immer noch dein Zug."

Ich hatte erwartet, dass er mich fragen würde, ob ich ihn immer noch hatte, doch ehrlich gesagt, hatte ich keine Ahnung, wo er war. Ich schaute auf das Brett und verstand die Botschaft „Wir werden uns nicht mehr sehen, oder?"

Nur noch der König und der Schwarze Springer hielten auf meiner Seite die Stellung „Dieser Zug ist für dich, Bruder."

Ich nahm den Ritter in die Hand und schlug damit die Dame, doch im Tausch dafür wurde dieser auch vom König geschlagen „Ich schätze ohne Figuren habe ich wohl verloren."

Er schüttelte nur den Kopf „Nein, manchmal sieht ein Spiel verloren aus, doch dann erkennt man, dass die ganze Zeit noch eine Figur in den Schatten lauert."

Er machte keinen Sinn „Wie meinst du das?"

Er lächelte Sanft, wie ich es selten bei ihm sah „Wenn du aufwachst musst du mir etwas versprechen."

Also war das alles ein Traum, doch es fühlte sich so real an „In Ordnung."

Meine Stimme klang selbstsicherer, als ich wirklich war, doch ich hätte ihm alles versprochen, das schuldete ich „Unter keinen Umständen, darfst du deine Arme ansehen."

Seine Silhouette fing an sich aufzulösen „Warum nicht, was ist mit meinen Armen?"

Er Verschwand genauso wie die einzige Lichtquelle. Der Raum wurde nur noch von Dunkelheit erfüllt. In mir stieg eine Angst hoch und sie wurde nicht geringer, als mir der Stuhl weggezogen wurde. Ich fing an zu fallen, tiefer und tiefer. Ich sprach mir Mut zu „Das ist ein Traum, das ist ein Traum."

Natürlich hatte das nichts geändert, doch es brachte mir wenigstens etwas Ruhe, bis ich dann aufprallte. Die Landung war nicht hart, doch der Boden war kalt und stählern. Als mein Kopf vom Boden hochsah konnte ich einen leicht beleuchteten Raum erkennen, zumindest war vor mir eine Ecke eines Zimmers. Mein Kopf fühlte sich zu schwach an, um ihn in die andere Richtung zu drehen und den ganzen Raum zu erkennen, also blieb ich einfach bei meiner Vermutung „Der Traum ist wohl vorbei."

Eine zierliche Stimme antwortete mir „Du hast geträumt? Sah eher aus, als wärst du tot gewesen."

Sie hatte wohl recht, mein Körper fühlte sich an, als wäre er gerade in Stücke gerissen worden, doch an sich wurde ich nur von Jack ausgeknockt, wenn ich mich recht erinnerte. Ich legte mich auf den Rücken und machte mit meiner noch verfügbaren Kraft einen Sit-Up. Es war ein Mädchen, welches ich erblickte, nicht viel jünger als ich „Weißt du wo wir sind?"

Ich hatte mir keine Antwort erwartet, sie schien genauso ratlos wie ich „Ich weiß es nicht, ich bin auch erst vor paar Minuten aufgewacht."

164

War ja nicht anders zu erwarten. Ich schaute mir den restlichen Raum an. Die zwei Betten gegenüber und die Farbe der Wand riefen Erinnerungen wach „Nein, das ist nicht möglich."

Ich war doch schon hier raus, wie kann ich noch einmal hier gelandet sein, Kenneth hatte mich doch nicht bekommen. Das Mädchen saß still in der Ecke, doch sie schien über mich nachzudenken „Du warst hier schon einmal, oder? Was ist das für ein Ort?"

Das letzte Mal vertraute ich zu leicht und meine Naivität kostete Aiden das Leben, also blieb ich diesmal vorsichtiger „Wir sind in einer Psychiatrie."

Sie schien nicht überrascht, nur noch neugieriger „Darf ich dich nach deinem Namen fragen?"

Mein Zögern wurde nichtig, als die stählerne Tür sich öffnete und ein alter Bekannter mich rief „Talian, du bist ja auch schon wach."

Als er wagte einzutreten, hatte er ein langes Lächeln im Gesicht. Wäre ich mein Bruder, hätte er schon längst meinen Haken gespürt, doch ich kann nicht so kämpfen „Wo ist mein Bruder?"

Man hätte diese Frage von mir erwartet, doch sie kam vom Mädchen „Es tut mir leid, das dir ausrichten zu müssen, doch dein Bruder ist leider von uns gegangen."

Sie schüttelte den Kopf und schrie „Nein, das kann nicht sein."

Ich ging auf die Knie, als die erste von vielen Tränen über ihre Wange floss. Um sie zu trösten, streckte ich langsam und vorsichtig die Hand aus und legte sie auf ihre Schulter „Es tut mir leid, ich weiß wie es ist einen Bruder zu verlieren."

Das war jedoch nicht das Einzige, was ich sagte, doch den restlichen Teil, flüsterte ich ihr nur in das Ohr „Egal, was er dir über deinen Bruder sagt, trau ihm nicht."

Sie schaute mich mit großen Augen an. Man sagt, dass die Augen die Tore zur Seele seien. In ihren Augen konnte ich nur Verzweiflung erkennen, oder es lag daran, weil ich mich in ihnen spiegelte. Ich dachte für einen Moment nur an das, bis mich wieder eine Stimme an meinen größten Fehler erinnerte „Talian, wir müssen reden, privat."

Er wollte, dass ich ihm folge, doch ich zögerte. Ich lächelte das Mädchen zum Schluss noch einmal an und sprach ruhig zu ihr „Du weißt meinen Namen, also hast du einen Vorteil, mach es doch fair."

Für einen Moment schaute sie nicht traurig „Evie. Mein Name ist Evie."

Ich stand auf „Ein schöner Name, ich hoffe, wir sehen uns noch mal."

Vor paar Minuten wollte ich noch niemanden trauen, doch schon wieder hatte ich meine Einstellung in einem einzigen Moment komplett über den Haufen geworfen, nur wegen ihrer Trauer, welche ich nur zu gut nachvollziehen konnte. Als ich die Türschwelle überschritt, schloss eine mir noch unbekannte Person die Tür. Er gab mir nur ein heimtückisches Lächeln, bevor ich dann Kenneth hinterherging. Beim Laufen fiel mir mein Arm in den Blick. Wieso ich ihn mir nicht ansehen sollte war mir nicht bewusst, doch ich hatte es ihm versprochen, also werde ich es nicht. Kenneth hatte wohl meinen Blick gemerkt „Alles in Ordnung mit deinem Arm?"

Ich konnte mir kaum vorstellen, dass er besorgt, um mich war „Ja."

Ich hätte ihn jetzt gefragt, wieso ich hier war, ständen nicht so viele andere Menschen im Gang. Es sah diesmal wirklich aus wie eine Psychiatrie. Wir liefen wirklich an den unterschiedlichsten Personen vorbei und keiner von ihnen sah gesund aus „Haben sie neue Schauspieler angeheuert?"

Er ließ traurig den Kopf fallen „Das hatte ich mir schon gedacht."

Das war keine Antwort auf meine Frage. Wir kamen an seinem Büro an und er öffnete die Tür. Einer der falschen Patienten starrte mich an, bevor ich ebenfalls in den Raum ging „Schließ die Tür, die anderen Patienten müssen, das nicht hören."

Ich tat wie er mir sagte „Stimmt das, was sie Evie ausrichteten?"

Nachdem er sich wieder auf seinen üblichen Platz setzte, tat ich dasselbe „Ja, doch sie ist nicht der Grund, warum wir reden müssen. Es geht, um dein Versuch auszubrechen. Ich weiß, du hast schreckliches erlebt, doch du kannst nicht die Pfleger verletzen. Wir mussten dich betäuben, damit du nicht noch mehr verletzt."

Er dachte tatsächlich, ich wäre so dumm ihm zu glauben, nach all dem was er mir antat „Versuchen sie es gar nicht erst, ich weiß was geschehen ist. Sie werden mich nicht von meinem Bruder trennen."

Er war ein guter Schauspieler, in seinem Gesichtsausdruck sah ich Besorgnis und Mitleid gleichermaßen „Ich habe es dir schon vor deinem Ausbruchsversuch gesagt, dein Bruder ist für seine Taten im Gefängnis."

Es gab keinen Grund ihm zu glauben und ich hätte ab diesem Punkt einfach aufhören sollen zuzuhören, doch ich konnte es einfach nicht, weil ich ein Narr war „Das stimmt nicht, ich habe ihn bevor ich mein Bewusstsein verlor gesehen."

Er griff vor sich auf den kleinen Tisch und nahm eine Fernbedienung in die Hand. Ich hatte nicht den Fernseher links von

166

mir gesehen, obwohl er beim letzten Mal definitiv nicht dort stand „Ich dachte, Fernseher behindern sie nur bei ihrer Arbeit."

Zumindest sagte er das bei meinem letzten Aufenthalt „Das sagte ich über das Fernsehen generell, doch ein Fernseher ist nötig, um Beweise vorzulegen."

Ich konnte ihn einfach nicht ignorieren und das schlimmste war, dass er mich sogar neugierig machte „Was für Beweise?"

Als Antwort schaltete er den Fernseher an. Es war eine Aufnahme von einem Haus, um genau zu sein, das Haus meiner Eltern „Was soll mir das beweisen?"

Das Video hatte ein Zeitstempel. Es war der Tag, nachdem meine Eltern beim Feuer im Labor gestorben sind. Ich war mir immer noch nicht sicher, ob ich dem Feuer dankbar sein sollte, dafür dass es meine Eltern tötete, bevor sie meinen Bruder noch mehr antun konnten. Seine Stimme war ruhig „Ich wollte dir das eigentlich nicht zeigen, doch du glaubst mir ja sonst nicht."

Seine Worte verklangen, als Michael auf dem Fernseher erschien. Ich dachte er verlor sein Gedächtnis nach dem Ausbruch, also konnte er nicht bei uns zuhause gewesen sein „Das Video ist gefälscht."

Er sprach überzeugend „Es ist echt, warte einen Moment, dann wirst du verstehen."

Mein Bruder lief zur Tür und klopfte. Wäre das wirklich passiert, dann hätte ich ihm wohl aufgemacht „Schau in seine Hand."

Ich konnte es fast nicht glauben, er hatte ein Messer hinter seinem Rücken versteckt. Die Tür ging langsam auf, doch die Person die aufmachte war an sich nicht mehr dazu in der Lage. Es war meine Mutter die vor ihm stand „Das ist unmöglich."

Meine Mutter fiel nach hinten um, als Michael ihr mit dem Messer näherkam „Durch den Kamerawinkel kann man das folgende nicht erkennen."

Er schaltete den Fernseher aus und ging zu seinem Schreibtisch. Die Stille quälte meinen Verstand „Sagen sie mir was danach passierte?"

Er hatte es wirklich geschafft, ich glaubte ihm, dass die Aufzeichnung wahr war. Er holte eine Akte und setzte sich mir wieder gegenüber „Ich dachte, wenn ich dir die komplette Wahrheit sage, würde es deine Psyche schädigen, doch dein rebellisches Verhalten lässt mir keine Wahl."

Er gab mir eine Akte. Mir war nicht möglich vorzustellen, was dort drinstand, doch das wollte ich auch nicht. Es war wohl einfacher zu hören „Was steht da drin?"

Leider wollte Kenneth mich den schweren Weg nehmen lassen „Das musst du selbst sehen."

Ich öffnete sie und sah das Befürchtete. Es war ein Polizeibericht von einem Mordfall, das Opfer war meine Mutter, doch ich dachte mir gar nicht erst weiterzulesen, sondern schließ sie wieder „Der ist gefälscht, genauso wie das Video."

Als ich die Akte wütend auf den Tisch vor mir warf, fiel eins der Tatort Fotos heraus. Der Versuch wegzuschauen kam zu spät, das Bild war schon in meinem Kopf. Sie lag mit mehreren Messerstichen auf dem Boden, ihre Kleidung war voller Blut, genauso wie ihre Hände und der Boden, alles war voller Blut „Es tut mir leid, dass du, dies ansehen musstest, doch ich hoffe jetzt verstehst du, dass dein Bruder nicht so bewundernswert ist, wie du dachtest."

Er steckte das Foto wieder in die Akte und legte sie wieder auf seinen Schreibtisch „Mein Bruder hatte das Recht."

Sein Rücken war noch zu mir gerichtet, als er sprach „Das Recht?"

Ich stand auf „Er hatte das Recht sie zu töten, für das was sie ihm angetan hat."

Ich glaubte ihm keine seiner Lügen „Sie hat ihm nichts getan, sie war unschuldig."

Es fühlte sich an, als wäre jemand anderes am Steuer, ich konnte mich nicht kontrollieren. So musste sich wohl Michael immer gefüllt haben. Meine Wut ließ meine Beine auf ihn zu rennen und verpasste ihm mit meiner fest geballten Faust einen rechten Haken. Bevor ich ihn ernsthaft verletzen konnte, kamen zwei große Pfleger herein und packten mich an den Armen und meiner Schulter. Kenneth war von meinem Schlag noch in einer gekrümmten Haltung und stützte sich mit einer Hand am Tisch ab „Es ist logisch, dass du es nicht wahrhaben willst, doch mit der Zeit wirst du schon die Realität akzeptieren."

Ich lachte leicht, doch es hörte sich fast nicht nach mir an „Ich kann jetzt verstehen, warum Michael so oft Idioten wie dich schlägt, es fühlt sich verdammt gut an."

Kenneth richtete sich auf „Zeigt ihm, wieso diese Einrichtung Cold Waters heißt."

Sie trugen mich aus dem Raum. Einer der Pfleger kannte mich wohl „Talian, du bist doch an sich einer unserer erfolgreichsten Patienten, wieso hast du dich dann wieder so verschlechtert."

Ich ignorierte seine Worte, er wurde sicher auch nur eingestellt, das zu sagen. Sie schleppten mich lange durch den Gang, bis man schon die Geräusche der anderen angeheuerten Patienten nicht mehr hören konnte. So langsam hatte ich mich auch wieder beruhigt und der Hass wurde wieder zu gesunder Angst. Einer der Kerle ließ mich los und öffnete eine stählerne Tür. Ich hätte versuchen können abzuhauen, doch das hätte mir nichts gebracht. Das letzte Mal entkamen wir nur dank der Hilfe von Jack und man könnte wohl sagen er hatte uns auch einfach nur freigelassen. Denn die einzige Erklärung, warum ich hier unter der Fuchtel von Kenneth wieder stand, war, dass Jack mit ihm ganze Zeit gemeinsame Sache gemacht hat und uns einfach nur zu täuschen versuchte.

Der zweite Pfleger brachte mich nun in den Raum. Er war an sich genauso groß, wie die anderen Psychiatrie Räume in denen ich war, doch das seltsame war die Inneneinrichtung. Es stand nur ein einzelner Fixierstuhl in der Mitte des Raumes „Hey, ich dachte Folter ist verboten."

Der eine Pfleger drückte mich in den Stuhl, während der Andere meine Handgelenke Fixierte „Es tut mir leid, doch anscheinend lernst du wohl nur so."

Die Pfleger fixierten gleichzeitig meine Beine und ließen mich alleine auf dem Stuhl zurück. Sie schlossen die Tür und somit auch die einzige Lichtquelle. Der Raum war von Dunkelheit umgeben „Glaubt ihr ich hätte Angst im dunklem?"

Leider hatte ich sogar etwas Angst, doch ich durfte einfach nicht an meine momentane Lage denken. Der Versuch mich vor der Panik zu schützen, schlug fehl, als irgendetwas meinen Kopf berührte „Was war das?"

Etwas floss mir die Wange wie eine Träne herunter. Es war wohl Wasser, also konnte ich mich schnell wieder beruhigen, auch als noch ein Tropfen mich traf „Ist das eure Art von Folter? Das reicht nicht, um mich zu brechen."

Zumindest hoffte ich dies, als dann der dritte Tropfen mich traf. Der vierte war jedoch größer, der fünfte prallte stärker auf und der sechste war auch noch lauter. So ging es stunden, oder Tage, ich konnte es nicht mehr sagen, ich hörte schon beim hundertsten Tropfen auf zu zählen und es war wohl immer noch kein Ende in Sicht. Die Tropfen schlugen so langsam wie Kanonenkugel ein, nur noch lauter. Ich konnte nicht mehr normal denken, jeder Gedanke wurde von einem Platsch unterbrochen. Mein Kopf fühlte sich an als wäre er durchbohrt worden „Platsch."

Der Nächste Tropfen traf „Platsch."

Und schonwieder landete einer. Ich hätte es wirklich keinen Tag mehr ausgehalten, wenn ich nicht dieses Lachen im komplett dunklen

Raum gehört hätte „Wie kannst du hier sein, die Tür war die ganze Zeit verschlossen."

Ich war wirklich erleichtert, dieses gruselige Horrorlachen zu hören, denn es war ein anderes Geräusch als das Platschen. Die Person fing an mit mir zu sprechen „Du knickst wirklich schon bei Wasser ein, du bist wohl keine Wasserspinne, nicht wahr?"

Mit einem Menschen zu reden, war wirklich eine Erlösung, auch wenn er mehr ein Monster war „Wir könnten tauschen, wenn du eine Wasserschlange bist?"

Mir war es klar, was geschah, mein Verstand hat sich eine Ablenkung erschaffen, auch wenn ich mir eine bessere als ihn erhoffte „Nein, danke. Hey, weißt du eigentlich wie es deinem Bruder geht?"

Diese Frage hatte ich mir schon öfters in der Zeit hier gestellt und konnte mir nur das Schlimmste vorstellen „Nein."

Er berührte meine Schulter, ich konnte seinen kalten Atem in meinem Nacken spüren „Soll ich es dir sagen, versprochen, das ist wirklich eine knallende Neuigkeit."

Er fing an zu lachen, ich wünschte er würde sich verschlucken an seinem blöden Lachen „Du bist doch nur mein Hirngespinst, also kannst du nicht mehr wissen als ich, das was du mir erzählst sind nur meine Befürchtungen."

Ich war recht rational für einen, der gerade mit einem Toten sprach „Meinetwegen, hey hast du schon dir deinen Arm angesehen?"

Einen kurzen Blick aus Reflex leistete ich mir, doch nicht mehr, auch wenn die Dunkelheit mir jede Versuchung untersagte „Wie gesagt, ich bilde mir dich nur ein, du entsprichst gerade nur meiner Neugier."

Er lachte „Dann sag mir, wieso bildest du dir mich ein und nicht einen der Anderen. Hast du mich etwas am liebsten?"

Ich kannte die Antwort nicht, doch das brauchte ich auch nicht. Denn nachdem die Tür aufging und mich das grelle weiße Licht blendete, konnte ich, als meine Augen sich wieder an die Helligkeit gewöhnten, niemanden mehr sehen, außer dem gerade Reinkommenden „Talian, wo ist dein Bruder?"

War das etwa ein Test, hörte sich so zumindest an. Ich wollte an sich etwas anderes Sagen, doch der fallende Wassertropfen ließ mir keine Wahl „Er ist im Gefängnis für seine Taten." Kenneth war damit zufriedengestellt „Gut, bringt ihn in seine Zelle."

Er verschwand mit einem Lächeln im Gesicht und ließ die Pfleger zurück. Sie fingen an mich loszumachen, erst die Beine, dann die Arme „Nächstes Mal solltest du einfach gehorchen."

170

Sie verließen den Folterraum. Ich stellte mich in die Tür und blickte zurück in den Raum. Das war wohl nicht das letzte Mal, dass ich diesen Raum sah, denn ich konnte meinen Bruder kein zweites Mal verleugnen. Die Pfleger führten mich vor eine Zelle „Die Tür kannst du selbst aufmachen."

Sie verschwanden und ließen mich an der Tür stehen. Meine Hand ging zögerlich zum Henkel und drückte ihn sorgfältig herunter. Als ich in das Zimmer trat, schlief schon das Mädchen in eins der Betten. Es kam mir nicht wirklich nach Nacht vor, doch ich hatte auch überhaupt kein Zeitgefühl in dieser Dunkelheit. Ich legte mich ins Bett und schlief schnell ein.

Der Hahn krähte zwar nicht am nächsten Morgen, doch dafür einer der Pfleger „Aufstehen, hier sind eure Medikamente, ich bleibe hier, bis ihr sie einnimmt."

Natürlich tat er das. Ich stand langsam auf und schaute auf die Tabletten. Sie sahen genau gleich aus „Welche sind denn meine?"

Er zeigte auf die Rechten. Evie stand auch auf und nahm ihre Tabletten noch vor mir. Der Pfleger starrte mich an „Heute noch."

Ich nahm die Tabletten in die Hand und warf sie mir ein. „Euch ist nun gestattet den Erholungsraum zu betreten. Es gibt wie immer um 13.00. Uhr Essen in euren Zimmer."

Der Pfleger verließ mit dem Tablettenwagen den Raum. Evie blickte zu mir hoch „Alles okay, du warst für die letzten drei Tage wie vom Erdboden verschlungen?"

Drei Tage waren also in diesem Raum vergangen, doch trotzdem hatte ich keinen Hunger noch Durst. Ich konnte mich noch nicht mal daran erinnern, zuletzt etwas gegessen zu haben „Mir geht es gut, danke."

Es war auch lange her, dass einer mich nach meinem Wohlbefinden fragte und es wirklich ernst meinte. Sie machte die Tür auf „Kommst du mit?"

Ich nickte und folgte ihr in den Gang „Sie nennen ihn Erholungsraum, doch an sich stehen nur eine Couch, ein Fernseher, ein Tisch mit Schachbrett, ein Kartenset und ein paar Stühle einsam im Raum herum."

Ich konnte wohl nicht überrascht sein „Schach?"

Sie lächelte mich an „Ja, hast du schon mal gespielt?"

Ihr Lächeln war wirklich anders, als jedes was ich je gesehen hatte „Das ein oder andere Mal mit meinem Bruder, doch er hat immer gewonnen."

Sie schaute traurig zum Boden. Als ich mich wieder an das erinnerte, was ihr Kenneth sagte verstand ich, wie unsensibel ich war. Doch bevor ich mich Entschuldigen konnte, fragte sie mich vorsichtig „Dein Bruder, weißt du, wo er ist?"

Ich antwortete aus Reaktion, was das Traurige war „Er ist im Gefängnis für seine Taten."

Und schon hatte ich ihn ein zweites Mal verleugnet, auch wenn ich das an sich nicht wollte, doch ein drittes Mal sollte nicht vorkommen. Sie schaute überrascht zu mir auf „Hast du das vom Psychiater?"

Ich war immer noch hin und hergerissen, ob sie mir nicht ein Messer in den Rücken stieße, wenn ich ihr vertraute. Es war wohl besser, sie als Feind anzusehen, doch wieso konnte ich es dann einfach nicht „Ja."

Sie stellte sich vor mich, kontrollierte ob wir beobachtet wurden und flüsterte „Egal, was er dir über deinen Bruder sagt, trau ihm nicht."

Die Worte zu hören war schön, auch wenn sie wirklich nicht viel änderten. Die meisten würden ihr wahrscheinlich nicht trauen, doch immer, wenn ich an ihr gezweifelt habe, sagte sie das Richtige „Danke."

Ich öffnete die Tür, auf welcher Erholungsraum stand, und wir gingen rein. Ein Kerl saß auf dem Sofa und schaute gerade Fernsehen. Als er sich aufrichtete und auf uns zu ging, erkannte ich, eine Narbe die Quer über sein Gesicht verlief. Nicht nur sein Blick, sondern auch sein stampfender Gang waren Vorboten für ein Unglück. Er stand direkt vor mir und war ein Kopf über mir „Du schwach, ich stark. Reihenfolge klar, Neuer?"

Ich nickte nur, was den Riesen zufriedenstellte. Er setzte sich wieder auf die Couch und sah ungestört weiter „Er hat wohl die Lobotomie schon hinter sich."

Die Stimme kam von hinter mir, deswegen drehte ich mich schnell um. Er zeigte wieder sein Gesicht. Evie drehte sich ebenfalls um und starrte, als würde ich Geister sehen „Alles okay?"

Es war nicht so, dass ich eine Sekunde daran geglaubt hatte, dass er wirklich hier wäre „Nichts, ich dachte, ich hätte was gehört."

Tyron schaute enttäuscht „Hey, ich habe auch Gefühle, du kannst nicht einfach so tun, als wäre ich nicht hier."

Ich konnte nicht mit ihm sprechen, zumindest nicht während jemand in meiner Nähe war. Meine Blicke wanderten suchend im Raum herum. Es war nur noch eine weitere Person im Raum. Entweder war sie auf dem Stuhl eingeschlafen oder sie war am Beten „Evie, wer ist das?"

172

Sie adaptierte meine Blickrichtung „Das ist Alice, sie ist auch eine Patientin, ich habe schon einmal mit ihr gesprochen, doch ihre Worte waren recht verwirrend."

Der sonstige Raum war Menschenlos „Wieso sind hier nur so Wenige?"

Als ich das letzte Mal von den Pflegern getragen wurde, waren auch mehr Patienten auf dem Gang. Evie hatte jedoch eine Antwort auch auf das „Vielen wurde das Recht auf diesen Raum genommen und wir haben den Raum nur den halben Tag, nach dem Mittag dürfen wir nur noch, wenn wir einen Termin beim Psychiater haben, aus unseren Zimmern."

Der Geist meldete sich wieder „Hey, hast du dich schoneimal gefragt, warum du hier bist und nicht dein starker Bruder. Ganz einfach, er hat sich nicht verkrochen wie so ein feiges kleines Spinnchen."

Ich sollte ihm nicht zuhören, doch das war wirklich schwer. Seine andauernden Bemerkungen konnte man schon früher nicht ausblenden „Du siehst aus, als würdest du denken. Das sieht dir ähnlich, erst denken, dann nicht handeln."

Eine Ablenkung kam mir gerade gelegen „Wie wäre es mit einem Spiel?"

Sie nickte und wir gingen zum Tisch. Tyron musste natürlich wieder einen Kommentar abgegeben „Reicht es nicht, dass du dauernd gegen deinen Bruder verloren hast, jetzt auch noch gegen ein Mädchen?"

Ich achtete nicht auf ihn und wir begannen mit dem Spiel. Das Spiel endete schneller als erwartet, sie war wirklich kein Gegner für mich und das bedeutete sie spielte wirklich grausam „Du hast noch nicht wirklich gespielt?"

Sie schüttelte den Kopf „Doch ein paar Mal in meiner letzten Einrichtung, doch 13."

Sie zögerte, als sie die Zahl sagte „Mal hatte mich mein Gegner besiegt und sonst hatte ich auch verloren, er war wirklich sehr gut."

Die Frau kam zu uns „Du bist neu hier, nicht wahr?"

Sie schaute mir in die Augen, als würde sie versuchen meine Seele ausfindig zu machen „Sagen wir ja."

Ihr starren hörte nicht auf „Deine Augen sahen viel Leid, ich sehe Feuer alles verbrennen und die Schlange, die dich vergiftet."

Das meinte also Evie mit verwirrend, doch ihre Worte waren nur ein Rätsel, aber sie konnte das mit dem Unfall auch nicht wissen „Wie kannst du d?"

Ich konnte mir nicht erklären, warum sie den Kopf schüttelte „Du verstehst mich falsch, ich rede nicht von dem Feuer, doch deine innere Blockade wird sich irgendwann lösen."

Die beiden Pfleger kamen und gingen auf Alice zu „Der Doktor will sie sehen."

Das war doch kein Zufall, dass sie genau jetzt abgeführt wurde. Bevor sie ging, richtete sie ihren Blick auf Tyron „Selbst eine Spinne kann eine Schlange besiegen."

Sie verschwand mit den Pflegern. Tyron meldete sich zu Wort „Und du denkst ich wäre verrückt."

Ob sie Tyron sehen konnte oder eine Schraube locker hatte, wusste ich nicht, doch ihre Worte schwirrten die ganze Zeit in meinem Kopf herum. Evie schaute mich besorgt an „Alles okay? Hast du etwa verstanden was sie sagte?"

Das hatte ich zumindest zum Teil, doch ich schüttelte den Kopf „Nein, ihre Worte ergaben kein Sinn?"

Mein Blick wanderte von Evie auf das Schachbrett, dann zum Kanten, der immer noch auf der Couch saß, danach zur Tür und wieder auf Evie „Ich habe gehört beim zweiten Mal ist es einfacher."

Evie lächelte „Wir haben nicht viel anderes zu machen, als können wir auch ein zweites Mal spielen."

Das meinte ich nicht ganz, doch der richtige Antwortete nur kurz danach „Dass du so etwas vorschlägst, ich dachte ja, du checkst nie aus."

Ich richtete mich diesmal an die reale Person „Meine Aussage bezog sich nicht auf das Spiel. Du willst doch deinen Bruder wiedersehen, also was hältst du davon etwas Luft zu schnappen?"

Während sie mich verwundert anstarrte, meldete sich das Hirngespinst „Ob das so clever war, sie könnte dich verraten. Oh, warte, sie heißt ja nicht Talian, du kannst ihr also trauen."

Er hatte recht mit beiden seinen Aussagen, ich sollte ihr nicht trauen, doch ich hätte auch nur verdient verraten zu werden. Nachdem was ich meinen eigenen Bruder antat „In Ordnung, ich bin dabei. Wir sollten jedoch nicht hier reden."

Sie schaute zuerst auf den Kanten, mein Blick folgte ihren „Ich schätze wir beide sind nicht die besten Kämpfer, wenn die Pfleger uns entdecken könnten wir ihn wirklich gebrauchen."

Meine Worte erschraken sie und mein nächster Zug noch mehr „Das hast du nicht ernsthaft vor?"

Als sie mich Aufstehen sah, hielt sie mich wohl für verrückt „Genau das habe ich."

174

Ich ging zu dem Koloss hin, doch Tyron hielt mich an der Schulter fest, es fühlte sich fast schon so an, als würde mich wirklich etwas greifen „Das ist ein Fehler, Evie kannst du wenigstens etwas vertrauen, doch bei diesem Gorilla hast du Glück, wenn er dir nicht dein Kopf abreißt."

Er redete fast so als wäre es sein Kopf von dem er sprach, aber ich schätze, dass war er auch in gewisser Weise „Ich weiß was ich tue."

Ich fegte seinen Arm wie Staub von meiner Schulter und stellte mich neben den Gorilla. Er schnaufte mich an „Was willst du?"

Es gab keinen anderen Weg, also versuchte ich mutig zu sein wie Michael „Willst du hierbleiben?"

Er stellte sich vor mich „Ja, das ist mein Platz."

Sein Finger zeigte auf die Couch. Ich flüsterte nur um sicher zu gehen „Das meinte ich nicht, willst du nicht raus aus dieser Anstalt?"

Er runzelte seine Stirn „Wieso?"

Diese Frage hatte ich wirklich nicht erwartet, doch Tyron half mir eine Antwort zu finden „Frag ihn nach einer Freundin oder jemand anderen den er wiedersehen will."

Mein Hirngespinst wollte wohl wirklich nicht seinen Kopf verlieren „Hast du nicht draußen jemanden, der auf dich wartet? So ein gutaussehender Kerl hat doch sicherlich eine Freundin."

Er schubste mich für seine Verhältnisse sanft weg und setzte sich wieder hin „Nein, jetzt verschwinde."

Tyron zuckte nur mit den Schultern, als ich ihn für eine weitere Idee anschaute. Dass er uns nicht half, war an sich abzusehen, doch ich erwartete auch nicht, dass er Kenneth über meinen Vorschlag informierte. Auf dem Weg zurück zu Evie schaute ich auf den Gorilla „Er hat gezögert, oder nicht?"

Ich hatte es nicht gemerkt, doch ich konnte so etwas noch nie gut erkennen. Das lag vielleicht auch daran, da ich selbst öfters zögerte und das ohne zu lügen oder Hintergedanken. Auf jeden Fall konnte ich jetzt nicht seine Frage beantworten, also ging ich schweigend zu Evie und setzte mich ihr gegenüber „Hattest du wirklich erwartet, dass er uns hilft?"

Was sollte ich sagen, natürlich war es mir bewusst, dass er uns nicht aus Gutmütigkeit unterstützen würde, doch er hätte sich auch selbst geholfen „Wahrscheinlich nicht."

Meine Einbildung meldete sich wieder „Hast du dir das schon einmal angesehen?"

Sein Blick richtete sich auf den Fernseher. In den Nachrichten stand irgendetwas von Windermere, anscheinend ist dort eine Gasleitung geplatzt, wobei mehrere Personen ums Leben kamen. Ich fand damals dort das Motorrad, doch mir war nicht einmal bewusst was er in der Stadt getan hatte oder wieso er dort war, genauso wenig wusste ich, warum Tyron das so interessant fand. Ihn zu fragen war mir nicht möglich, also vergaß ich einfach die Geschichte und wandte mich wieder an Evie „Wie ist sein Name?"

Sie schaute mich verwirrt an „Was?"

Sie sagte mir den Namen von Alice, doch seinen Namen nicht „Der Name, der einzig anderen Person in diesem Raum."

Ihr Blick wanderte zum Gorilla „Er hat mit mir nie ein Wort gewechselt, als er vorhin mit uns sprach, war es das erste Mal, dass ich seine Stimme hörte."

Ich stand wieder auf und ging erneut zu ihm „Talian." Er schaute mich überrascht an „Mein Name ist Talian Hunter."

Es sah fast so aus, als hätte er ein Geist gesehen „Dein Name ist Talian Hunter?"

Er konnte mich wohl kaum kennen, also lag es wohl an seiner Intelligenz, dass ich es drei Mal wiederholen musste „Ja."

Als er sich vor mir aufbäumte, erkannte ich pure Wut in seinen Augen „Das ist nicht möglich, also sag dem Arzt, ich werde immer noch nichts sagen, er kann mich auch gerne wieder in den Wasserraum stecken."

Es war wohl überraschend, doch anscheinend kannte er mich und nach seiner Stimme zu urteilen, arbeitete er auch nicht für die Regierung „Du kennst mich?"

Seine Hände ballten eine Faust „Talian Hunter ist tot, also nimm nicht seinen Namen in den Mund, das bist du wirklich nicht wert."

Gerade wieder wo es interessant wurde, kamen die zwei Pfleger wieder rein „Nathan, der Doktor will dich sehen."

Er ging mit den Pflegern mit. Evie und ich waren nun die einzigen im Raum. Auch wenn eine Stimme mich wohl eines anderen überzeugte „Nathan, hast du den Namen schon einmal gehört?"

Ich schüttelte den Kopf. Dieser Name war mir zwar nicht unbekannt, aber ich habe nie den Echten getroffen, jedoch schien er definitiv mich zu kennen, auch wenn seine Worte genauso verwirrend waren, wie die von Alice. Ich war wohl am Leben, sonst hätte ich nicht vor ihm stehen können. Die einzige Möglichkeit, die ich mir vorstellen konnte ist, dass er mich verwechselte. Tyron lenkte wieder die Aufmerksamkeit auf sich „Hast du dich schon einmal gefragt, warum das süße Mädchen nicht verschleppt wird und sie sich nicht wundert, dass hier einer nach den Anderen die Fliege macht?"

Seine Worte ließen mich kurz an ihr zweifeln, doch das konnte ich mir wirklich nicht leisten. Ich wartete und setzte mich auf die Couch. Die Pfleger kamen wieder und gingen auf mich zu „Der Arzt will mit dir sprechen."

Tyron zeigte mit seinen beiden Fingern auf Evie „Warum mich?"

Die Beiden waren wirklich nicht fröhlich über meinen kleinen Widerstand „Du stellst keine Fragen, du bist der Patient und wenn der Arzt dich sehen will, dann willst du das auch."

Es wäre Sinnlos sich weiter zu widersetzen, also stand ich auf und folgte den Pflegern. Sie führten mich dem immer gleichen Gang entlang und brachten mich in dasselbe Büro. Als sie die Tür aufmachten und mich reinstießen, erkannte ich nicht nur Kenneth, sondern noch einen Unbekannten. Nach seinem Auftreten und seiner Kleidung war er wohl ein Geistlicher „Talian, das ist Pater Frederick, ich finde es war schon längst überfällig, ihn dir vorzustellen, denn ich denke es liegt nicht mehr in meiner Macht, dir zu helfen."

Hilfe konnte man das wirklich nicht nennen „Ich verstehe nicht?"

Der Pater hatte eine sehr ruhige und gelassene Stimme, fast schon vertrauensvoll, doch genau aus diesem Grund hätte ich ihn direkt misstrauen müssen „Ich leite als Pater eine Art Zuflucht für die Seelenkranken. Es wurden schon viele Menschen geheilt, indem sie zu Gott fanden."

Er schlug vor die Klapse für sein Kloster einzutauschen, an sich ein nettes Angebot, doch ich bin schonmal von hier geflohen, das war zwar nicht aus eigener Kraft, doch in diesem Ort kannte ich mich wenigstens aus „Nein, ich verzichte, Dr. Kenneth kann mich sicherlich besser behandeln."

Der Pater schaute überrascht „Bei dir hatte ich Hoffnung, dass du es verstehen würdest. Nathan blieb zwar stur, doch vielleicht kann ich dich ja noch überzeugen."

Er hatte es also nicht nur mir angeboten, wahrscheinlich hat Alice das Angebot direkt angenommen „Alice hat ihr Angebot angenommen?"

Er nickte „Ja, genauso wie Evie."

Sie war doch noch nicht einmal hier „Wann hat sie zugestimmt?"

Seine Stimme war so ruhig, noch nicht einmal Tyron könnte eine Lüge erkennen „Wir haben sie schon am gestrigen Tage gefragt. Sie hat die Idee freudig empfangen."

Sie hat nicht mal etwas in der Richtung erwähnt, als ich meinen Vorschlag zur Flucht kundtat, doch das veränderte an sich nichts, zumindest für mich „Du musst mitgehen."

Die Person im Schatten meldete sich wieder und ich konnte wirklich nicht fassen, dass dies seine Worte waren „Kenneth bist du schon einmal entflohen und ein zweites Mal wird er wohl kaum zulassen, also hast du bessere Chance dem Pfaffen zu entkommen."

Er hatte einen Punkt, also antworte ich wie immer mit einem langen Zögern „Ja, ich werde mitgehen."

Der Pater lächelte sanft „Das sind wahrlich gute Neuigkeiten, ich bin mir sicher, du wirst dich schnell in der Gemeinde einleben, genauso wie Evie und Alice. Eine Frage habe ich jedoch noch, glaubst du an den Herrn und Vater, den allmächtigen Gott?"

In meiner Jugend las ich die Bibel, ich war zwar nicht wirklich gläubig, doch ich verstand die Kraft, die die Geschichten den Menschen gaben. Ich verstand die Kraft, die die Geschichten mir gaben „Selig sind, die das Wort Gottes hören und bewahren."

Es war wohl besser, wenn er mich für einen Gläubigen hielt. Er glaubte mir wohl „Lukas 11, 28 einer der wohl bekanntesten Verse."

Kenneth hatte noch eine letzte Frage „Bevor ich dich gutem Gewissen gehen lassen kann habe ich noch eine Frage. Dein Bruder, wo."

Bevor er überhaupt die Frage stellen konnte, antwortete ich „Er ist im Gefängnis für seine Verbrechen."

KAPITEL 11

Es war der erste Tag in der neuen Anstalt, schon sein Name Garten Eden war etwas einladender als Cold Waters, auch wenn er wirklich etwas übertrieben war, zumindest für eine Heilanstalt. Doch die Zimmer waren auch um einiges besser. Ich hatte eine Einzelzelle gegenüber der von Evie und neben der von Alice. Uns war es jederzeit erlaubt aus den Zimmern herauszugehen und in dem großen umzäunten Garten wie in der Kapelle Zeit zu verbringen. An der Zimmertür war ein Tagesplan angehängt. Jeden Morgen, Mittag und Abend wird im Speiseraum gemeinsam gegessen. Donnerstag und Samstag gab es eine gemeinsame Gebetsstunde. Jeden Freitag hatte ich zusätzlich einen Termin bei Pater Frederick. Die Anziehsachen, die mir in mein Zimmer gelegt wurden, sahen nicht wirklich anders aus, wie die Kleidung in der Psychiatrie, doch sie fühlten sich um einiges weicher an. Jede Zelle hatte ein eigenes Bad und da ich geduscht hatte, brach ich ein Versprechen. Ich sah mir meinen rechten Arm an, doch ich verstand immer noch nicht, was mein Bruder meinte, da ich wirklich nichts gesehen hatte, außer einen ganz normalen Arm.

An der Tür wurde geklopft, es war ungewohnt, das Geräusch zu hören, da die Pfleger immer nur in das Zimmer hereinbrachen. Ich ging zur Tür und machte auf, es war der Pater persönlich „Darf ich eintreten?"

Alleine gefragt zu werden, war eine Ehre. Ich machte ihm Platz und schloss die Tür hinter ihm „Danke. Ich wollte fragen, wie dir das Ambiente hier gefällt, die meisten Menschen finden es sehr beruhigend und himmlisch."

Ja, es war wohl sehr idyllisch „Definitiv, doch ich bin auch weiße Zimmer mit verstärkten Stahltüren gewohnt."

Er lachte leicht „Das stimmt wohl, Cold Waters ist nicht für seine schöne Innenausstattung bekannt."

Es traf sich gut, dass er zu mir kam, da ich ihm noch eine Frage stellen wollte und nicht noch zwei Tage auf unsern Termin warten wollte „Wo genau sind wir?"

Er nickte sanft, als hätte ich eine ja oder nein Frage gestellt „Dieser Ort wird Garten Eden genannt, auch wenn der Name vielleicht etwas überspitzt ist, ich gründete diesen Ort unter dem wahren Namen Heilstätte des Herrn."

Das sagte er mir schon das erste Mal, doch das meinte ich auch nicht. Ich wurde zur Transportation sediert, also wusste ich noch nicht mal, ob wir noch in England waren „Ich meine das Land?"

Er öffnete die Tür „Folg mir."

Das war wirklich keine Antwort, doch ich gehorchte ihm. Er führte mich in den großen Garten durch den ich auch zu meinem Zimmer geführt wurde. Er stellte sich vor dem hohen Holzzaun, der sich um das ganze Gebiet zog. Ein Pfahl stand so dicht neben den anderen, dass man nicht mal aus dem Garten schauen konnte. Der Pater strich über das Holz mit seinen Fingern „Du meinst, welches Land genau hinter diesem Zaun liegt. Du musst es dir so vorstellen, dort draußen ist ein Land und hier drinnen ein anderes. Solange es uns hier drin gut geht, müssen wir uns nicht um die Welt auf der anderen Seite der Mauer kümmern."

Seine Worte klangen wie die eines fanatischen Verrückten, doch seine folgenden Worte hörten sich wieder an wie die eines normalen

Menschen „Um genau zu sein, hinter dieser Wand versteckt sich das bezaubernde Irland."

Ich war vorher noch nie in Irland, doch er hätte mir auch sagen können, dass hinter dem Zaun Alaska lag und ich könnte nicht sagen, ob er log. Er blickte mir direkt in die Seele „Du kannst dich entscheiden, wollen wir die Taufe heute durchführen oder an einem anderen Tag?"

Ich verstand nicht ganz, was er meinte „Welche Taufe?"

Er kam auf mich zu und legte sanft den Arm auf meine Schulter „Sehe es als Neubeginn, jedes neue Mitglied wird getauft und tritt rein und mit einem neuen Namen unserer Gemeinde bei."

Neuer Name klang schon fast nach einer Sekte, doch ich musste wohl mitspielen „Heute, umso schneller der Neustart, desto besser."

Er nickte „Gut, doch bedenke, du hast nur einen Neustart, die Taufe wird nicht jedes Mal neu ausgeführt, damit du immer wieder mit einer weißen Weste auftauchst."

Das war mir wohl bewusst „Natürlich."

Der Gedanke an einen Neubeginn war wirklich zu schön um wahr zu sein, ich hätte wirklich alles gegeben, um meinen Bruder noch einmal zu sehen. Der Pater wand sich mit dem Rücken zu mir an mich „Warte hier, die Reinigung wird hier draußen vollzogen in Anwesenheit aller."

Er ließ mich alleine zurück und ich schaute mich im Garten genauer um. Es sah wirklich etwas paradiesisch aus, die kleinen Bäume mit dem kleinen Bach, der unter diesen verlief und die kleinen Blumenfelder am Rand des gepflasterten Weges, welcher in der Mitte des Gartens zu einem großen Springbrunnen führte. Es sah nicht aus als würde es aufeinander abgestimmt sein, doch der Ort hatte den Effekt, dass alles an seiner bestimmten Position stand. Keiner konnte abstreiten, dass ich mitten im Garten Eden stand und er wirklich einen himmlischen Einfluss auf mich hatte. Die schöne stille wurde jedoch vom Teufel zu meiner linken gebrochen „Ich gebe zu, es ist schön hier, doch du solltest dich nicht schon vom Vorhang fesseln lassen, das Stück wird hinter diesem gespielt."

Mir war klar, was er meinte, doch er hatte es wirklich seltsam für seine Verhältnisse ausgedrückt. Als die Zeit dann reif war, standen Alice, Evie und ich vor dem kleinen Bach, während der Pater schon knietief im Wasser war. Der Bach war wirklich tiefer als ich erwartete. Natürlich waren die anderen Patienten der Heilstätte ebenfalls anwesend, sie standen in einem Halbkreis hinter uns. Der Pater reichte mir die Hand „Nimm meine Hand und lass mich dich auf den rechten Weg führen."

Ich zögerte, doch meine Hand packte dann letztlich die Seine. Wir standen nun gegenüber, meine Beine waren genauso tief im Wasser wie die Seinen „Um den Neubeginn zu vollziehen, brauchst du auch einen neuen Namen."

Ich ließ mich darauf ein, doch trotzdem fiel mir kein Name ein, also richtete sich mein Blick gegen das Wasser. Mein Gesicht spiegelte sich auf der Oberfläche. Der Pater merkte mein Zögern „Wie sich im Wasser das Angesicht spiegelt, so ein Mensch im Herzen des Andern."

Eine Stimme ertönte „Matthew."

Bevor ich nachdachte wiederholte ich das Wort „Matthew."

Der Pater legte seine Hand an meinen Hinterkopf „Dann soll es so sein. Ich bin der Weg und die Wahrheit und das Leben, niemand kommt zum Vater denn durch mich."

Er drückte meinen Kopf runter, ich wehrte mich nicht und ließ mich einfach ins Wasser sinken. Ruhe und Stille waren allgegenwärtig, nur noch zu hören, war das leise fließen des Wassers. Es fühlte sich an, als würde das Wasser direkt durch mich durchfließen. Der Pater zog mich ruckartig an die Luft „Willkommen in der Gemeinde, Bruder Matthew. Bringe die Kunde Jesu und tue Gutes, so dir wird Gutes getan, doch bedenke wer sein Leben behalten will, der wird es verlieren, und wer sein Leben verliert um meinetwillen, der wird es behalten."

Es war geschehen, ich fühlte mich wirklich wie neugeboren, zumindest für kurze Zeit und das überstieg schon meine Erwartungen. Ich verließ das Wasser, die Gemeindemitglieder versammelten sich um mich und legten mir nacheinander ihre Hand auf die Schulter.

Als wieder Ruhe eingekehrt war, begab sich Evie ebenfalls etwas zögerlich ins Wasser. Sie gab ihm direkt einen Namen „Lucina."

Er nickte und lächelte sie an, während seine Hand sich an ihren Hinterkopf heftete „Denn was hilft es dem Menschen, die ganze Welt zu gewinnen und Schaden zu nehmen an seiner Seele, lass mich deine Seele mit diesem gesegneten Wasser heilen."

Seine Worte waren wirklich immer wohl formuliert und erreichten wahrscheinlich selbst Tyrons schwarze Seele. Der Pater drückte sie Unterwasser. Sie fühlte wohl dasselbe wie ich, bevor sie wiederauftauchte „Schwester Lucina, du wirst das Licht sein, welches die Schwachen, Verwirrten und Verlorenen zum Reich Gottes führt."

Das war ihre Aufgabe, zumindest klang das so. Seine Worte blieben in meinen Kopf, als sie das Wasser verließ.

Alice ging ohne zu zögern ins Wasser „Naomi."

Seine Hand fügte sich wieder an ihren Kopf „Gutes und Barmherzigkeit werden mir folgen mein Leben lang."

Sie vervollständigte das Bibelzitat „Und ich werde bleiben im Hause des Herrn immerdar."

Der Pater führte sie ins Wasser. Er ließ sie um einiges länger Unterwasser, als uns, doch sie wehrte sich nicht. Ihre erste Reaktion war wie die unsere, als wir aus dem Wasser stiegen, sie schnappte schnell und kräftig nach Luft. Der Pater legte bei ihr die Hand auf ihre Stirn und führte seine andere Hand zu seinem Herzen „Schwester Naomi, quäle dein Herz nicht mehr, sondern beweise Stärke in diesen Zeiten und bleibe Ehrlich zu dir, wie zu deinem Nächsten."

Wir standen alle drei am Ufer und schauten den Pater an, der seine Hände in den Himmel streckte „Brüder und Schwestern, freut euch, lasst euch zurechtbringen, lasst euch mahnen, habt einerlei Sinn und haltet Frieden. So wird der Gott der Liebe und des Friedens mit euch sein."

Die anderen Patienten taten einen Schritt vorwärts und sprachen alle gleichzeitig das Gleiche „Ich will deine Befehle nimmermehr vergessen, denn du erquickst mich damit."

Mein Blick wanderte zu Tyron, wir beide dachten dasselbe in diesem Moment. Der Pater stieg aus dem Wasser und legte mir seine Hand auf die Schulter „Matthew, der Name hat stärke, ich hoffe du trägst ihn mit Stolz."

Ich antwortete ihn nur mit einen leichten lächeln. Seine nächsten Worte richtete er an uns drei „Ihr seid sicher noch erschöpft von eurer Reise hier her, deswegen schlage ich vor, dass wir heute eine Ausnahme machen und das Abendessen vorziehen."

Das klang wirklich nach einer guten Idee, ich konnte mich immer noch nicht erinnern, wann ich das letzte Mal gegessen hatte. Alice antwortete dem Pater „Da gebe ich ihnen nur recht."

Wir gingen gemeinsam in einen großen Raum, in welchem schon die Tische gedeckt waren. Eine Frau in Nonnengewand kam auf den Pater zu „Das sie das Essen vorziehen, ist doch vorher noch nie vorgekommen."

Die Frau war noch recht jung, doch sie schien Pater Frederick schon länger zu kennen „Sophia, bitte. Wir hatten auch lange nicht mehr Neuzugang."

Sein lächeln beruhigte sie „Gut, das Essen wird bald fertig sein."

182

Sie ging in einen Nebenraum, während sich der Pater, die Patienten und Alice setzten. Der Pater bot die beiden Stühle, die zu seiner rechten frei waren uns mit einer Handbewegung an. Wir setzten uns und schwiegen. Der Pater stand wieder auf und nahm einen Krug in die Hand. Er füllte mein Glas als erstes „Bruder Matthew, bitte du darfst heute Abend das Gebet sprechen."

Die Meisten hätten wohl jetzt keine Ahnung gehabt, was sie sagen sollen, doch ich wusste genau, was ich zu sagen hatte „Wir sind alles nun Brüder und Schwestern, deswegen bete ich, dass jeder Bruder und jede Schwester hier drin für seine Geschwister da ist und sie ehrt. Familie ist das wichtigste, Amen."

Erst als der Pater jeden eingeschenkt hat und sich wieder setzte öffneten die Patienten ihre Augen „Amen."

Der Pater sprach es vor und die Patienten sprachen es alle gleichzeitig nach. Frederick nahm sein eigenes Glas hoch „Wir haben heute drei Menschen dazugewonnen und dafür sollten wir alle dankbar sein, doch es gibt noch mehr gute Nachricht, Erik und Simon, geht hin und isst euer Brot mit Freuden, trinkt euer Wein mit gutem Mut, denn euer Tun hat Gott schon längst gefallen. Morgen zu Sonnenaufgang kommt ihr beide in mein Büro, denn es wird Zeit für euch, nach Hause zu gehen."

Das Essen wurde von mehreren Schwestern gebracht, sie waren alle um dasselbe Alter, etwa Mitte Zwanzig, ich hätte gedacht, dass es wenigstens eine ältere Frau, als Oberhaupt auftrat, doch dem war nicht so. Bevor ich anfangen konnte zu essen, gab Tyron noch einen Kommentar ab „Schau dir mal das Essen an, es sieht genau so aus, wie das der Anderen."

Seine Anspielung regte mich nicht auf, doch da sie mich an Michael erinnerte, versetzte sie mich in Trauer. Evie merkte das direkt „Alles okay?"

Ich nickte und fing an zu essen. Nachdem jeder Teller leer war, gingen alle in ihre Zimmer. Alleine war ich leider nicht „Hast du dir schon einen Weg überlegt?"

Er meinte wohl zu fliehen, doch ob ich das noch wollte war eine andere Frage „Nein."

Ohne Grund fing er an zu lachen und kam auf mich zu. Seine Absicht war mir Angst zu machen, aber obwohl er nur ein Hirngespinst war, funktionierte es. Das Lachen hörte auf, als er direkt vor mir stand und wurde zu bedrohlichem Schweigen.

„Dann mach ich das halt allein." Mir stand wohl nie jemand zur Seite und sicher nicht diese kleine Spinne.

Ich ging aus dem Raum und in den Garten, kein Mensch war zusehen, was natürlich mir nur zu Gute kam. Mein Blick wanderte von Eck zu Eck, um erstmal nach versteckten Kameras zu suchen. Zumindest mit meinen Augen konnte ich keine entdecken. Ich führte meine Hand an der Wand entlang und ging den Garten bis zum Bach ab. Der Zaun ging auf der anderen Seite des Baches weiter und auf Nasswerden verzichtete ich gerne, also blieb mir nur die Wahl am Bach entlang zu laufen. Meine Augen waren zwar weit offen, doch es war kein Fluchtweg zu erkennen. Ich hätte mir denken können, dass es keinen leichten Weg hier rausgäbe. Meine Faust führte ich erstmal langsam gegen den Zaun und holte dann aus „Hm, was machst du hier draußen?"

Hinter mir erschien auf einmal Alice, genau diejenige die ich nicht gebrauchen konnte „Das kann ich dich genauso fragen."

Als sie mir näherkam, senkte ich meine Faust „Deine Kontrolle ist sehr stark über ihn, doch du solltest ihn freigeben."

Wie erwartet, war sie mein größtes Problem „Wer bist du, dies mir ins Gesicht zu sagen?"

Sie legte ihre Hand auf meine Brust „Naomi, doch das meintest du wohl nicht. Wir sind uns sehr ähnlich, solltest du wissen, doch ich habe den rechten Pfad nie verlassen."

Ich war für sie schon die ganze Zeit sichtbar, doch es gab an sich kein Weg, dass sie mich sehen konnte „Kein Mensch kann mich sehen, also wieso ist es dir gelungen."

Ihre Augen strahlten mich an „Ich lass nicht zu, dass du diese gute Seele verdunkelst."

Die Hand, die leicht auf meiner Brust lag, brannte sich nun in meine Haut. Ich machte einen Ausweichschritt nach rechts und schlug ihre Hand dabei weg „Was bist du?"

Ihr Lächeln verdeutlichte nur ihren Hochmut „Du weißt doch wofür Cold Waters war, also sei doch nicht so überrascht, oder hast

184

du wirklich gedacht Lazarus wäre wirklich das einzige gescheiterte Projekt."

Sie wusste viel zu viel über mich, sie war in meinem Kopf, das fühlte ich. Sie musste beseitigt werden, das wusste ich „Du arbeitest also für die Regierung, wie Kenneth und Frederick."

Sie lachte „Nein, ich arbeite nur für Ehrenwerte und Noble und da ich noch keinen ehrenwerten noch noblen Menschen gefunden habe, diene ich nur dem Herrn."

Also gehörte sie einen Regierungsprojekt an, es ist wahrscheinlich gescheitert und sie war das Überbleibsel so wie unser Matthew. Egal wie viel wir gemeinsam hatten, ich konnte mich nur auf eine Art vor ihr schützen, zumindest vorerst „Du hast gewonnen, ich werde ihn nicht weiter verunreinigen."

Ich hatte eh schon meinen Plan gefunden, wie ich, mich hier rausbekommen würde.

Ich wachte in meinem Bett auf, meine Brust brannte wie Feuer, doch als ich meinen Kragen hochzog um nachzusehen, war nichts Unnormales zusehen. Mein erster Gedanke war die Schmerzen auszublenden, da mir noch eine Frage auf dem Herzen lag „Tyron, wie kamst du auf den Namen?"

Es kam keine Antwort. Als ich mich im Raum umsah, erblickte ich nur Leere. Ich war alleine, natürlich war ich auch alleine, wenn ich mich mit Tyron unterhielt, doch er war wenigstens eine Art Gesellschaft. Mir fiel die Taufe als Erklärung ein, doch wie konnte diese ein Hirngespinst vertreiben und er war gestern Abend auch noch da. Wieso ich nach einem Grund suchte, war mir nicht klar, ich hätte mich einfach freuen sollen, dass er nicht mehr da war.

Ich ging in das Bad und machte mich frisch. Als dann der Spiegel in mein Blickfeld fiel, erschrak ich kurzzeitig. Er war beschlagen und ein Wort war auf ihn geschrieben „Bruder."

Das Wort verschwand und es bildeten sich neue Wörter „Es gibt einen Weg."

Als die Wörter wieder verschwanden, erschrak ich noch einmal, da an der Tür geklopft wurde. Mir war Bewusst, als ich das Bad verließ, dass ich nicht über das gerade Geschehene reden durfte, egal wer mich erwartete, sonst würde ich für noch verrückter gehalten werden. Die

Person vor der Tür war Evie oder jetzt wohl Lucina, ich wusste nicht genau wie ich sie anreden sollte, deswegen begrüßte ich sie ganz normal „Morgen."

Sie erwiderte mit demselben einfachen Wort „Morgen."

Sie war wohl auch noch etwas überwältigt von dem Ganzen „Kann ich etwas für dich tun?"

Sie stürmte in mein Zimmer und schloss die Tür hinter sich „Unser Plan bleibt immer noch bestehen?"

Ihre Stimme ließ Entschlossenheit herausdeuten, leider zeigte mein Zögern nur das Gegenteil „Was bringt es?"

Sie runzelte ihre Stirn „Was bringt es? Wir können unsere Brüder wiedersehen."

Tyron war wohl nicht hier, um mich etwas anderem zu überzeugen „Sagen wir, dass wir entkommen, entweder werden wir wieder gefangen, oder unsere Brüder sind eh schon lange tot und wie willst du hier eigentlich heraus, außer aus natürlichen Gründen, können wir hier nicht raus."

Die Stimme in meinem Kopf nannte mich Feigling und Aufgeber, doch ich war an sich nur ein Realist. Ich hätte ihr falsche Hoffnungen machen können, doch seien wir mal ehrlich, Kenneth hatte nicht gelogen, ihr Bruder war genauso tot wie meiner, egal was der Spiegel mir zeigen wollte. Mein Blick fiel auf die Uhr, es war Zeit „Wir müssen jetzt zum Frühstück, komm."

Ich ging aus dem Raum und wartete bis sie ebenfalls den Raum verließ, die Wütende lief schweigend an mir vorbei, als ich die Tür schloss. Mir tat es weh ihr nicht helfen zu können, doch genau darin lag das Problem, ich konnte ihr nicht helfen. Im Speisesaal angekommen, saßen schon alle auf ihre Plätze, wir wurden wohl schon erwartet „Ich bin das Brot des Lebens, wer zu mir kommt, den wird nicht hungern und wer an mich glaubt, den wird nimmer dürsten. Es sei denn man kommt zu spät." Nach seinem Lachen meinte er es wohl nicht ernst „Matthew, Lucina setzt euch bitte, dann können wir beginnen."

Wir nahmen unsere Plätze ein. Der Pater stand auf und zog die Aufmerksamkeit vollkommen auf sich „Brüder und Schwestern, lasst uns gemeinsam beten. Dies ist der Tag, den der Herr macht, lasst uns freuen und fröhlich an ihm sein. Darum sorgt nicht für morgen, denn der morgige Tag wird für das Seine sorgen. Zuletzt, Brüder und Schwestern, freut euch, lasst euch zurechtbringen, lasst euch mahnen, habt einerlei Sinn, haltet Frieden. So wird der Gott der Liebe und des Friedens mit euch sein. So vergiss meine Weisung nicht und dein Herz behalte meine Gebote, denn sie werden dir langes Leben bringen, gute Jahre und Frieden. In Namen des Vaters, des Sohnes und des Heiligen Geistes."

Es ertönte, obwohl alle Sprachen, nur ein Wort „Bruder."

Ich wurde wohl verrückt, doch vielleicht hatte ich ja richtig gehört. Leise flüsterte ich zu Evie „Was sagten sie gerade?"

Sie blickte mich verwundert an „Amen."

Also war es wohl ich, der verrückt wurde. Alice sah mich ebenfalls etwas besorgt an, doch sie konnte meine Frage nicht gehört haben. Mir brummte der Kopf und das nicht nur vor Fragen. Nach dem Frühstück verabschiedete ich mich am schnellsten und stand schon wieder vor meiner Zimmertür. Gerade als ich die Tür öffnen wollte, rief jemand auf dem Gang meinen Namen „Matthew."

Es war Alice, die mich mit meinem neuen Namen ansprach, sie klang recht besorgt und kam mir langsam näher „Was kann ich für dich tun?"

Sie blieb direkt vor mir stehen „Die Schlange, vergiftet sie dich immer noch?"

Das tat er wohl nicht mehr, doch wieso fragte sie so kurz nach seinem Verschwinden „Nein, ich bin befreit, zumindest fühle ich mich so."

Sie lächelte mit Zufriedenheit „Das erfreut mich, dann kann ich dir ja jetzt vertrauen."

Sie zog langsam ein Kreuz aus ihren Kragen, ich hatte vorher nicht bemerkt, dass sie eine Kette trug, sie musste sie wohl versteckt haben. Nach einen kurzen Blick nach hinten, um zu sehen ob wir beobachtet wurden, zog sie die Kette aus und hielt sie mir hin. Das Pendeln des Kreuzes war fast hypnotisch und ihre ruhige Stimme erst recht „Matthew, du bist ein guter Mensch, also tu mir ein gefallen und beschütze dies."

Sie nahm meine Hand und legte das Kreuz sanft herein. Meine Finger schlossen sich, bevor ich fragte „Wieso ich?"

An sich hatte ich mit keiner Antwort gerechnet, oder dass sie sich irgendwie drum herumredete, doch eine Antwort die ich nicht verstand war noch schlimmer „Ein Mensch der alles verloren hat, scheint nichts mehr zu verlieren zu haben, doch ein Wort soll sein Herz befreien, eine Bestimmung sein und ihm neue Kraft schenken."

Ihre Worte waren nicht aus der Bibel, doch sie hatten dieselbe Wirkung, als sie eine kurze Pause einlegte. Natürlich war ich gespannt welches Wort sie meint, doch erschrak ich als sie es aussprach „Selbstmord."

Mein Gesicht wurde starr vor Angst, so ein Wort hatte ich nicht von so einer zarten Gestalt erwartet zu hören „Was?"

Ich hätte jetzt noch einmal mit demselben Wort gerechnet, doch manchmal liegt man auch einfach nur falsch „Glauben."

Es war jetzt das zweite Wort, was ich falsch verstand, vielleicht gehörte ich wirklich in die Psychiatrie. Ich bedankte mich und mit neuer Kraft ging ich in mein Zimmer, um mich auszuruhen. Drei Wochen später, war ich zwar immer noch im Garten Eden, doch diese Wortanomalien verschwanden nicht, sondern wurden nur schlimmer. Es gab jedoch noch mehr als nur veränderte Worte in meinem Alltag, jeden Morgen oder Abend, sah ich im Spiegel neue Wörter. Sie waren genauso düster wie die Worte, die ich hörte, doch ich konnte wenigstens den Spiegel ausblenden. Jeden Tag wurde ich nur verrückter und verrückter, obwohl ich wirklich versucht hatte, zu glauben, es reichte nicht und die Dämonen in mir kamen zurück, zumindest der eine wahre Dämon „Bist du soweit?"

Ich stand vor dem Spiegel, der mir immer antwortete und lachte ihn nur an „Warum willst du das?"

Er gehörte zu mir, verstand er das nicht „Das verstehst du falsch, du gehörst mir. Nun beginn."

Meine Faust schlug den Spiegel ein, auch als Serben am Boden, sah ich ganz genau mein Gesicht. Das Blut tropfte von meinem Arm langsam auf die Spiegelsplitter. Tyron lächelte schon so, als hätte er gewonnen „Jetzt nimm eine der Scherben."

Sein Befehl war mein Wunsch. Als ich die Scherbe mit meiner schon blutenden Hand hielt, blickte ich noch ein letztes Mal in meine eigenen Augen „Denn was hilft es dem Menschen, die ganze Welt zu gewinnen und seine eigene Seele nicht mehr sehen zu können."

Ich setzte die Scherbe an meinen Hals und schnitt ruckartig bis zur anderen Seite. Der Splitter war zu schwer um ihn weiter halten zu können. Mein Blick traf nur noch das Stück, was nicht durch meine Faust zerschlagen wurde und noch an der Wand hing. Das Lächeln, welches ich mir in den Hals ritzte, sah genauso aus, wie das Lächeln von Tyron. Das Blut floss nur so von den Lippen.

Meine Sicht färbte sich schwarz. Schon wieder war ich in der Dunkelheit, doch nur für kurze Zeit. Als meine Augen sich wieder öffneten, war ich jedoch nicht mehr im Badezimmer, doch auch nicht an einen mir völlig unbekannten Ort. Der Ausblick aufs Meer, der Sand unter meinen Füßen, der Vollmond, der die Nacht zum Strahlen brachte, es war mir nichts neu, doch alles Fremd. Ich stand alleine, doch ich war nie alleine hier. Mein Bruder schloss sich mir an, er war damals noch um einiges jünger, doch er war nicht alleine. Ich, oder mein jüngeres Ich zumindest, lief neben ihm. Manch einer hätte erwartet, dass sein Leben bei seinem Tod noch einmal an einen vorbeizieht, doch aus der Sicht eines Dritten, es zusehen überraschte mich. Ich, also er, stellte dieselbe Frage, wie in meiner Erinnerung „Wieso sind wir genau heute hier, uns ist doch verboten worden hier her zu kommen."

Es war so ein schöner Ort, doch unsere Eltern sagten, wir sollten dort nicht hin, damals gehorchte ich ihnen noch „Heute ist Vollmond und es gibt kaum Wolken, schau doch einfach in die Ferne, der Ausblick ist wie aus einem Traum."

Natürlich hatte ich es ihm geglaubt, er war mein großer Bruder und zu denken, dass er mich belügen würde, war mir nicht möglich. Der wahre Grund war natürlich ein anderer, er würde mir nämlich morgen den Springer überreichen. Es folgte wohl jetzt der Vorschlag von Michael „Hey, wollen wir nicht eine Reise machen, nur wir zwei, wir lassen unsere Eltern zurück und verschwinden einfach, heute Abend noch?"

Wie hätte man anders reagieren können, natürlich lehnte ich ab, zwei Kinder auf sich gestellt könnten es wohl kaum schaffen in der Welt Fuß zu fassen. Aber ich hätte zugestimmt, wenn er mir den wahren Grund für seinen Vorschlag genannt hätte „Nein, bist du wahnsinnig, wir können doch nicht alleine überleben."

Hinter mir in den Schatten lachte jemand „Und schonwieder, verrätst du deinen Bruder, hättest du einfach ja gesagt, dann wäre das alles nicht passiert und er würde noch hier bei dir stehen."

Ich drehte mich zu ihm „Das ist meine Erinnerung, also halte dich da raus."

Ihn zu sehen war das letzte was ich mir wünschte „Es ist genauso meine wie die deine, wenn nicht sogar mehr."

Meine Faust zielte auf sein Gesicht, doch verfehlte „Talian, du bist etwas zu aggressiv, so kenn ich dich gar nicht."

Seine Worte machten mich wütend, auch wenn mir unklar war, warum, normalerweise hätte ich nicht so reagiert „Was für Spielchen treibst du schonwieder?"

Ich war zornig und hörte mich fast schon an wie Michael. Meine Faust bereitete sich schon auf den nächsten Schlag vor, als sie von kleinen Fingern umschlungen wurde. Hinter mir stand der junge Talian, seine Augen waren so Unschuldig und seine Stimme allein zähmte meine Wut „Bruder, du hast mich immer beschützt, du schuldest mir nichts, also lass mich endlich gehen."

Seine Worte brachten eine grausame Erinnerung zurück und meine vergrabene Wahrheit zu Licht.

Eine große Stahltür öffnete sich, ich stand an der Türschwelle, der wahre Talian lag auf einem Stuhl festgeschnallt im Raum, umzingelt von Soldaten und Männern in Kitteln. Die Soldaten richteten alle ihre Waffen auf mich, doch sie waren zu langsam. Die ersten beiden lagen schon auf dem Boden, bevor der erste von ihnen eine Kugel abfeuerte. Die Kugel traf mich zwar an der Schulter, doch die Wunde regenerierte sich blitzschnell, es waren vielleicht zwei Sekunden. Egal wie viele Kugeln sie auf meinen Körper schossen, sie konnten mich nicht aufhalten, doch dafür fielen sie wie die Fliegen. Einen nach den anderen schlachtete ich wie Vieh ab, nicht nur die bewaffneten, sondern jeden Einzelnen. Als ich Blutüberströmt war, wie der ganze verdammte Raum, rannte ich auf Talian zu. Sein Gesicht war von Furcht vor dem Monster klar gezeichnet, selbst als ich ihn dann losgemacht hatte.

Der Generator fiel wohl aus, da sich das Licht kurz ausschaltete und durch eine sehr schwache Beleuchtung getauscht wurde. Ich hörte schon die Durchsage unser Ende ankündigen „Testkammer 1, Reinigung aktiviert."

Mir war es klar, was dies bedeutete, doch Talian wohl auch, denn er schubste mich durch die Stahltür. Keine Sekunde später war sie für immer verriegelt. Ich hämmerte mit meinen Fäusten dagegen, doch die einzige Antwort, waren die Schreie meines geliebten Bruders.

Ich lachte traurig, als ich dann die Situation verstand und die Erinnerung langsam verblasste. Das war also sein Plan, natürlich ging er auch auf. Es hatte nur bis jetzt, wegen Talians Unwissenheit funktioniert. Dank Tyron wird es auch nie wieder funktionieren, doch ich war ihm nicht einmal wirklich böse. Vielleicht, weil mein eigener Plan schon so abstrakt und unrealistisch war, dass ich niemals erwartet hätte, dass er solange durchhalten konnte. Mein Hass war einfach verschwunden, doch der Schmerz in meinem Herz, wurde immer stärker und stärker, als ich dann langsam anfing in die Leere zu fallen.

Ich saß schon wieder an diesem Schachtisch, doch diesmal auf der anderen Seite. Das Gesicht meines Gegenübers war unglücklicher

Weise, das Gesicht meines Bruders. Er sah so unschuldig, naiv und vollkommen ahnungslos aus „Michael, es hat geklappt, ich wollte dich unbedingt wiedersehen."

Natürlich, wollte ich das auch, aber nicht für diesen hohen Preis „Talian, weißt du eigentlich was du getan hast?"

Seine Hand tastete langsam seinen Hals ab, während er es endlich begriff „Ich, ich bin tot, oder? Wir sind tot."

Wäre es nur alles so einfach, er hatte immer noch kein Plan, was er, nein was wir waren „Talian, dein Leben hat nicht heute Nacht ein Ende gefunden. Du starbst schon damals, du sahst es doch durch meine Augen."

Die Erinnerungen waren frischer als jemals zuvor, es fühlte sich an, als wäre ich jetzt wieder durch denselben Horror gegangen. Nach seinem Gesichtsausdruck hatte er es immer noch nicht begriffen. Diesmal versuchte ich es ihm langsam zu erklären „Bruder, der Tod hat dich nur noch nicht eingeholt, da du niemals gelebt hast. Du bist nur ein Platzhalter gewesen, weil ich mit dem Loch in meinem Herzen nicht leben konnte. Eine Einbildung, die ich kreierte um nicht den Verstand zu verlieren, doch genau das habe ich. Bei jedem anderen Menschen, wärst du niemals so lebendig geworden, doch durch meine spezielle Lage, entwickeltest du fast schon eine eigene Persönlichkeit, die durch meine Erinnerung geformt wurde."

Es war schwer vorstellbar, selbst für mich, doch ich verstand schnell, als ich alles klar und deutlich vor mir sah „Wie ist das möglich?"

Die Antwort lag wohl in den Sternen, doch als ich nach oben blickte, sah ich nur Dunkelheit „Ich kann es mir selbst nicht erklären, doch ich schätze es hat etwas mit dem Lazarus Projekt auf sich und was sie dort mit mir angestellt hatten."

Seine nächste Frage hatte ich wohl auch erwartet „Was ist mit Tyron, ist er auch nur eine Illusion."

Wenn man vom Teufel spricht, kommt er aus den Schatten herbeigekrochen „Da habe ich meinen Namen gehört, wie es aussieht, verssucht du gerade ihm alles zu erklären, doch wieso? Mach doch einfach deinen verdammten Zug."

Es machte wirklich kein Unterschied, ob Talian es verstand oder nicht, doch ich konnte ihn einfach nicht unwissend zurücklassen „Er ist genauso dein Bruder wie meiner, also sei doch einmal empathisch, du kranker Bastard."

Er verschwand und in Talians Gesicht bildete sich ein großes Fragezeichen. Ich antwortete bevor er überhaupt die Frage stellen konnte „Er ist ich, doch er ist keine Einbildung, seine Geschichte ist tatsächlich genauso wie er sagt. Seine Persönlichkeit entstand direkt nach deinem Tod und vertrieb mich, mein normales Ich."

Mich als normal zu bezeichnen, war schon krank, doch ich war kein gestörter Serienkiller, zumindest diese Seite von mir nicht. Eine Reihe von Fragen folgte „Aber, wie konnte ihn dann Kenneth erschießen, oder was ist mit Aiden, er hat ihn doch gesehen."

Die Schlange hatte wohl recht, es war Sinnlos. Meine Hand wanderte über den Läufer, doch hätte ich gezogen, wäre das Spiel vorbei, seine Zeit wäre vorbei. Niemand konnte mich dazu zwingen, diesen Ort zu verlassen, es gab keinen Grund nicht eine Ewigkeit hier zu verweilen. Als ich mein Mund gerade aufmachen wollte und vorhatte eine dumme fast kindische Idee zu äußern, fiel es mir wieder ein „Es tut mir leid, dass ich mein Versprechen, fast nicht erfüllt hätte."

Dieser Ort war ein Teil meines Verstandes, auch wenn er nur düster war, konnte man die Gardinen öffnen und dem Licht guten Tag sagen. Ich öffnete meine Hand und streckte sie zu ihm aus „Den Schulde ich dir noch."

Es war genauso, wie als ich ihm den Springer überreichte, doch diesmal war es der Keks, dessen Wert für die meisten Menschen irrelevant erscheinen würde, aber meine Versprechen an meinen Bruder konnte ich, obwohl er nur eine Illusion war, niemals brechen. Er nahm zwar den Keks, doch überraschte mich mit seinem traurigen Gesichtsausdruck „Ich schätze, ich kann mich glücklich schätzen, dass du nicht gestorben bist."

Seine zweite Reaktion kam noch überraschender, er streckte seine Faust aus und öffnete sie vor meinen Augen „Vernunft oder Gefühl war schon immer deine Frage, doch das Gefühl hat bei dir immer gewonnen, denk mal darüber nach, Bruder."

Mit seiner offenen leeren Hand griff er meinen Springer und schlug seinen letzten Bauern. Auf seiner Seite standen nur noch sein Springer und sein König. Ich hatte zwar auch nur noch diese zwei Figuren und einen Läufer, doch die Partie war schon zu ende, als ich mir ein letztes Mal meinem Gegenüber einprägte „Ich werde dich sicher nie vergessen, Bruder."

Sein so unschuldiges Gesicht, verschwand als erstes, bis dann auch noch der Rest von ihm verblasste. Eine Hand legte sich auf meine Schulter, ich musste mich nicht umdrehen, um zu wissen, wer seinen Kommentar wieder abgeben musste „Nun lässt du, Herr, deinen Knecht, wie du gesagt hast, in Frieden scheiden. Denn seine Augen haben das Heil gesehen, das du vor allen Völkern bereitet hast, ein Licht, das die Heiden erleuchtet, und Herrlichkeit für dein Volk."

Ein Bibelzitat hört man wohl seltener von einem Serienkiller „Woher kam denn das?"

Er bot mir seine Hand an um aufzustehen „Er war genauso mein Bruder, doch ich habe schon lange mit seiner Geschichte abgeschlossen."

Ich schlug sein Angebot aus und stand ruckartig auf „Du hast mit seiner Geschichte abgeschlossen, du hast seine Geschichte beendet."

Die Vernunft wurde schon wieder von meinen Gefühlen ausgeschaltet, auch wenn ich nicht wütend auf ihn gewesen bin, jetzt war ich es „Du hast ihn dir doch nur eingebildet, unser Bruder ist dank dir tot, zu der Zeit existierte ich noch nicht einmal."

Entstanden ist er zwar erst durch den Schmerz, doch er war auch schon immer ich „Es war ein Unfall, das weißt du genau wie ich." Dass er mich den Mord an meinen Bruder beschuldigt, machte mich wütender als jede seiner anderen Beleidigungen „Der Unfall war verursacht, durch deine Flucht, um genau zu sein, dein kleiner Partner ist der Schuldige."

Das meinte also Jack, als er sagte, er tötete meinen Bruder, ich hatte es auf die Gegenwart bezogen, was wohl ein Fehler war „Ironisch, du bist nur entstanden, um Talian zu rächen, doch ich erledigte das, du hast ihn einfach nur verraten."

Er verpasste mir zuerst einen rechten Haken „Endlich mal wieder ein Kampf, ich habe mich schon lange nicht mehr so lebendig gefühlt."

Ich stürzte mit meinem Körper auf ihn und schmiss ihn zu Boden. Meine Faust war Gierig, als ich sie hob um auszuholen. Meine Zunge strich über meine Lippen, als ich den ersten Schlag losließ. Mein zweiter Schlag stoppte jedoch direkt vor seinem Gesicht, auch wenn es sicher keine Willensstärke war „Sag mir die Wahrheit, wieso hast du ihn getötet?"

Er lachte nur, wie immer, mein Schlag beendete sich von selbst „Jetzt antworte."

Mir war nicht einmal klar, wieso ich mir die Worte eines Psychopathen anhörte „Um ein Monster zu besiegen, muss man ein Monster erschaffen."

Wieso war es mir so klar, dass er nur irgendeinen Schwachsinn labbern würde „Sag jetzt was du meinst, sonst lasse ich dich nicht hier heraus."

Er lachte wieder „Hörst du denn nicht den Hahn, ich glaube es ist Zeit aufzuwachen, auch für dich, Killer."

Der noch eben komplett in Schwarz gehüllte Raum verschwand und wurde durch ein helles Licht ausgetauscht. Als das Licht dann nach und nach sich dimmte, konnte ich mich wieder normal orientieren. Ich war wach, wieder am Leben, doch wieso, konnte mir wohl keiner sagen. Erneut eine Frage mehr, erneut verraten, doch diesmal nicht von meinem Partner, sondern alleine von mir. Eine Stimme überraschte mich „Es tut mir leid, ich kam zu spät."

Neben mir kniete eine mir unbekannte Frau, ich blickte sie jedoch nicht an. Meine Augen waren immer noch auf meinen blutigen Körper gerichtet „Wieso lebe ich noch?"

Als ich mir ihr Gesicht ansah, war sie noch nicht einmal überrascht, sie kannte wohl die Antwort „Der Gott hat dich wiedererweckt."

Vielleicht auch nicht. Intuitiv griff meine Hand an meinen Hals, die Wunde war natürlich geschlossen und ich spürte nur noch das halb trockene Blut. Die Erinnerungen von Talian waren nicht die meinen auch wenn sie dieser Körper erlebt hat, also hatte ich keine Ahnung wo ich war oder wer sie auch nur sein könnte. Als ich mich vom Boden abstieß, um aufzustehen, bemerkte ich erst, wie viel Blut schon am Boden verteilt war. Es war viel zu viel für meine Regenerationsgeschwindigkeit, doch mich konnte man wohl kaum als Experten auf dem Feld bezeichnen. Beim Aufstehen wandte ich meinen Blick zur Frau „Was meinst du mit, Gott habe mich gerettet?"

Sie sprach ruhig und vertrauenswürdig, so eine Stimme war wirklich mal eine willkommene Abwechslung, trotz ihrer absurden Sichtweise „Gott hat deine Wunde geheilt und dir neues Leben geschenkt."

Der Spiegel vor mir war zerbrochen, aber ich erkannte eine Kreuzkette um meinen Hals. Ich griff sie und flüsterte nur zu mir „Du hast also wirklich zu Gott gefunden, ja, das passt zu dir."

Jemand klopfte, worauf die Frau nur ruhig reagierte „Die Welt ist noch nicht bereit für dein Wunder, also bitte, bleib noch hier."

194

Sie ging zur Tür während ich meinen Ärmel hochkrempelte und den Dead Ringer begutachtete „Er hat wohl nie nachgesehen, selbst der Echte war nie so naiv und vertrauensvoll."

Die Stimme an der Tür kam mir bekannt vor, doch ich konnte sie nicht richtig zuordnen. Eine weitere Stimme störte meinen Gedankengang „Na, wie geht es dir, fühlst du dich wie neu geboren?"

Sein Lachen ließ meine Faust zittern „Wir wissen beide, dass du mich nicht verletzen kannst, nicht solange du das Steuer in der Hand hältst."

Er hatte wohl recht, doch das bedeutete auch, dass er momentan nur eine lästige Fliege war „Und, du wirst sicher nie wieder Steuern."

Nach seinem selbstsicheren Lächeln, hätte ich wohl mehr Angst haben sollen „Das werden wir noch sehen."

Als die Worte in den Raum verklangen, verschwand er ebenfalls. Die Frau kam dafür zurück „Okay, ich habe die Gefahr abgewandt, Matthew, bitte wasch dir das Blut ab, die Klamotten werde ich beseitigen."

Talian hatte wohl Matthew als Tarnnamen benutzt, klug von ihm, doch verwirrend. Jedoch verwirrte mich wohl die Frau noch mehr, warum wollte sie meine Erweckung verheimlichen, wenn sie das wirklich für Gottes Werk hielt „Etwas Privatsphäre?"

Sie verließ das Bad. Für eine gläubige Person kam sie mir zu ruhig vor, ich konnte zwar nicht abschätzen, welche Verbindung Talian und sie hatten, doch einer schon „Schlange, du kannst mich hören, also sag mir wer sie ist?"

Natürlich war er genau jetzt nicht mehr in Gesprächslaune. Ihr zu trauen wird sicherlich ein Fehler sein, also sollte ich mich vorsehen, doch vorerst musste ich mich wahrscheinlich wirklich waschen. Mit Blut am Leib in einer Art Kloster, oder wo auch immer ich war, fällt man wohl stark auf. Zudem sahen meine Klamotten denen in der Psychiatrie recht ähnlich, also legte ich sie gerne ab und stieg unter die Dusche. Das halbtrockene Blut ging nur schwer von meinem Körper ab. Es dauerte bis auch der letzte Blutstropfen im Abfluss verschwand. Als ich die Dusche wieder verließ und mich abtrocknete, war immer noch eine leichte Rotfärbung auf meiner Haut, doch das hätte auch ein leichter Sonnenbrand sein können, vielleicht war es ja sogar Sommer. Während meine Füße versuchten nicht in das Blut am Boden zu treten, umwickelte ich mich mit einem Handtuch und ging aus dem Bad.

Der Raum sah wirklich aus wie das Zimmer eines Klosters, an der Wand war ein Kreuz festgemacht, ironischer Weise hing es jedoch falschherum. Sie saß sanft lächelnd auf dem Bett, neben ihr lagen schon frische Klamotten bereit „Die sind für dich, ich beseitige die Blutverschmierten."

Irgendwie kam sie mir nicht so vor, als wäre das ihr erstes Mal, dass sie einen Tatort reinigte „Gut, doch was ist mit dem Blut am Boden?"

Sie stand auf „Keine Sorge, du solltest einfach die Tür immer geschlossen halten, zumindest solange wir noch hier sind?"

Mir fehlten wirklich zu viele Hintergrundinformationen, um diese Frage zu stellen „Wie lange sind wir denn noch hier?"

Aber ich riskierte es „Ich weiß es kommt jetzt etwas schnell für dich, doch wir können nicht mehr hierbleiben, nicht solange dich die Schlange immer noch so stark unter Kontrolle hat."

Was sie mit Schlange meinte, konnte ich auch nur schätzen, doch wie sie von ihm erfuhr, war mir noch ein Geheimnis. Talian war wohl kaum so blöd und hat es ihr erzählt. Die Frau dessen Name mir immer noch nicht bekannt war, wollte gerade in das Badezimmer gehen, als ihre und meine Aufmerksamkeit zur Tür gerichtet wurde. Ein Klopfen wäre ein nettes Geräusch gewesen, doch wir hörten kein Klopfen. Das Geräusch was wir hörten, würde wohl jeden beängstigen, doch ich war es wirklich schon so gewohnt, dass ich nicht einmal zuckte. Es war auch das letzte Geräusch, dass ich vor meinen letzten tot hörte, eine Explosion. Mit erstaunlich unberührter Stimme ging sie zur Tür „Bleib hier und versteck dich."

Sie verließ eilig den Raum und schloss die Tür hinter sich. Natürlich würde ich nicht einfach in Zimmer warten, doch zuerst musste ich mich anziehen. Als ich damit fertig war, zeigte auch Tyron wieder seine Fratze „Und man sagt ich wäre beängstigend, das Mädel ist zehn Mal schlimmer, jedoch hat sie wohl zwei beruhigende Extras, nicht wahr, Matthew."

Ich griff nach ihm und packte sein Hals, dafür dass er nur eine Illusion war, fühlte es sich so real und gut an „Jetzt rede mal Tacheles, wo bin ich und was war das für eine Explosion?"

Sein lachen erstickte in seinem Rachen „Wir sind im Garten Eden."

Für seine Gesundheit hoffte ich wirklich, der Ort hieße so „Und die Explosion."

196

Er tippte zweimal auf meine Hand. Als sich mein Griff lockerte spuckte er eine Antwort aus „Ich habe nicht die geringste Ahnung, doch wir sollten die Unruhe nutzen und von hier verschwinden."

Er wollte wohl wirklich dringend hier weg „Weshalb die Eile?"

Selbst seine Antwort gab er schnell „Weil wir hier genau wie damals in Cold Waters in den Händen der Regierung sind."

Das war nicht der Grund, er dachte sich nur etwas aus, um mich zu überzeugen, doch mir war es an sich einerlei, denn weiter hier zu bleiben, war auch nicht mein Plan. Gerade als ich die Tür aufmachen wollte, kam mir jemand zuvor. Er hat also überlebt „Wir sollten verschwinden."

Nathan war also für die Explosion verantwortlich „Ich folge dir."

Tyron freute sich nicht, als ich begann ihm zu folgen, doch er blieb wenigstens leise. Mein ehemaliger Partner brachte mich in einen großen Garten „Wohin jetzt?"

Er schaute auf seine Uhr „3, 2, 1."

Eine Explosion zerstörte die Wand, welche gerade noch uns von der Freiheit trennte. Durch die Trümmer fuhr ein großer Jeep zu uns. Die Frau hinterm Lenkrad schrie nach uns „Beeilt euch, wir wollen ja nicht, dass Frederick uns erwischt."

Nathan setzte sich auf den Beifahrersitz, während ich hinten aufsprang. Sie legte den Rückwärtsgang ein und fuhr zurück über die Trümmer der Mauer. Mit einer geschwungenen Drehung, schaltete sie um und fuhr vorwärts „Mission Erfolgreich, würde ich sagen."

Nathan bremste ihre Vorfreude „Wir sind noch nicht zurück, dann ist erst die Mission als erfolgreich zu bezeichnen."

Er war so ernst wie immer. Das nervige Hirngespinst meldete sich wieder „Es ist wohl Zeit für dich zuzuhören. Du willst ja nicht, dass jemand dich für vollkommen verrückt hält."

Er hatte wohl recht, also musste ich sein dummes Geschwafel ertragen „Zum Beginn, unser ehemaliger Partner ist in der Tasche von Kenneth."

Das konnte ich nicht glauben, er war der erste von uns, der die wahren Intentionen von Jack erkannt hat „Du glaubst mir wahrscheinlich nicht, doch du wirst schon sehen, ich habe wieder einmal recht und du täuscht dich schon wieder. So langsam wird es wirklich langweilig, du bist so berechenbar, erbärmlich."

Die restliche Fahrt schwieg ich und versuchte den Durchgeknallten zu ignorieren. Die Frau flüsterte zu Nathan, doch ich konnte sie hören „Dein Freund hat die ganze Fahrt noch nichts gesagt."

Er flüsterte zurück „Ja, er macht nur eine schwere Zeit durch. Ich bin nur glücklich, dass wir ihn befreien konnten, bevor er einer von Fredericks hirnlosen Dienern wurde."

Frederick wird wohl der Leiter dieses Ortes gewesen sein, doch die Frau von vorhin kam mir nicht wirklich hirnlos vor. Ich schaute nach oben in den Sternenhimmel, er beruhigte mich immer, auch wenn mir nicht klar war, warum. Es war gefühlt immer Nacht. Tyron hatte schon zu lange sich nicht mehr gemeldet, dass seine folgenden Worte gut sein könnten „Du willst die Nacht, in Ordnung, dann nehme ich den Tag."

Ich konnte ihn nicht fragen, was er jetzt schon wieder meinte, doch das brauchte ich wohl auch nicht „Du fragst dich sicher, was ich meine. Ganz einfach, den Körper den du gerade kontrollierst, der gehört nicht nur dir. Ich sage wir machen Zeiten aus, du bekommst die Nacht, ich den Tag."

Er hatte sich noch nicht mit seinem neuen Leben abgefunden, also schüttelte ich nur den Kopf. Er lachte mal wieder als Antwort „Oh, wie süß, du denkst immer noch, nur weil du zuerst hier warst, bekommst du auch die Übermacht. Dann lasse ich dich in ein Geheimnis ein, du hast genauso viel Kontrolle über den Körper wie ich. Der einzige Grund, warum du ihn momentan so ungestört benutzen kannst ist, weil ich nicht kämpfe. Ich bin so frei und gebe dir meinen Körper, du kannst wohl nicht sagen, dass ich kein fairer Mensch bin."

Er hatte den Verstand verloren, es gab keinen Grund für mich ihn zu fürchten. Er war nur eine kleine Schlange im Baum, den ich jederzeit fällen konnte. Er kroch wie ein Raubtier, welches seine Beute in Sicht hatte, auf mich zu und lächelte mich mörderisch an „Verstehe, du glaubst mir nicht, doch dann habe ich leider die Pflicht, es dir zu beweisen."

Mit einem kräftigen Wurf schubste er mich vom Wagen. Ich fiel auf den harten Geröllboden, welcher die Straße von der offenen Wiese trennte. Tyron sprang mit mir ab, doch landete auf seinen Beinen. Als ich langsam versuchte aufzustehen, trat er mich schnell wieder zu Boden. Sein Tritt tat verdammt weh „Na, wunderst du dich über die Schmerzen. Du verstehst immer noch nicht, wie stark dein Verstand deinen Körper beeinflusst. Du denkst an sich nur du hast Schmerzen, also ist es auch okay, wenn ich das mache."

Er zog ein Butterfly Messer und spielte damit herum. Der Wagen war schon stehengeblieben, als er mir das Messer in die Brust rammte „Keine Angst, der Schmerz ist doch nur in deinem Kopf, genauso wie ich."

Er verschwand lachend „Wir sehen uns im Morgen, solange genieße ich es aus den Schatten, dir beim Verzweifeln zuzusehen."

Das Messer in meiner Brust verschwand mit ihm, genauso wie die Schmerzen, die er verursachte. Die Wunden vom Sturz fingen auch an sich zu heilen, als Nathan und die Frau zu mir kamen „Talian, alles okay? Was ist passiert?"

Ich stand auf „Wer ist dein Auftragsgeber Nathan?"

Seine Hand tänzelte um seinen Holster „Das ist vorerst nicht wichtig, wir erklären dir alles, wenn wir da sind. Du musst mir einfach vertrauen."

Die Schlange hatte auch dabei nicht gelogen „Verstehe, was hat Kenneth dir gesagt?"

Er gab der Frau einen kurzen Blick „Kim ins Auto."

Sie ging ohne Widerworte. Er kam langsam näher „Ich weiß es klingt verrückt, doch hör mich zuerst an." Ich war wirklich gespannt „Dein Bruder und Ich waren Partner."

Mit einem lauten Lachen unterbrach ich ihn „Das hast du ihn wirklich geglaubt, dass ich sein Bruder bin?"

Gerade als ich seine Illusion lüften wollte, traf mich ein Pfeil in den Hals „Wirklich Betäubung, ich hoffe, ich wache diesmal alleine auf."

Die Sicht wurde wie so viele Male schon schwarz.

KAPITEL 12

Beim Aufwachen fühlte man sich immer wie neugeboren. Ich schaute mich um, Michael hatte sicher kein Problem damit, er

199

nahm ja noch seinen dringend nötigen Schönheitsschlaf. Meine Arme waren an einem Stuhl gefesselt. Nathan und Kim lehnten beide an der Wand und unterhielten sich, während Kenneth bemerkte, dass ich langsam mein Bewusstsein wiedererlangte „Talian, es ist schön, dass du wieder in Sicherheit bist."

Ich testete die Reisfestigkeit der Fesseln, es gab keine Möglichkeit, dass ich mich eigenständig davon befreien könnte „Oh, Kenny, denkst du wirklich, dass ich Talian bin?"

Er lächelte allwissend „Mir war es ja klar, dass du überlebt hast, vergiss nicht, ich war derjenige, der dich verschont hat, Jack sagte, ich solle dich erschießen."

So selbstverherrlichend war der Doktor „Du hast mich erschossen, hätte ich nicht gewusst, dass ich ebenfalls ein Teil des Lazarus Projekt war, hätte mein Hirn nicht reagiert und mich einfach gelöscht."

So wie es dem kleinen Talian ergangen ist „Du wusstest nicht, dass du Teil des Projektes warst. Du warst nur so selbstverliebt, dass du annahmst Teil davon zu sein und deshalb hat dein Hirn dich bei deiner Verletzung geheilt. Dein Gehirn ist wirklich unglaublich, ich würde es gerne herausnehmen, ich verspreche auch, ich lege es zurück, wenn ich fertig bin."

Er kam mir noch gestörter vor als früher „Du hast wohl vergessen deine Medikamente zu nehmen, aber egal. Ich habe noch eine Frage zu Alice, wer zur Hölle ist sie?"

Er schien nicht zu lügen „Sie gehörte zu einem anderen Projekt, welches ebenfalls gescheitert ist, sie war die einzige Überlebende, genau wie du, jedoch wies sie keine besonderen Fähigkeiten auf. Sie wurde nur sehr Religiös, mehr auch nicht."

Ich nickte nur verstehend und behielt die Wahrheit für mich „Interessant, aber unsere Zeit ist leider abgelaufen. Mein Mitbewohner wacht auf."

Ich ließ ihn wieder ans Steuer und schaute mir von außen gespannt das Spektakel an.

200

Als ich wieder wach war, mussten meine Arme ja auch an einem Stuhl gefesselt sein. Wie die Schlange prophezeite, war ich ein weiteres Mal in dem Griff von Kenneth „Ist es nicht langsam langweilig? Jemand fängt mich, bringt mich zu dir, ich fliehe und der Kreislauf beginnt erneut."

Er war wohl überrascht, dass ich meine Situation so ruhig nehme „Du musst nicht deinem Bruder nacheifern, wir wissen beide du hast Angst und da du keine Gefahr für mich darstellst."

Sein Gesicht würde viel zu gut sein, um ihm nicht zu erzählen, dass ich noch lebe „Warum befreist du mich dann nicht?" Er nickte und machte wirklich meine Fesseln los „Danke."

Ich sprach lauter, damit mich Nathan hörte „Hey, wie viel ist ein Leben wert? Weißt du die Antwort Nathan?"

Nathan und Kim kamen zu mir „Was, wieso stellst du die Frage?"

Ich lachte nur leicht „Du sagtest immer, es gäbe keinen Wert. Ich fragte dich damals auch, was unsere Leben für einen Wert haben, darauf antwortetest du immer mit keinen."

Nathan war erstaunt „Wie kannst du das wissen?"

Es war schön einmal alles klar zu sehen „Ich habe dir doch gesagt, mein Bruder ist tot und nichts könnte dies ändern." Ich griff nach dem Dead Ringer und lächelte zu Kenneth „Ich versuchte immer meinen Bruder nachzueifern, damit hast du wohl recht Kenneth, Talian war immer der bessere Mensch, doch ich habe nie seine Menschlichkeit erreicht."

Ich setzte das Gerät wieder auf mich und es begann mit seiner Arbeit. Meine Muskeln, meine Knochen, meine Haut alles fing an sich wieder zu verschieben, es war wirklich nichts, was ich vermisste. Der Körper wird vollständig auseinandergerissen und neu zusammengesetzt, es war wirklich leichter eine Maske zu tragen. Als sich mein Körper verformte, fiel ich vom Stuhl und drückte mich mit letzter Kraft nur noch vom Boden ab. Natürlich fingen meine Arme auch an mit der Prozedur und ich konnte nur noch auf dem Rücken liegen und verkrampfen. Die Schmerzen waren jedoch nicht zu vergleichen, wie mit denen, wenn man von einer Granate in Stücke gefetzt wird. Es war wirklich beeindruckend, dass mein Körper sich noch regenerieren konnte, doch das ließ auch die Frage offen, ob Jack es auch möglich wäre, jedoch hatte er nicht wie ich die

Sicherheitsvorrichtung meines Gehirns. Es ist so, als hätte jeder meiner Persönlichkeiten ein eigenes Leben. Die Leiden ließen nach und ich stand mit meinem eigenen Körper auf „Es ist gut zurück zu sein."

Kenneth schaute natürlich überrascht „Du kannst nicht überlebt haben, du bist doch mit Jack gestorben."

Ich ließ meine Fingerknochen knacken „Das wäre dir wohl recht, doch wie du es siehst steh ich mit meiner bezaubernden Persönlichkeit wieder vor dir."

Sein Erstaunen wurde zu Furcht „Aber wie?"

Seine Furcht war jedoch nur kurz, schon bevor ich anfing zu erklären, war er wieder so gelassen wie immer „Talian hat sich sein Leben genommen und anstatt, dass sein Verstand ihn regenerierte hat er sich für den wahren Besitzer des Körpers entschieden, mich."

Nathan konnte es jedoch immer noch nicht fassen „Könnte einer von euch mir das jetzt mal erklären."

Ich war bereit ihn auf die Sprünge zu helfen „Kurz gesagt, Talian war nur eine eingebildete Persönlichkeit von mir, die Kenneth für seine Machtspiele am Leben hielt. Jedoch habe ich meinen Verstand wiederbekommen und bin auch trotz meinem endgültigen Tod noch fröhlich am Leben."

Kim meldete sich auch mal zu Wort „Also ich verstehe kein Wort, doch das muss ich wohl nicht, richtig?"

Nathan nickte „Das heißt du bist immer noch mein alter Partner?"

Er nannte mich immer noch Partner, wie nett von ihm „Ja, doch ein Partner hätte einen nicht an Kenneth ausgeliefert. Er arbeitete die ganze Zeit mit Jack zusammen."

Wenn ich Nathans Worten Glauben schenken würde, hätte ich mich wohl geirrt „Nein, Kenneth hat zwar mit Jack zusammengearbeitet, doch im geheimen hat er gegen ihn agiert. Als ich vom Dienst quittierte habe ich nur überlebt, weil mich Kenneth nach Cold Waters gebracht hat, dort war ich sicher."

Ich konnte es kaum fassen, dass er so sehr an einen verrückten Machtbesessen glaubte, der nur für sich selbst spielte „Du hegst wirklich keine Zweifel? Er war derjenige, der mich betäubt hat und mich nach Cold Waters verschleppte. Er war derjenige, der die Regierung verriet und Jack half. Er war derjenige, der mir vorgegaukelt hatte, meine unterschiedlichen Persönlichkeiten wären normale Menschen."

202

Kenneth wagte zu sprechen „Um fair zu sein, das hat jeder dir vorgegaukelt, sei es Ryan, Jack, selbst die kleine Ratte Evan hatte das und jeden von denen hast du wie ein Verrückter geschlachtet. Aber vergessen wir das jetzt mal, du bist ja nur noch Michael."

Seine Hand war es die Tyron das Leben an sich hätte nehmen sollen, er war sich wohl sehr sicher, dass er tot war „Richtig, es ist jetzt alles so, wie es auch sollte."

Nur für den Fall hielt ich die Schlange versteckt. Es gab jedoch noch ein paar Fragen, auf die Kenneth mir eine Antwort schuldig war „Wieso wurde Evie zum Opfer von Jack, sie war unschuldig?"

Selbst Nathan wusste wohl mehr als „Evie Damien lebt noch, sie war mit dir in der Einrichtung von Frederick. Ich dachte du wüsstest alles?"

Diese kleine unbrauchbare Blindschleiche hat mir verschwiegen, dass Evie auch dort war „Wieso habt ihr sie denn nicht dort herausgeholt?"

Der Psychiater setzte sich auf einen Drehstuhl „Du weißt nicht mal annähernd was nach deinem Kampf mit Jack passiert ist, oder? Das war eine rhetorische Frage, also bemüh dich nicht eine gute Lüge auszudenken. Nur um dich aufs Neue zu bringen. Du und Evie seid die ganze Zeit im Lager von Frederick gewesen. Als wir dich befreiten, war jedoch Evie schonwieder in eine andere Basis gebracht worden, da es natürlich zu gefährlich wäre, euch beide am selben Ort zu behalten. Ihr beide seit gleich Wertvoll für die Regierung und zusammen sogar unbezahlbar."

Es war wirklich ein Fehler sie wiederzuholen „Ihr habt doch sicher die Aufzeichnungen aus dem Labor, wieso stellt ihr nicht noch mehr her?"

Das Feuer hatte leider nur den einen Raum betroffen, alles hätte an sich verbrennen sollen „Als ich mich noch als Ryans loyaler Diener ausgab, habe ich alle Verweise auf das Projekt zerstört."

Er log, das war mir bewusst „Wie konnte ich dann noch ein Teil des Serums in meiner Zelle finden."

Er lachte leicht „Das Serum war nie der Auslöser für eure Regenerationsfähigkeit, ihr wurdet eine Operation unterzogen, das Serum wurde nur als Stabilisator verwendet."

Der Stabilisator reichte wohl für Evie aus um wiederaufzuerstehen. Selbst wenn er die Wahrheit sprechen würde, wäre das alles viel zu gutmütig für ihn „Wieso hast du die Unterlagen zerstört, was sprang dabei für dich heraus?"

Keine Antwort aus seinem Mund konnte zweifelhafter klingen „Ich bin ein Mensch, das sind wir alle und ich lebe auf dieser Welt. Das ganze Lazarus Projekt war unmenschlich, wäre das nur das Schlimmste. Das ganze Projekt war nur der Anfang."

Ich schritt verärgert näher „Anfang von Was?"

Er antwortete schnell, um meinen Zorn zu beschwichtigen „Es gab dutzende weitere Projekte die auf das Lazarus Projekt anknüpften. Keiner dieser Projekte wäre in Sinne der Menschheit, sie hätten jeden Überlebenden zu einer beinahe unsterblichen Monstrosität gemacht, welche nur das Töten kennt."

War zu erwarten, dass es bei erhöhter Regeneration nicht aufhörte „Ich kann kaum glauben, dass du aus ethischen Gründen, das Projekt ruiniertest, doch ich höre gerne über meine Zukunft, also bitte paar Beispiele?"

Zu meinem Erstaunen, wich er mir erneut nicht aus „Bei dir war die Metamorphose geplant. Du kannst es dir so vorstellen, jeder Mensch ist eine Raupe, doch du bist schon der Kokon, welcher in einen Schmetterling verwandelt werden kann."

Ziemlich rosig war die Vorstellung „Was für eine nette Metapher, dafür dass du an sich gegen diese unethische Schandtat bist."

Schonwieder redete er sich raus „Es ist nur ein Beispiel, das die Grausamkeit verschleiern sollte, willst du wirklich wissen, wofür dein Körper gemacht wurde?"

Ich hasste Leute die kein Klartext sprachen „Hätte ich sonst gefragt?"

Sauer stellte ich die rhetorische Frage „Dein Körper war der zäheste von allen Kandidaten, deswegen solltest du auch die härteste Metamorphose durchstehen. Dir sollte deine Menschlichkeit bis zu einem Minimum geraubt werden. Aber du würdest nicht unbelohnt aus der Sache herausgehen, du hättest die tödlichsten Fähigkeiten des Tierreiches."

Kandidat und nicht unbelohnt sagte er, für jemanden der die Daten vernichten wollte, sprach er recht nett von diesen kranken Projekten. Doch dass ich ihm nicht trauen konnte, war wirklich nichts neues. Ich ließ das Thema fürs erste ruhen und fing an mich mit der Gegenwart zu beschäftigen „Verstehe. Wo ist der Ausgang?"

Mein Blick wanderte zu Nathan „Was hast du vor?"

204

Er musste wohl die Frage stellen, ich dachte ja es wäre klar „Evie hat dasselbe Serum wie ich erhalten, alles was in diesem Labor passiert ist, fällt auf mich zurück. Ich würde Niemanden zurücklassen, dass nennt man Mitgefühl."

Jedoch war es eher Reue, meine Monster von Eltern haben ihr das angetan und bei meiner Flucht ist sie gestorben, zudem ist ihr Bruder nur wegen diesem Krieg, den Jack mit mir hatte, ins Kreuzfeuer geraten. Ich musste ihr einfach helfen „Wir wissen nicht wo sie ist, wir konnten nur mit Mühe den Ort aufspüren, wo du gefangen warst und dabei hat jeder von uns das Vertrauen der Regierung verloren. Frederick hat nun nach dem Tod von Ryan und Jack die komplette Regierung hinter sich, alle Mittel werden nun verwendet um die beiden Überlebenden des Lazarus Projekts entweder aufzuspüren oder zu beschützen."

Dass es nicht einfach würde, war zu erwarten „Das heißt wir haben keinen Anhaltspunkt, dann müssen wir uns halt welche machen."

Die Worte kamen zwar von mir, doch ich war vollkommen planlos wie alle anderen „Was meinst du damit?"

Es war wirklich keine kluge Idee, doch mehr fiel mir nicht ein „Die Regierung will mich, ich biete ihnen ein Tauschgeschäft an. Evie wird ihnen nicht so viel wert sein wie ein von ihnen ausgebildeten Killer."

Nathan lehnte den Vorschlag direkt ab „Was, wenn sie dich für zu gefährlich halten?"

Dann würden sie mich wohl oder übel erschießen, doch wie oft wollen sie es noch versuchen, ich komme einfach immer wieder, das sollte ihnen klar sein. Als ich ans Wiederkommen dachte, kam mir eine bessere Idee „Ich habe nicht vor mich anzubieten, es gibt jemanden den die Regierung sicherlich auch haben will."

Kenneth verstand meinen Plan nur halb „Frederick weiß, dass Talian tot ist und wird vermuten, dass ich dich eingeweiht habe."

Dem konnte ich nur zustimmen „Ja, doch ich gehe nicht als Talian, meine Verkleidung wird Jack sein."

Dafür müsste ich natürlich noch erstmal an seine Leiche und hoffen, dass der Dead Ringer auch bei den lang Toten funktioniert. Kenneth brachte noch einen validen Punkt ein „Frederick weiß auch von allen Funktionen des Dead Ringers, wenn Jack sich für Evie eintauschen würde, dann wird er wissen, dass du es bist."

Stimmt ein Austausch und das auch noch mit Jack würde keinen Sinn machen, doch ein kostenloses Hilfsangebot, konnte keiner ablehnen „Gut, dann ist Jack raus, doch es gibt noch eine bessere Möglichkeit, um an Evie heranzukommen. Ich werde am Projekt Metamorphose teilnehmen."

Kenneth schüttelte herablassend den Kopf „Wenn du dich stellen willst, dann hätten wir dich auch nicht befreien müssen."

Es war schön ihn an seinen Lebensentscheidungen zweifeln zu sehen „Keine Angst, ich werde kein Versuchskaninchen, sondern nur etwas bei der Forschung helfen, als mein Vater versteht sich."

Natürlich war es ein riskanter Plan, doch eine Alternative gab es nicht „Nun da ihr meinen Plan kennt, wo ist der Ausgang?"

Kenneth lächelte „Nathan, begleite ihn zur Einrichtung seines Vaters, Kim sei so gut und versuche währenddessen diesen Malik zu finden?"

Meine Neugier wuchs „Malik?"

Seine Antwort klang recht ehrlich „Malik ist der Anführer einer dritten Partei, über die ich wirklich sonst nichts weiß. Sie arbeitet jedoch nach Gerüchten gegen die Regierung, was nur unser Vorteil sein kann."

Dann wäre es wirklich praktisch diese Gruppe zu finden „Viel Glück Kim, ich drücke dir die Daumen."

Ich gab ihr beide Daumen Hoch und folgte Nathan aus der überschaubaren Basis „So, du bist also nicht untergetaucht, sondern hast nur den Auftragsgeber gewechselt. Traust du ihm wirklich?"

Als ich Nathan für tot hielt, war er noch vertrauensvoller „Ja und das solltest du auch, vergiss nicht, ich habe Jack nie wirklich vertraut."

Nur weil er einmal richtig lag, musste er das nicht wieder „Lass uns einfach diese Mission wie alle unsere Missionen beenden, in Schweigen."

Dass das Versteck von Kenneth im Wald war, musste ich wirklich nicht erwähnen, die Regierung mochte wohl wirklich die Natur. Wir stiegen in Nathans Wagen, ein schwarzer Jeep, dasselbe Model den er auch früher fuhr, jedoch ohne die ganzen Kratzer. Wir schwiegen uns die ganze Fahrt bis zu der Lazarus Einrichtung an, es war sogar stiller als sonst und ich war es gewöhnt Stunden mit ihm in Schweigen zu verbringen. Ich öffnete die Autotür „Warte hier, es wird nicht lange dauern."

Er hörte auf mich und bleib ihm Auto, das war wirklich seine beste Eigenschaft, er konnte Befehle befolgen. Ich stieg langsam in die

Einrichtung herunter. Das Licht brannte noch von meinem letzten Besuch, also konnte ich ohne Probleme meinen geliebten Raum finden. Als ich die noch immer am Boden verfaulende Leiche sah, musste ich einfach lächeln „Dass ich mich mal freuen würde, dich zu erblicken."

Ich stach ihm mit dem Dead Ringer in sein schwarzes vertrocknetes Herz. Auf dem Interface erschien er, genau wie in meiner Erinnerung. Es war hart auf den Knopf zu drücken, nicht nur weil die Schmerzen groß sein würden, sondern, weil dieses Gesicht mir so viel Schmerzen zugefügt hatte. Widerwillig drückte ich den Knopf und begann mit der Verwandlung. An das Verrenken der Knochen werde ich mich wohl nie gewöhnen. Als mein Körper dann fertig umstrukturiert wurde, verließ ich die Zelle und blickte noch mal in Richtung der Stahltür „Es tut mir leid, Bruder."

Ich warf die Kreuzkette weg und ging wieder aus der Einrichtung. Das Licht der Sonne blendete mich. Meine Hand warf sich schützend vor mein Gesicht.

„Mein Zug."

Ich dehnte mich, während mein Mitbewohner mich nur wütend anstarrte „Was hast du vor?"

Das war wirklich eine gute Frage „Ruhig Blut, wenn ich mit unserem Körper scheiße anstelle, dann bin ich genauso am Arsch. Wir sitzen hier im selben Boot, nicht vergessen."

Sichtlich verstörte ihn meine Gelassenheit „Nenn mir einen Grund, warum ich nicht dich angreifen sollte, wie du mich."

So eine Wut, ich hatte sie wirklich vermisst „Ganz einfach, du willst doch, dass dein Plan funktioniert, stell dir vor, ich greife dich an, während du in der Nähe von Frederick bist. Du wirst mich also nicht angreifen."

Anerkennen musste er mich nicht, doch er hatte mich zu dulden „Mach keinen Unfug und helfe mir Evie zu beschützen."

Ich hatte nichts anderes vor, also wieso nicht „Geht klar, doch sobald sie in Sicherheit ist, werde ich die Liste weiter abarbeiten."

Auf dieser Liste stand jedes Regierungsmitglied, ob ich Kenneth durchstreiche, wird sich noch entscheiden, wahrscheinlich schon „Du wirst niemals aufhören?"

Seine Stimme klang schon etwas verzweifelt „Du kennst mich einfach zu gut."

Wir gingen zurück zum Wagen. Nathan stieg aus und richtete seine Waffe auf mich „Wer bist du?"

Ich verbeugte mich „Henry Hunter."

Seine Intelligenz reichte, um seine Waffe wegzustecken. Er trat nahe an mich heran und begutachtete mich „Du sahst mal besser aus."

Ich konnte nicht mehr zustimmen „Definitiv, doch ich glaube, es ist besser, wenn ich ab jetzt alleine mich bewege. Tut mir leid."

Meine Hand umschloss seinen Kopf und warf ihn gegen die Motorhaube. Er prallte wie eine Fliege ab, während er das Bewusstsein verlor „Wieso hast du das gemacht?"

Ich platzierte den betäubten Nathan vom Auto entfernt an einem Baum „Ruhig Blut, er würde uns nur auffliegen lassen."

Natürlich war das nicht der einzige Grund, er und seine Freundin hatten mich auch betäubt, wir sind also jetzt erst Quitt. Ich stieg in den Wagen, Michael hatte sich wohl schon an sein Leben gewöhnt, da er verschwand und wieder auf den Beifahrersitz erschien. Natürlich schwieg er zuerst die Fahrt über, bis er mal auf die Idee kam eine entscheidende Frage zu stellen „Wohin fahren wir?"

Ich hielt ihn für klug genug, das selbst herauszufinden, aber niemand war unfehlbar „Ein Tipp, wir waren schonmal da." Egal wie viel Zeit verging, er kam nicht drauf „Okay, ich verrate es dir, unser Zuhause."

Es nagte an ihm, jedoch blieb er standhaft und fragte ruhig „Was hast du dort vor?" Ich hätte ihm alles erzählen können „Der Ort wird immer noch von der Regierung überwacht und wo würde unser geliebter Vater nach seinem magischen Auferstehen zuerst auftauchen?"

208

Den Rest der Fahrt schwieg er. Das Haus, was er so hasste, kam immer näher. Ich hielt den Wagen an und stieg aus. Meine Hände streckten sich fast automatisch „Der Körper ist echt unbequem, wir hätten Jack nehmen sollen."

Michael war ganz versteinert beim Anblick des Hauses. Man konnte den Hass schon aus der Entfernung erkennen „Beruhige dich, wir bleiben nicht lange und dein Mordopfer wurde auch schon beseitigt."

Wir gingen beide zur Tür „Wenn Evie deinetwegen stirbt, bist du dran?"

Er verschwand „Wow, der Abgang hätte auch von mir kommen können."

Mit einem Lächeln öffnete ich die Tür und trat ein. Intuitiv ging ich die Treppe hoch, doch diesmal wie sonst immer lief ich nicht in Talians Raum, sondern ging in das Zimmer meiner Eltern. Ich stellte mich vor den Kleiderschrank und öffnete ihn. Die Kleidung, welche ich erblickte, würde ich niemals tragen, dies verbot mir mein Stil. Um meine Tarnung zu perfektionieren, zog ich mich jedoch um. Am Ende stand ich dann mit einem hellblauen Hemd und einem weißen Kittel da „Ich dachte, ich könnte dich nicht noch mehr hassen, doch dein verdammt arroganter Kleidungsstil macht selbst das möglich und das obwohl ich noch die beste Auswahl traf." An der Tür unten wurde geklopft „Das ging schnell."

Die Treppe knarrte bei jedem Schritt nach unten. Ich öffnete die Tür und erblickte zwei unbekannte Männer in Anzügen. Der kleinere von Beiden trat nach vorne und sprach unsicher „Dr. Hunter, wie können sie hier vor mir stehen?"

Ich versuchte die Hochnäsigkeit von Henry in meinem Ton einzufangen „Das muss ich wirklich nicht mit ihnen erläutern, bringt mich zum Rat."

Der Unsichere passte nicht wirklich in das Schema, er versuchte sicher mit mir zu spielen, doch das konnte er nicht „Dr. Hunter, der Rat existiert nicht mehr, Subjekt 13 hat jeden einzelnen getötet und er tötete auch Subjekt 8."

Ich nickte ohne meinen Kopf zu stark zu bewegen „Verstehe, dann sagt mir, wer momentan die Befehlsgewalt hat."

Der kleine ließ den Großen den Vortritt „Keiner mehr von uns, alle unsere Einrichtungen wurden dem Iren unterstellt. Sie sind momentan unser höchstes Mitglied."

Die Iren wollten doch schon immer England „In Ordnung, bringt mich dann zum Befehlshaber der Iren."

Eine schwarze Limousine mit offener Scheibe fuhr vorbei „Das wird nicht nötig sein."

Die bekannte Stimme kam aus dem Auto. Die zwei Männer machten mir Platz, als ich langsam zum Wagen lief „Steigen sie ein."

Ich stieg hinten ein, Frederick saß mir gegenüber „Sie waren aber schnell."

Mir war es nicht möglich einzuschätzen, ob meine Tarnung schon zerstört wurde „Sie nicht. Ich habe das Haus überwacht, da vielleicht ihr Sohn auftauchen könnte, doch stattdessen kamen sie und das auch noch nach so einer langen Zeit, also was hat ihre Zeit gekostet?"

Gut, dass ich kreativ war „Die Regenerationsgeschwindigkeit meines Körpers ist nicht mit der von 13 zu vergleichen und ich konnte ohne Luft auch nicht wiederauferstehen, erst als die Tür zur Außenwelt wieder geöffnet wurde, war es mir möglich."

Er wollte seine nächste Frage stellen „Gut, doch."

Ich unterbrach ihn „Nicht zu voreilig, jetzt bin ich dran."

Er hielt sich für etwas Besseres „Ich glaube sie verstehen ihre Lage nicht, ich habe die Kontrolle über sie."

Das Michael wirklich dachte, dieser Plan würde funktionieren, konnte doch nur ein Witz sein „Ich glaube sie vergessen, dass mit mir dutzende Projekte fallen, also habe ich wohl etwas mehr Respekt verdient."

Falls er mir diesen nicht zugestand, hatte ich immer noch etwas in der Hinterhand, doch das würde ich wirklich nur am Ende des Gespräches nutzen „Wie kommen sie auf den Gedanken, dass ich auch nur eines ihrer unethischen Experimente gutheiße."

Meine Antwort kam wie aus der Pistole geschossen „Wenn sie das nicht tun, dann wieso war die Zelle von Subjekt 3 ebenfalls leer?"

Er feuerte jedoch zurück „Sie wurde von 13 befreit, wir wissen nicht wo sie und er sich befinden." Ich nickte, als würde ich ihm

210

glauben „Gut, jetzt stell ich wieder die Fragen. Wieso bist du nicht überrascht ein leeres Haus anzutreffen?"

Henry war noch kälter als Aiden und das hieß schon etwas „Subjekt 13 hat natürlich seine Mutter als erstes umgebracht, da kann Trauer nichts ändern."

Damit hatten wir wohl das Ende erreicht „Okay letzte Frage. Für wie dumm hältst du mich Matthew?"

Er hatte vielleicht eine Theorie, doch ihm fehlten die Beweise „Wer ist Matthew und wieso hältst du mich für ihn?"

Meine schauspielerischen Künste waren mir von Gott gegeben „Streck deinen Arm aus."

Ich tat wie er wünschte „Den Anderen."

Wäre ich nicht auf diesen Fall vorbereitet, hätte ich es wohl nicht gemacht. Ich reichte ihm meinen Arm „So, bitte sehr."

Natürlich konnte ich nicht einfach den Dead Ringer verstecken, doch es gab eine schmerzhafte Alternative. Meine andere Hand, welche er vernachlässigte, schnappte sich mein verstecktes Messer, welches ich Nathan ohne das Michael Wind davon bekam stahl, und legte es in einer Bewegung an seiner Kehle an „Hast du erwartet, ich komme unbewaffnet?"

In seinen Augen war zwar Furcht, doch in seiner Stimme eiskalte Ruhe „Denkst du wirklich, ich hätte das erwartet? Du wirst mich nicht töten."

Mein Messer stach schon leicht ins Fleisch hinein „Wieso nicht, will mich etwa dann dein Chauffeur erschießen?"

Er war wirklich leichtsinnig, dass er glaubte, dass ich das nicht bedacht hätte „Nein, aber du würdest niemals an Lucina kommen, ihren Aufenthaltsort weiß nur ich."

Michael hätte noch nicht einmal verstanden, wer Lucina war, also konnte er von Glück sprechen, dass ich gerade steuerte „Gut, das heißt wir werden gemeinsam viel Spaß haben."

Folter war immer eine Option „Nein, nicht ganz, ich habe entschieden, deine Reise heute enden zu lassen."

Sein Blut würde vorher im ganzen Auto verteilt sein „Große Worte für einen, der mein Messer an der Kehle hat."

Man war nicht so Vorlaut mit einer Klinge an der Kehle, die nicht nur zur Rasur diente „Wenn du das tun würdest, wäre ich aber besorgt. Schau dir doch mal den Arm an." Ich krempelte seinen Ärmel hoch. Er hatte ebenfalls einen Dead Ringer „Du denkst doch nicht wirklich, das Ding wäre ein Unikat?"

Der Fehler wird mir wohl den Hals kosten „Du bist also nur einer von seinem Dienern, Frederick sitzt sicher zu Hause und schlürft Tee, obwohl er war ja Irre. Er sieht jedoch nicht wie der Whiskey Typ aus."

Ich schnitt ihm seine Kehle durch, während sein Blut an ihm herunterfloss ließ ich mich entspannt und gelassen in den Sitz zurückfallen. Der Diener hatte auch nicht mit mir geredet, der Pater sprach zu mir über einen Lautsprecher, der sich hinter der Leiche versteckte „Ich muss dir wohl nicht sagen, dass die Türen abgeriegelt sind und die verdunkelten Scheiben aus Panzerglas bestehen, oder?"

Das war mir schon von Anfang an klar, es war Regierungsstandard „Lass mich raten, der Chauffeur ist einer deiner Diener, welche dir in den Tod folgen?"

Man hörte sein Nicken und sein überlegendes Lächeln „Natürlich. Erik und Simon waren wirklich zwei großartige Diener. Willst du wissen, wie ich dich ausschalte, oder soll das eine Überraschung werden?"

Trotz meiner Liebe für Überraschungen antwortete ich schnell „Bitte, kennst du nicht die Szene, wo der Bösewicht seinen Plan verrät und danach besiegt wird?"

Er hätte mich auf so viele Arten und Weisen umbringen können, doch er entschied sich für so etwas Dummes „Ich gehe das Risiko ein. Mir schwebte vor dich schnell zu töten, durch eine Explosion oder durch einen Kopfschuss, doch dann würde nur unnötige Sauerei entstehen. Doch du schienst davon immer recht unbeeinflusst. Du stirbst sogar ohne Blutsverlust. Sieh es als deine letzte Taufe an."

Der Wagen platschte laut auf das Wasser „Verstehe. Das habe ich auch verdient, den Tod durch Erstickung."

Je tiefer das Auto versank, desto schlechter verstand man Fredericks letzte Worte „Dein Körper hält vieles aus, doch ohne

Sauerstoff können deine Zellen nicht regenerieren, jedoch wird durch deine Zähigkeit der Tod um einiges länger dauern. Doch verzweifle nicht sofort, der Herr ist nahe denen, die zerbrochenen Herzens sind und er hilft denen, die zerschlagenen Geistes sind."

Ich setzte mir ein selbstsicheres Grinsen auf, obwohl ich wusste es gab keinen Ausweg für mich, waren meine Sätze voller Selbstvertrauen „Wenn das Weizenkorn nicht in die Erde fällt und erstirbt, bleibt es allein, wenn es aber erstirbt, bringt es viel Furcht. Ich will euch heimsuchen, spricht der Herr, nach der Furcht eures Tuns. Himmel und Erde werden vergehen, meine Worte aber nicht."

Das Auto schlug gegen den matschigen Meeresgrund und der gerade noch blau leuchtende Lautsprecher schaltete sich aus. Ich konnte wohl schlecht nichts machen, also kletterte ich über die Leiche und öffnete das Fenster zum Fahrer „Hallo, ich glaube wir sind falsch abgebogen?"

Der Fahrer war unhöflich und antwortete nicht, das lag wohl daran, dass er eine Ampulle Gift geschluckt hatte und mit offenen blutunterlaufenden Augen am Steuer lag „Ach vergessen sie es, ich glaube ich nimm ein Taxi."

Ich setzte mich wieder auf meinen Platz und stach mit dem Messer gegen das Glas. Es war so dreist und splitterte nicht einmal „Gut navigiert, Captian."

Michael blieb recht ruhig, er musste einen guten Grund dafür haben „Hast du einen Plan, oder so?"

Er nickte mit seinem Kopf „Ich kann uns Beide hier herausholen, jedoch nur wenn du mich nie wieder angreifst noch die Kontrolle übernimmst."

Forderungen aus seinem Mund waren ein neuer Ton, jedoch ein unangebrachter „Du kannst dich selbst nur retten, wenn du mich mitrettest."

Sein Bluff war zu leicht zu durchschauen „Mein letztes Leben gab ich um einen Killer wie dich mit in den Tod zu reißen, denkst du, dass mache ich nicht noch einmal."

Er verstand immer noch nichts „Warum denkst du überhaupt, ich würde mein Wort halten?"

Seine Vertrauensseligkeit war einfach nur dumm „Weil wir immer noch dieselbe Person sind, auch wenn du schon deinem Hass komplett erliegen bist."

Ich wollte wohl unbedingt sehen, wie er uns hier rausbrächte „In Ordnung, dein Zug."

Dass ihm die Idee nicht kam, verwunderte mich, doch meinetwegen. Mein Verstand schloss ja auch noch die Erfahrungen von Aiden mit ein. Ich nahm das Messer und schnitt meinen Sitz auf, als ich die Stofffetzen entfernte, setzte ich erneut an und zerschnitt das Blech welches mich vom Kofferraum trennte „Wow, auf diese Idee wäre ich gar nicht gekommen."

Tyron konnte sich seinen Sarkasmus wirklich sparen. Das Loch war jetzt groß genug und ich quetschte mich durch. Auf der anderen Seite angekommen, schaute ich mich erstmal um und erblickte wirklich nichts „Was hast du erwartet, befindet sich hier drinnen?"

Er wusste wohl wirklich nicht meinen Plan „Geduld ist eine Tugend."

Mein herablassender Ton gefiel ihm überhaupt nicht. Ich hielt das Messer fest in meiner Hand und stach durch die Karosserie. Ich brach durch, der Kofferraum war der Punkt wo die Karosserie am schwächsten war. Ein einzelner Wassertropfen floss die Klinge herunter und verfärbte sich rot, wie das Blut des Dieners. Tyron war zurückhaltender als sonst „Bist du Wasserscheu oder wieso bist du nicht selbst auf diese Idee gekommen?"

Ihm fehlte irgendwie der Biss „Wenn dein Plan ist uns zu ertränken, dann trau dich und schneide weiter."

Er war wohl einfach etwas krank. Ich riss den Kofferraum weiterauf. Fronten von Wasser klatschten in mein Gesicht, doch ich gab nicht auf, ich schnitt und riss die Karosserie so auf, dass ich durchpasste. Ich musste den Kofferraum nach innen klemmen, da der Wasserdruck zu stark war. Ich quetschte mich aus dem Wagen. Wüsste ich nicht wo der Wagen wäre, hätte ich oben von unten nicht mehr unterscheiden können. Alles war schwarz, kein Licht wies mir den Weg, aber ich schwamm und schwamm so lange ich konnte. Meine Lungen verlangten nach Luft, doch es war keine da. Selbst als ich dann endlich Licht sah, war mein Ziel noch weit entfernt. Die Luft verließ meine Lungen und sie füllten sich mit Wasser. Es reichte nur knapp, ich kam mit der Hand als erstes aus dem Wasser, der Rest musste schnell folgen. Ich hustete das Wasser aus mir und atmete die frische Luft mit einem kräftigen Zug ein. Ich schwamm ans nächste Ufer und kroch ans Land. Als kurze Pause legte ich mich auf meinen Rücken „Und er dachte, das würde für mich reichen?"

Die Frage wurde leider schneller als mir lieb war beantwortet „Nein, hat er nicht."

Frederick hielt eine Waffe an meinen Kopf „Wenn du mich erschießt, dann lass mich wenigstens in meinem Körper sterben."

Er nickte „Meinetwegen, wir haben Zeit."

Ich deaktivierte den Dead Ringer und verwandelte mich wieder in mich „Willst du nicht aufstehen?"

Es hätte wohl nichts geändert, doch ich blieb liegen „Nein, der Sand ist wirklich bequem."

Ich hatte noch eine letzte Frage „Hey Fred, Bist du diesmal der Echte?"

Er lachte nur „Wir sind alle echt."

Sein Lachen erwiderte ich „Das waren wir auch."

Epilog

Das war wohl mein letztes Leben, ich saß wieder in der Dunkelheit. Mein Gegenüber war wieder einmal die Schlange „Kein dummer Spruch?"

Er blieb ernst „Es ist vorerst das letzte Mal, dass wir uns sehen, also will ich mich von dir mit Respekt verabschieden."

Das Schachbrett erschien vor uns, auf meiner Seite stand nur noch der Springer, während Tyron einen Läufer besaß „Das Spiel ist doch vorbei, wieso solltest du immer noch ziehen?"

Sein Lächeln war zum ersten Mal nicht gemein, sondern sanft und freundlich „Das stimmt, doch ich bin nicht am Zug, Weiß ist dran."

Ich war deutlich verwundert „Meine Figuren sind doch weiß."

Er antwortete mir nicht direkt, sondern nahm nur den letzten weißen Springern und schlug den schwarzen Läufer „Was, der Überlebende hat immer gezogen."

„Du sprichst immer wieder das Offensichtliche aus."

Er hatte wirklich nicht aufgepasst, aber was erwartete man auch von ihm, es steckte zu viel von Talian ihn ihm. Sein Hirn dachte nur langsam nach, doch schließlich kam er drauf „Ich bin nicht gestorben?"

So waren die Regeln „Bingo."

Mitten im Satz fiel es ihm ein „Aber w, du, niemals, wieso? Es war mein Zug zu sterben."

Seine Frage war nicht so leicht zu beantworten „Ich spiele kein Schach gegen Menschen, ich spiele Schach mit ihnen, Matthew."

Er erinnerte sich nicht an den Namen, ich hatte ihn nicht ohne Grund gewählt „Wieso nennst du mich dauernd so?"

Die Zeit die mir verblieb, nutzte ich ihm mal wieder zu helfen. Talian wurde zwar so von Frederick getauft, doch auch nur durch meinen Wunsch. Ich wollte sehen, ob er sich wenigstens an ihn erinnerte, aber nein, das tat nur ich „Matthew Hunter ist Talians älterer Bruder, hast du ihn wirklich vergessen."

Unser Verstand war wirklich unglaublich, er sah sogar den Namen, doch er hatte immer noch gedacht, dass sein Name Michael wäre „Unmöglich."

Nach seinem Blick erinnerte er sich „Subjekt 13, es stand nicht der Name Michael Hunter, sondern Matthew, wie konnte ich das übersehen?"

Ich zeigte ihm noch einmal das Bild von Talian „Nicht nur da."

Er nahm perplex die Zeichnung und sah, Matthew über seinen Kopf stehen. Nicht nur die Regierungsmitglieder, sondern auch seine Sinne haben ihn diese Illusion glauben lassen „Aber, wieso denke ich das mein Name Michael ist?"

Er verstand wirklich nicht schnell. Sein eigener Verstand nutzte denselben Trick, den ich bei Talian verwendete, um ihn Wahnvorstellungen zu geben. Aus Nettigkeit antwortete ich „So wie jeder andere von unseren Namen. Talian, dein Bruder hatte den Wolf Aiden erschaffen."

216

Er unterbrach mich „Das ist mir bewusst, doch unsere beiden Namen meine ich."

Ich schuldete ihn wohl wenigstens das „Tyron Williams, das war der Name unseres ersten Serienmordes nach unserer Mutter versteht sich. Er war selbst ein blutiger Serienkiller und wir waren so gütig und nahmen sein Leben."

Er war wirklich verrückt „Was ist mit mir?"

Er war wirklich ungeduldig „Sein Name war wirklich Michael Hunter, jedoch sind das nicht wir. Er war unser und Talians älterer Bruder, wir waren noch sehr jung, als er starb, ich erinnerte mich nur an ihn, weil wir in das barrikadierte Zimmer gingen. Du dachtest du wohntest da, was nicht falsch war, doch zuvor wohnte da unser großer Bruder."

Meine Hand fing sich schon an aufzulösen „Wie ist er gestorben?"

Ich musste wohl für ihn das Denken übernehmen „Subjekte eins bis fünfzehn sind dir bekannt, du selbst bist erst Nummer 13, doch es startete mit Subjekt null. Sie nutzten Michael für ihre unfertige Formel des Serums und natürlich hatte sie Nebenwirkungen, er war der erste von uns der sein Leben verlor."

Die Gesprächszeit war vorbei. Mein Körper war schon taub vor Schmerzen, als er seine Frage erneut stellte „Wieso hast du mich gerettet?"

Man konnte es wirklich nicht so einfach erklären, oder vielleicht wusste ich es einfach nicht, aber zu meinem Ende konnte ich ja keine Unwissenheit zeigen „Ich mag zwar vor dir sterben, doch ich war schon immer deine Zukunft und werde es immer sein."

Er verschwand und ließ mich alleine zurück, die Dunkelheit kam näher und schloss mich ein. Er war zwar das Monster vor dem ich immer Furcht hatte es zu werden, doch er rettete mir das Leben „Das ist meine letzte Chance, also sollte ich sie diesmal nicht wieder verschenken."

Ich schloss ein letztes Mal meine Augen und ließ mich in die Finsternis fallen. Eine Stimme aus den Schatten weckte mich „Dein

Verstand wurde so oft zerschmettert, wie kannst du immer wiederkommen."

Ich öffnete meine Augen, meine Sicht war noch leicht verschwommen, doch es war klar, dass Frederick vor mir Stand. Wie so viele Male zuvor war ich gefesselt, doch diesmal an keinem Stuhl. Ich hing an der Wand, wie ein X. Es war neumodisch, also war ich wohl in einer Art Labor, wie das von Henry Hunter „Wo bin ich?"

Überraschung machte sich in seinem Gesicht breit „Du kannst sprechen, wie hast du überlebt?"

Ich spielte einfach mal mit „Was überlebt, wer sind sie?"

Unwissenheit schützt vor Strafe, habe ich gehört „Weißt du, wer du bist?"

Tyrons schauspielerisches Können hatte ich nun auch übernommen. Ich kniff meine Augen zusammen und bewegte leidvoll den Kopf „Mein Name, mein Name, ich weiß es nicht."

Ich riss meine Augen hasserfüllt auf „Was haben sie mit mir gemacht, ich weiß nichts."

Er schien mir die Amnesie abzukaufen „Dein Verstand ist wirklich unglaublich, doch dein Potential ist wirklich zu gewaltig."

Seine Furcht war ihm in sein Gesicht geschrieben „Potential für was?"

Er zog eine Waffe und hielt sie mir wieder an meinen Schädel „Ich wäre dumm, wenn ich dich am Leben lasse. Tut mir leid, vielleicht hast du jedoch Glück und regenerierst dich wieder. Auf jeden Fall werde ich für dich beten."

In seinen Augen konnte ich erkenne, dass er kurz vorm Abdrücken war, als die Tür aufging und eine weitere Person den Raum betrat „Pater, es tut mir leid, ich habe eine schlechte Nachricht."

Er steckte seine Waffe unter sein Priestergewand „Entschuldige mich bitte, wir setzen unser Gespräch gleich vor."

Sie verließen den Raum. Als ich alleine war, begutachtete ich meine Umgebung. Die weißen Wände waren aus Stahl, genauso wie meine fortschrittlichen Fesseln. Das Zimmer war noch bestückt mit einem Tisch und zwei Stühlen, sonst war es leer. Ich konnte mir wohl eine Flucht abschminken, doch probieren ging bei mir immer über studieren, also versuchte ich meinen Arm loszureißen. Egal wie stark ich zog, die Fesseln waren zu fest und mir war es nicht möglich mich zu befreien. Frederick kam alleine zurück, Tyrons Opfer hatte mir wohl auch nur etwas Zeit verschafft. Meine Fesseln lösten sich und

218

ich fiel auf den Boden. Mein Körper war noch schwer von der Regeneration beeinflusst, doch ich konnte aufstehen „Du lässt mich frei?"

Ihn jetzt anzugreifen wäre dumm, er hatte sicher irgendetwas in der Hinterhand „Nein, doch ich gebe dir eine Chance, du kannst deine Freiheit in einem Spiel gewinnen."

Hatte er etwa jetzt auch seinen Verstand verloren, oder war er Spielsüchtig „Wie meinst du das?"

Er bestätigte wirklich meine Theorie, dass jeder in der Regierung vollkommen den Verstand verloren hatte „Ich kann nicht sagen, wer von euch überlebt hat, doch deine Zukunft kann ich noch weniger bestimmen. Es gibt drei Möglichkeit, du schließt dich mir an, du stirbst hier oder du schaffst es wieder einmal zu fliehen. Ich habe keine Lust mehr auf dieses Spiel, lass es uns fair zu Ende bringen. Wenn du gewinnst, dann darfst du gehen und ich werde dich nicht verfolgen, solange du mich nicht bei meinem Vorhaben behinderst."

Er probierte damit aus, ob ich mich erinnere, würde ich das nämlich, könnte ich niemals zustimmen. Mir wäre sonst nicht möglich Evie zu retten „Wenn ich gewinne, dann wirst du dich bekehren lassen und mir freiwillig dienen. Nun, was sagst du, steht der Pakt?"

Ich musste annehmen, selbst wenn ich gewinne war es nicht sicher, ob er mir wirklich die Freiheit schenkte, doch würde ich ablehnen, träfe mich wohl direkt die dritte Alternative. Damit Tyrons Geschenk an mich nicht vollkommen verschwendet war, gab es keine andere Möglichkeit „Ich nehme an."

Er grinste „Interessant, da ich dich herausfordere, darfst du natürlich über die Art des Spiels entscheiden."

Würde ich jetzt Schach nehmen, dann hätte ich mich entlarvt „Ich habe kein bevorzugtes Spiel, ich gebe die Entscheidung ab."

Seine Reaktion war zu erwarten „Gut, dann werden wir unsern Zwiespalt in Schach beenden."

Einer seiner Diener kam, legte ein Schachbrett mit Figuren auf den Tisch und verschwand wieder. Es war wohl anzunehmen, dass der Raum überwacht wurde. Wir setzten uns an den Tisch gegenüber „Schwarz oder Weiß?"

Das war wirklich für mich keine Frage, ich drehte das Schachbrett, sodass meine Figuren dunkel wie die Nacht waren „Meinetwegen, dann fange ich an."

Das Spiel dauerte gefühlt Stunden schon an und es war immer noch nicht beendet „Du überlegst recht lange, vielleicht wurde dein Gehirn beschädigt."

Noch immer spielte ich den Dummen „Wobei?"

Seine dauernden Tests waren echt nerviger als Tyrons Kommentare „Nicht wichtig, lass dir Zeit."

Das Spiel hätte wohl noch weitere Stunden dauern können, doch dafür war ich einfach zu ungeduldig. Es gab eine Taktik, die ich öfters in meiner Kindheit anwendete, dabei versuchte ich nicht den König Matt zu setzen, sondern zuerst jede einzelne gegnerische Figur zu schlagen. Vorerst fuhr ich mit dieser Taktik recht gut, am Ende blieb ihm nur seine Dame und Turm, während auf meiner Seite ein Turm, ein Läufer, ein Pferd und zu guter Letzt auch noch ein Bauer standen. Mein Turm war in der Lage seine Dame zu schlagen, also nutzte ich die Möglichkeit und stellte den König in Schach „Schach."

Der König konnte den Turm nicht loswerden, da er vom Läufer gedeckt wurde „Gib auf, im nächsten Zug schlage ich deine Dame."

Er sah seine Niederlage wirklich nicht ein „Ich brauche nur einem Turm."

Er schlug mit seiner Dame meinen Turm, um wenigstens eine meiner Figuren noch mitzureißen „Du spielst wirklich gut."

Ich tötete mit meinem Läufer die Dame, welcher als Folge vom König niedergestreckt wurde „Ich spiele Schach normalerweise nicht gegen Menschen, sondern mit ihnen."

Die oberste Reihe wurde noch immer vom Turm bewacht, also konnte mein Bauer auf C2 sich nicht wegbewegen „Das werden wir noch sehen."

Damit hatte er wohl recht. Ich bewegte mein Pferd weiter nach oben „Meinen Turm wirst du nicht schlagen können."

Er zog ihn weiter weg. Das war jedoch auch nie mein Plan. Ich stellte das Pferd auf D1. Das Spiel war vorbei, ab jetzt konnte er mir nichts mehr entgegensetzen „Ich werde nicht aufgeben, auch ohne Einheiten."

Er schlug wirklich mein Pferd, worauf der Bauer seine letzte Einheit besiegte und sich in eine Dame verwandelte. Sein König trieb ich in ein paar Runden in die Ecke, ich wollte gerade die Dame auf A1 setzen und das Spiel beenden, als er wagte seine Stimme zu erheben „Evie hat die Metamorphose nicht überstanden."

Ich ließ meine Tarnung fallen „Was, du hast sie getötet?"

Er lächelte mich an „Dein Verlust tut mir leid, doch es war ein genauso großer Verlust für mich."

Ich hätte ihn direkt an die Kehle springen können „Du hast keine Geisel mehr, wieso sollte ich dich nicht jetzt niederstrecken."

Er war sich so sicher, dass ich ihn nicht töten würde „Wie kannst du dir sicher sein, dass ich der Echte bin?"

Ich griff nach seinem Arm, es war kein Armband zusehen, dasselbe tat ich mit seinem anderen Arm „Du traust dich wirklich persönlich in demselben Raum wie ich zu sein."

Er lächelte überheblich „Meine Anhänger bewachen uns, solltest du mich töten, dann wird Talian nicht der einzige verbrannte Hunter sein."

So eine Überheblichkeit hatte sich weder Jack noch Kenneth oder King geleistet, meinen Bruder anzusprechen war wirklich sein Todesurteil „Letzte Worte?"

Er bettelte nicht einmal um sein Leben „Eine Frage, wer von euch hat überlebt?"

Ich setzte die Dame auf A1 „Matt."

Ich stand auf, warf den Tisch um und griff das Stuhlbein. Der nächste Teil war wirklich blutig, ich brach das Stuhlbein ab und schlug ihn direkt ins Gesicht. Zwei seiner Zähne flogen mit seinem dreckigen Blut aus seinem Mund, als er sich vom Boden abstütze, sah er aus wie eine Made. Meine Sohle suchte seinen Kopf und drückte ihn fester auf den Boden „Lass mich dein Leben mit den Worten aus deiner Bibel beenden. Ich war tot, doch nun lebe ich in alle Ewigkeit und ich habe die Schlüssel zum Tod und zur Unterwelt."

Mein Fuß ließ Locker und ich griff mit meiner rechten Hand fest das Stuhlbein. Mit einem mörderischen Lächeln stürzte ich mich auf die Made. Ich hielt seinen Kopf fest am Boden, während ich das Stuhlbein durch seinen Nacken rammte „Ruhe in der Hölle, Bastard."

Dies waren meine letzten Worte, als ich eine mir bekannte mechanische Stimme hörte „Verhörraum 7, Reinigung aktiviert."

Höllenflammen umzingelten mich und verschlangen den ganzen Raum. Wieso? Wieso half ihm keiner? Wieso starb ich wie mein Bruder, hatte ich es anders verdient, nein, es war die gerechte Strafe für meinen Verrat. Frederick ist er tot oder nicht, ist es mir wichtig, nein, ich bin zum ersten Mal wirklich Müde, obwohl ich schon so oft schlief. Es wird ja gesagt, dass man vor seinem Tod, sein ganzes Leben noch einmal sieht, doch das stimmte nicht. Ich starb schon viele Male und immer sah ich dasselbe, nein natürlich keinen weißen Gang, sondern nur endlose Dunkelheit. Zu viele Gedanken, endlich erlöschen sie alle und werden zu einem matten allumfassenden Schwarz.